ULRIKE ANNA BLEIER

BUSHALTESTELLE

1. Auflage 2018

94234 Viechtach   Bahnhofsplatz 2a
www.lichtung-verlag.de

Umschlagfoto: Herbert Pöhnl
Autorenfoto: Stepanka Stepanek
Herstellung: Passavia Druckservice GmbH & Co. KG, Passau
ISBN 978-3-941306-76-9

Die Arbeit an diesem Buch wurde gefördert durch ein Arbeitsstipendium des Landes NRW, durch das Förderprogramm der Sparkasse KölnBonn und durch die Franz-Edelmaier-Residenz für Literatur und Menschenrechte in Meran.
Bei den Recherchen in Prag und Mähren wurde die Autorin von der Olmützer Arbeitsstelle für deutschmährische Literatur (Prof. Ludvík Vaclávek, Prof. Ingeborg Fialová-Fuerst, Mag. Lukas Motyca) sowie von der Gesellschaft für deutsch-tschechische Verständigung (Irene Kuncova) unterstützt.

Ulrike Anna Bleier

BUSHALTE STELLE

Roman

edition lichtung

I.

Schnee

Im ersten Moment hast du so getan, als hättest du nichts gesehen, und bist weitergefahren.

Dann ist dir klar geworden, dass das keine Lösung ist. Du hast einen Gang heruntergeschaltet, aber den Wagen nicht zum Stehen gebracht. Ich habe das Kind nicht gefunden, hast du dich schon sagen gehört, denn das hättest du dem Sepp gesagt, dass du das Kind einfach nicht finden konntest.

Doch dann bist du in eine Schneewehe gefahren, du musstest zweimal zurücksetzen und hast dann doch angehalten. Du hast den Motor nicht ausgeschaltet, sondern bist eine Minute im Auto sitzen geblieben. Du hast die Handbremse angezogen und die Fahrertür geöffnet. Du bist ausgestiegen, ein paar Schritte gegangen und vor dem Kind gestanden.

Du hast dich zu ihm hinuntergebeugt. Du hast seinen Arm angefasst, nicht grob, neutral, du hast das Kind neutral angefasst. Du fühltest dich resigniert dabei, wie du schon die ganze Zeit resigniert warst.

Der Schnee hatte das Kind zugedeckt. Wie eine Mutter ihr Kleines zudeckt, bevor sie es aufhebt und wegträgt und an einen sicheren Ort bringt. Das Kind lag in seinem kalten weichen Bett. Es ist das Wesen des Schnees, eisig zu sein, er kann nichts dafür, und das Kind konnte nicht anders als zu frieren, es hätte bis zum bitteren Ende gefroren. Doch dann kamst du und hast es gerettet, wie nur eine Mutter ein Kind retten kann. Und das Kind ist aufgestanden und mit dir und deiner Resignation mitgegangen.

Meine Mutter hat mich gerettet, ohne sie wäre ich erfroren, dachte das Kind, mit allerletzter Kraft, aber das hat es gedacht, das weiß es noch heute. Dass du überhaupt in der Lage wärst, es zu retten, hätte das Kind nie gedacht. Du warst selbst überrascht. Du hast das Kind in eine Decke gewickelt und ihm geholfen, ins Auto zu steigen.

Ich mache dir einen Tee, wenn wir zuhause sind, halte noch ein wenig durch. Und das Kind hat durchgehalten, wie ein Kind durchhält, wenn es von der Mutter gerettet wird.

Du hast es nicht ins Krankenhaus gebracht, du hast gedacht, dass eine Mutter ihr Kind mit nach Hause nehmen will, nachdem sie den ersten Schrecken überwunden hat. Du hast es mit nach Hause genommen, ihm einen Tee gekocht, du hast ihm gesagt, es solle jetzt in sein Bett gehen.

Tier

Die Wirklichkeit ist ein Tier, das neben dem Geschriebenen herläuft. (Elfriede Jelinek)

Fliegen

Heute machst du die Wäsche. Wie du immer an diesen heißen Tagen die Wäsche machst, wie es schon deine Mutter gemacht hat und deine Großmutter, du machst die Wäsche und nichts anderes. Die Leine hat noch der Sepp gespannt, du bist daneben gestanden, hast ihm gesagt, wie er es machen soll, und er hat es genau so gemacht, obwohl man ihm angesehen hat, was er von dem, was du gesagt hast, gehalten hat. Wie man ihm immer angesehen hat, was er von etwas gehalten hat. Er hat die Leine gespannt, vom Kirschbaum zur Birke und von der Birke zur Balkonbrüstung, er hat die Leine dreimal um den Kirschbaum gewickelt und einen Knoten gemacht. Und um die Birke hat er die Leine ebenfalls dreimal gewickelt, genau an der Stelle, wo sich der Stamm geteilt hat, und auch hier hat er einen Knoten gemacht. Und an der Balkonbrüstung hat er die Leine so ineinander verwickelt, mit so einer Kraft und so einer Wut, dass sie bis heute hält, trotz Regen und Wind und Wetter.

Du wäschst alles, was du im Haus findest: die Bettwäsche, die Hand- und Geschirrtücher, die Socken, Pullover, die Röcke und Hosen. Die Unterwäsche. Die kleinen Vorleger aus dem Badezimmer und der Toilette. Den Läufer, der im Flur liegt. Die Kissenbezüge aus dem Wohnzimmer, die Deckerl aus dem Esszimmer, die Topflappen aus der Küche. Als die Wäsche aufgehängt ist, scheint die Sonne immer noch und du holst die Aluminiumleiter, die der Markus dir geschenkt hat, und beginnst die Vorhänge an den Fenstern abzunehmen; du wackelst ein bisschen, aber es geht schon. Nur einmal hast du das Gefühl, gleich wird dir schwindlig, beim großen Vorhang im Wohnzimmer, du ziehst einen Klipp nach dem anderen aus der Vorhangschiene, da verschwimmt das Fensterglas vor deinen Augen, aber du sagst dir, dass das jetzt nicht geht, dass dem Martin damals auch nicht schwindlig werden durfte, als Krieg war, das ist schon lange her, aber trotzdem, es gilt immer noch. Und das hilft auch immer noch, schon ist der Schwindel wie weggeblasen, du denkst an den Martin und an sein Gesicht, und was ihr miteinander gemacht habt, und als sich das blasse Gesicht von Lene dazwischen schiebt, bist du schon fertig mit dem langen Wohnzimmerstore, du hast den Schwindel besiegt und den Vorhang auch. Du steigst wieder herunter von deiner Klappleiter, raffst den Vorhangwust vom Wohnzimmer, vom Esszimmer, von der Küche und vom Schlafzimmer zusammen, trägst alles in die Waschküche und wäschst die nächste Maschinenladung, du riechst deinen Schweiß und spürst ihn, wie er auf deiner Haut kleben bleibt.

Du setzt dich auf die Couch, es sieht ja keiner, dass du am helllichten Tag auf der Couch sitzt, nur die dicke Fleischfliege siehts, die zur Balkontür hereinfliegt, weil du nicht aufgepasst und rechtzeitig das Insektengitter davorgemacht hast. Im Besenschrank wartet der elektrische Fliegenklatscher, den der Markus dir geschenkt hat. Der Pierre wollte dir unbedingt einen schenken, die Oma braucht auch einen, hat er gesagt. Und Helen hat gekichert wie ein junges Mädchen, und die Luisa kichert jetzt auch schon so, aber du hast nichts gesagt, weil du nicht wolltest, dass der Markus denkt, du hättest was gegen die Helen. Du hast es auch nicht gemocht, wenn deine Mutter schlecht über den Sepp geredet hat. So einer bringt nur Unglück, hat sie gesagt, und der Sepp wollte irgendwann nicht mehr hinfahren zu der ganzen Bagage, und dich und die Kinder fahr ich auch nicht mehr hin, hat er gesagt. Du hast sie noch ein paar Mal besucht mit den Kindern, sie war schließlich deine Mutter. Jedes Mal hast du aber irgendetwas vergessen, einmal hattet ihr nichts zu trinken dabei, ein anderes Mal hast du deine Brille nicht aufgehabt und die Abfahrtszeiten und das Gleis nicht richtig lesen können und ihr habt den Bahnhofvorsteher fragen müssen, und bis dahin war der Zug weg und ihr musstet eine Stunde lang auf den neuen warten, am Gleis auf einer Bank mit den Kindern und den Taschen, kein Mensch zu sehen, nur ein Hund, der da rumlief und vor dem du Angst hattest.

Darf ich den streicheln, hat der Markus gefragt, und du hast Nein gesagt und er hat geweint, beide Kinder haben geweint und du hast dir gewünscht, nie gefahren zu sein. Du bist noch ein paar Mal hin, als die Kinder schon größer waren und du sie allein lassen konntest, du hast sie nicht mehr mitgenommen zu deiner Mutter und sie hat auch bald nicht mehr gefragt nach den Enkeln und nach dem Sepp sowieso nicht.

Du stehst auf von deiner Couch, holst den elektrischen Fliegenklatscher aus dem Besenschrank, schon im Flur drückst du auf die Taste und dann schleichst du dich an die Fliege heran, die, als du zurückkommst, mitten auf dem Sofa sitzt, genau in der Mitte, als würde sie darauf warten, dass du ihr etwas zu trinken bringst. Und kurz bevor du sie erreicht hast, fliegt sie mit einem alarmierten Brummen davon. Nach einigem Hin und Her lässt sie sich auf dem Wohnzimmerschrank nieder, direkt auf der Glasvitrine, als wüsste sie, dass du Angst davor hast, die Scheibe einzuschlagen, obwohl du ja weißt, weil der Markus es dir eingebläut hat, dass du die Fliege nicht schlagen, sondern nur berühren sollst.

Der Strom zieht die Fliege auf das Gitter, und wenn sie das innere und äußere Gitter gleichzeitig berührt, ist sie tot, hat er gesagt, sofort tot, und hat es dir an einer Hummel, die auf deiner Agave saß, demonstriert. Es knallte, du bist heftig erschrocken und der Markus hat gelacht und Pierre hat auch gelacht und Luisa und Helen haben natürlich gekichert und du bist den ganzen Tag mit Herzklopfen herumgelaufen und hast dich noch unruhiger gefühlt, als du dich sowieso schon fühlst. Die dicke Hummel ist einfach so dagelegen auf der Fensterbank, du hast dich geekelt, als du sie am Abend entsorgt hast. Wenn es bei der Fliege auch so einen Knall gibt, erschrickst du vielleicht wieder und schlägst vor Schreck die elektrische Klatsche in die Vitrine, dann ist sie hin.

Die Fliege putzt sich gelassen den Rüssel und die Beine, als spürte sie deine Unsicherheit, erst als du den Klatscher bewegst, fliegt sie gemächlich auf den Wohnzimmertisch und von da aus auf die Tapete über der Schrankwand und da sitzt sie und sieht aus wie gemalt.

Du liest in der Zeitung vom Vortag, die da noch liegt, die von heute ist nicht gekommen, aber dir ist egal, ob etwas heute oder gestern passiert ist, was macht ein Tag schon aus, und ab und zu schaust du hinauf zur Fliege und die Fliege schaut herunter zu dir mit ihren hunderten Augen.

Später schläfst du ein und als du aufwachst, ist die Fliege verschwunden. Auf deinen Knien liegt noch der elektrische Fliegenfänger und du kommst dir lächerlich vor. Du gehst ins Bad, du hast rote Flecken im Gesicht vom Schlafen, die Sonne steht nur noch eine Handbreit über dem Waldrand, du gehst in den Keller, holst den leeren Wäschekorb und nimmst ihn mit in den Garten, wo du ihn auf der Mauer vor der Leine abstellst, du befühlst die Wäsche, als wolltest du sie noch einmal kaufen im Geschäft, alles ist trocken geworden außer dem großen Wohnzimmervorhang, du beschließt, ihn über Nacht hängen zu lassen, obwohl das gefährlich ist, es wird viel geklaut heutzutage, mehr als früher, aber du hast heute einfach keine Kraft mehr.

Wenn er weg ist, ist er weg, denkst du und weißt schon, dass es morgen das erste sein wird, was du tun wirst nach dem Aufwachen: nachschauen, ob er noch da ist.

Schenkel

Du weißt nicht mehr, an welchem Tag es angefangen hat, dass du die geworden bist, die du jetzt noch immer bist, obwohl so viel Zeit vergangen ist. Du wirst keine andere mehr. Du warst schon fertig, als du noch gedacht hast, dass das jetzt ewig so weitergehen wird: heute die, morgen eine andere, das sind noch so viele, die du werden kannst. Und mit jeder, die du wirst, werden es mehr, die du werden kannst. Das hast du gedacht, nein gefühlt, wenn du morgens aufgewacht bist, mit den Händen zwischen den Beinen, die Schenkel fest aufeinandergepresst, die Muskeln noch zuckend und tanzend – mit dem Aphroditegefühl, das du so genannt hast, seitdem du das erste Mal die nackte Aphrodite gesehen hast, in dem Buch, das der Martin dir einmal gezeigt hat. Seitdem gehst du heimlich in sein Zimmer und schaust das Bild an. Du hast sofort gewusst, so sieht nur eine aus, die das auch kennt, das Zucken in den Schenkeln und die Innenflanken fest in die Hände gepresst. Halb liegt sie, halb sitzt sie da mit ihrem nackten Körper auf einer von der Nacht zerwühlten Decke und schaut in einen Spiegel, den ihr das Engerl hinhält. Das Engerl ist recht gut beieinander, hast du gedacht, weil du nicht gewusst hast, wo du hinschauen sollst. Im Spiegel ist sie zum Glück nicht nackt, man sieht nur ihr Gesicht, du bist fasziniert vom Gesicht der Aphrodite, das sich im Spiegel selbst anschaut, du schaust durch den Spiegel in ihr Gesicht und siehst ihr dabei zu, beim

Blick auf sich selbst: milde und ohne Angst und ein bisschen verschwommen betrachtet sich diese Aphrodite selbst, du weißt, dass du das eigentlich nicht sehen darfst, dass du diese schamlose Person gar nicht kennen darfst. Du hast dir trotzdem gewünscht, dass sie deine Freundin sein könnte, du hast nicht gesehen, dass sie durch den Spiegel hindurch in Wirklichkeit dich anschaut, du hast immer gedacht, sie sieht nur sich selbst.

Seit ein paar Monaten bist du die erste am Frühstückstisch, seit Lene keine Lust mehr auf den täglichen Wettkampf hat, wer ist schneller gewaschen, wer ist schneller angezogen, wer hat schneller seine Tasche gepackt, seit ein paar Monaten, genauer gesagt seit den Sommerferien, ist sie so langsam wie sonst immer nur der Martin, der schon immer so lang gebraucht hat, um aus dem Bett zu kommen, seit er ein kleiner Bub ist. Ein Siebenschläfer eben, hat die Mutter gesagt, weil er fast bis sieben Uhr schläft, obwohl er um viertel nach sieben schon aus dem Haus sein sollte, denn der Weg ins Bubengymnasium ist weiter als der zum Lyzeum, was ihr nur gerecht findet, Lene und du. Buben brauchen halt mehr Kondition, dafür gibt's auch mehr Fleisch, hat Lene gesagt und ist rot geworden, und du hast gar nichts verstanden, denn Lene ist noch nie rot geworden, und zum ersten Mal fragst du dich, ob sie auch solche Träume hat wie du, und wenn ja, von wem, vom Martin geht ja nicht, von dem träumst du ja schon. Und dir ist heiß geworden, die Wärme ist wie eine Welle über deinen Körper gezogen und dein Schweiß ist auf der Haut kleben geblieben.

Wenn der Martin nicht da ist, setzt du dich in sein Zimmer, auf sein Bett. Was machst du hier, fragt die Mutter, der Martin hat's mir erlaubt, sagst du schnell, und die Mutter schaut dich an, sie glaubt dir nicht, aber sie kann dir nichts beweisen.

Der Martin hat einen Freund, der heißt Sepp, du kannst ihn nicht leiden, und noch mehr, als du ihn nicht leiden kannst, hast du Angst vor ihm, und am meisten hast du Angst vor ihm, seit er nicht mehr grantig zu dir ist, sondern freundlich und aufmerksam, er schaut dich komisch an, von der Seite her, und auch wenn du aus dem Zimmer gehst, dann schaut er dir hinterher, du spürst seinen Blick auf deinem Körper, überall, du hast das Gefühl, dich kratzen zu müssen, seine Blicke wegkratzen zu müssen, du wünscht dir, dass er wieder grantig zu dir ist, damit du einen Grund hast, deine Hand wegzuziehen, wenn er dich plötzlich festhält mit diesen Fingern, die weich und roh sind wie Nudelteig.

Er hat Sommersprossen und rote Haare, du hast Angst vor den Roten, denn schon ihre Vorfahren waren Hexen und Zauberer, der Martin hat zwar gesagt, dass das Unsinn ist und Aberglaube, und Aberglaube ist nicht fromm, sondern das Gegenteil von fromm, aber wer weiß das schon. Und die Mutter mag ihn auch nicht und hat einmal geflüstert: Er ist ein Fuchs, nichts als Unglück wird er uns bringen.

Im Radio hat es geheißen, jetzt müssen wir alle zusammenhalten, aber deine Eltern haben abgewunken und gesagt, es reicht, wenn wir in der Familie zusammenhalten, die Familie ist heilig. Und die Kirche ist heilig, eine politische Partei kann doch nichts Heiliges sein, hat dein Vater gesagt, und deine Mutter hat nichts gesagt, aber sie hat ängstlich ausgesehen, und ein paar Tage später ist der Martin eingezogen worden, weil wir jetzt alle zusammenhalten müssen.

Du hast geglaubt, dein Vater würde dem Martin verbieten, in den unheiligen Krieg zu ziehen, aber der Vater hat nichts verboten. Er ist nur stundenlang beim Martin im Zimmer gesessen und hat mit ihm geredet, er hat ernst ausgesehen, und auch als der Martin schon weg und im Krieg war, ist dein Vater oft in Martins Zimmer gesessen und hat immer weniger gesagt. Eines Tages war das Bett von der Lene leer, nur noch die Matratze lag da, und die Magdalena hat mit dem Kinn Richtung Nebenzimmer gedeutet. Martins Zimmer war von da an Lenes Zimmer und dein Vater ist nicht mehr stundenlang auf dem Bett gesessen, und selbst als der Martin schon wieder da war und Lene wieder in das Mädchenzimmer zurückgezogen ist mit ihrem Bettzeug, selbst da blieb es ihrer beider Zimmer in deiner Erinnerung.

Du

Du hast immer nur gegeben, nie genommen. Nie hast du jemandem etwas getan, noch nicht einmal einer Fliege. Da ist so ein Gedanke in dir, der immer in dem Moment verschwindet, in dem du nach ihm greifen möchtest. Indem du ihn begreifen möchtest. Nur dass dann nichts übrig bleibt von dem Gedanken außer wieder ein neues Rätsel in deinem Kopf, in dem so viele andere Rätsel sich ineinander vermischt haben, dass es ein einziger Filz ist; Rätsel, die darauf drängen, vorsichtig voneinander gelöst und entwirrt zu werden, die du schon als Kind gehasst hast, die du auch jetzt wegschiebst, sogar in deinen Träumen noch wegschiebst, weil du dich nicht bedrängen lassen willst. Nach dem Wegschieben wachst du auf, du wälzt dich schon lange nicht mehr im Bett, in der Hoffnung, davon wieder einzuschlafen, das ist vorbei, du stehst lieber auf und überlegst, ob du dich nützlich machen kannst, aber es gibt nichts mehr, für das du nützlich bist. Du machst dir einen Kaffee, einen gehäuften Teelöffel auf zwei Tassen, sodass der Boden der Porzellantasse deutlich durchschimmert.

Omakaffee, hat der Pierre dazu gesagt, ich will auch Omakaffee, und sich an dich geschmiegt, und jetzt lächelst du, weil du an Pierre denkst, dein gut geratenes Enkelkind, genauso hübsch und gut geraten wie dein Sohn, der Markus, der ein Arzt geworden ist.

Du seufzt und dann seufzt du noch einmal und stellst dir vor, es würde jemand hören, und weißt genau, dass es niemand hört, und das ist auch so ein Punkt, den du nicht verstehst. Du seufzt aus Fleiß noch einmal und stellst dir vor, dass es jemand hört, und schon hört es jemand, endlich, es ist jemand, der in dir drinnen ist.

Es dämmert durch die Ritzen deines Rollos. Du hast versucht zu ignorieren, dass du wach bist, schnell die Augen wieder zugemacht und auf den Schlaf gewartet, der nicht kam. Du hast die Augen lange zugelassen, du hast Angst gehabt vor dem Tag, der immer näher kam, je heller es draußen wurde, wieder ein Tag, der schwer und groß vor dir lag, ohne etwas zu fordern, ohne etwas zu wollen. Die Kirschen sind geerntet und zu Marmelade verarbeitet, drei Tage lang warst du ununterbrochen beschäftigt, bis in die Nacht. Du hast das Mittagessen ausgelassen, du hast Radio gehört und nicht bemerkt, wie Stimmen und Musik in ein gleichmäßiges Rauschen übergegangen sind, weil ganz in der Nähe ein Gewitter war. Irgendwann hast du es leiser gestellt und es dann vergessen. Noch immer ist das Radio an.

Die Wäsche ist gewaschen, sogar die Vorhänge, und wieder aufgehängt hast du sie auch schon, die Böden sind geputzt und die Schränke, die Teppiche gesaugt und die Polster auch, dein Bett frisch überzogen, der Rasen gemäht, die Rosen gestutzt, die Katze der Nachbarn von der Terrasse gejagt, die Zeitung gelesen, Essen für eine Woche vorbereitet, nur schade, dass der Pierre heute nicht kommt, weil sie in Urlaub gefahren sind, drei Wochen, hat Helen gesagt, vielleicht auch länger, hat Markus hinzugefügt, was soll das bedeuten, vielleicht auch länger, aber da hat Helen schon den Motor angelassen. Sie hat zweimal gehupt, dann ist sie langsam angefahren, während die Kinder gewunken haben und du zurückwinken musstest.

Herz

Die Schmerzen sind nicht das Schlimmste. Am schlimmsten ist das Jucken, der Juckreiz, der ununterbrochene Juckreiz, selbst wenn sie dir den Verband aufgerissen haben, um ihn auszuwechseln, und du vor Schmerz geschrien hast, selbst dann warst du dankbar, weil das Jucken ein paar Minuten lang aufgehört hat. Der Schmerz war besser als diese Juckerei. Der Schmerz vergeht, aber das Jucken ist geblieben – und eine tiefe Narbe am Fuß, die dich für ewig daran erinnert, wann alles angefangen hat.

Wer so etwas nicht erlebt hat, kann sich das nicht vorstellen, sagst du gerne, dem Sohn, der Schwiegertochter, den Enkelkindern sagst du es, und das ist auch der Grund, warum die Oma so ein gutes Herz hat, warum sie mit allen mitfühlt, denen es schlecht geht, so wie dem Pierre vorhin, als die Luisa ihn getreten hat. Da, sagst du, muss der Pierre sich gefühlt haben wie ich damals, und der Pierre schaut dich ganz erschrocken an.

Die Luisa kichert, und als du sie streng anschaust, lacht sie laut und springt auf und läuft zu ihrer Mutter, und du streichst dem Pierre über den Kopf.

Nicht am Daumen lutschen, Pierre, sagst du, du bist doch schon groß, und Pierre nimmt den Daumen aus dem Mund, weil er doch schon groß ist, weil er doch auch schon groß sein will, er will es ja selbst, und da tut er dir noch mehr leid und du flüsterst ihm was ins Ohr, sein Gesicht hellt sich auf.

Auja, Oma, flüstert er, ganz begeistert, ich hol schnell die Luisa, die freut sich.

Und noch bevor du ihn zurückhalten kannst, ist er dir entwischt und läuft schon seiner großen Schwester in die Arme. Und dabei wolltest du das Geheimnis doch ganz allein mit ihm teilen, nur du und er, und Luisa hätte nichts abbekommen von der Schokolade im Schokoladenversteck.

Aber schon ein paar Minuten später, als der Markus hereinkommt, mit seinem freundlichen Lächeln, ist alles wieder gut, der Markus und sein freundliches Lächeln kommen zusammen herein wie zwei alte Freunde, und die Kinder hörst du im Nebenzimmer toben und lachen, er ist ein wunderbarer Vater, Helen kann sich glücklich schätzen.

Mutter, ich muss etwas mit dir besprechen, sagt Markus und schaut wieder ernst, er ist immer so ernst, früher hat er mehr gelacht.

Brauchst du Geld, Bub?, fragst du ihn, du siehst dich schon bei der Sparkasse, am Schalter, die ganz Jungen haben dort das Sagen, wortlos hat dir einer einen Überweisungszettel in die

Hand gedrückt und deinem verständnislosen Blick hinterhergeschickt: Das füllen Sie jetzt schön aus, und dann kommen Sie wieder an den Schalter, wie jeder andere Kunde auch.

Da hat der Markus, als du ihm die Geschichte erzählt hast, bei der Bank angerufen, beim Geschäftsführer. Du weißt nicht, was er ihm alles gesagt hat, aber es wird schon das Richtige gewesen sein, seitdem sind sie so freundlich wie früher, eigentlich noch freundlicher, anders freundlich, und ein junges Mädel hilft dir, sobald du die Bank betrittst, beim Ausfüllen deiner Formulare, inzwischen weiß sie schon, an wen die Überweisungen gehen, an den Markus zum Beispiel – an den Herrn Sohn, wie gehts denn dem Herrn Sohn, Frau Walter, fragt sie dich, wie es sich gehört, oder an die Strobag, an das Finanzamt, an die Friedhofsverwaltung.

Wenn der Markus Geld braucht, kannst du ihm 3000 geben. So viel hast du zusammengespart, du brauchst ja nicht mehr viel, das bisschen Kartoffelsuppe, den Bohnenkaffee, den Orangensaft, haltbare Milch, eine leichte Butter, Graubrot, und einmal die Woche gehst du in den Löwen zum Essen mit den Frauen vom Schützenverein, alle miteinander Witwen wie du auch. Nein, sagt Markus, ich brauch doch kein Geld von dir, Mutter, aber du hast so viele Kosten, die Praxis, die Kinder, wir haben genug Geld, Mutter, die Helen verdient doch auch genügend.

Jetzt gibt's erstmal Kuchen, rufst du, und da kommen sie schon angesprungen und du packst den Pierre und drückst ihm ein Busserl auf die Wange.

Mögt ihr einen Kuchen, Kinder, jaa, rufen die Kinder, und der Markus lacht jetzt auch wieder und schüttelt leicht den Kopf, na also, er hat es ja nicht verlernt, das wär noch schöner, wenn seine alte Mutter ihn nicht mehr zum Lachen bringen könnte.

Wasser

Du besuchst die Nachbarin im Krankenhaus, du hast keine Lust, aber du tust es trotzdem, du hoffst, dass die Nachbarin auch dich einmal besuchen wird, wenn du im Krankenhaus landest, womit zwar nicht zu rechnen ist, aber es kann schnell gehen. Die Nachbarin schaut dir mit erlebnishungrigem Blick aus dem weißen Krankenhausbett entgegen, ihre Hand umklammert die ebenfalls weiße Triangel, die auf Höhe ihres Kopfes hängt, sie umklammert sie, als sitze sie im Auto auf dem Beifahrersitz und die Geschwindigkeit ist viel zu hoch für sie und ihr Alter. Sie fragt dich nicht, wie du hergekommen bist, ob mit dem Bus oder mit dem Taxi, sie stürzt sich auf dich und legt los, kaum bist du zur Tür herein. Du kannst sie nur schlecht verstehen, von heute auf morgen scheint sie einen Sprachfehler bekommen zu haben, sie lispelt, sie bekommt die Zähne nicht richtig auseinander. Ihre Tochter, eine Steuerberaterin, wird dir später erzählen, dass sie sich durch den Überfall so aufgeregt habe, dass sie einen Schlaganfall erlitten habe, aber Markus wird sagen, das sei ein Schmarrn, das eine habe mit dem anderen nicht zu tun.

Du wirst dies der Nachbarstochter sagen, und da diese nur Steuerberaterin ist, der Markus aber Arzt, wird sie sicher einsehen, dass sie gar nicht recht haben kann, aber sie wird weiter bei ihrer Theorie bleiben, denn das eine habe ja offensichtlich sehr viel mit dem anderen zu tun, und selbst du kommst ein bisschen ins Zweifeln, denn es wäre schon ein großer Zufall, wenn beide Ereignisse unabhängig voneinander stattgefunden hätten, Überfall und Schlaganfall, da kommt dir eine Idee und du fragst gleich nach, ob Ihre werte Frau Mutter sich nicht vielleicht den Überfall nur eingebildet habe, ob sozusagen der Überfall Folge des Schlaganfalls gewesen sei, und nicht andersherum.

Die Nachbarin erzählt und erzählt und erzählt, du kannst ihr kaum folgen, sie ist rücksichtslos, sie muss doch merken, dass kein Mensch ihr folgen kann, und schon gar nicht du, du weißt nicht, was du machen sollst, du willst ihr nicht sagen, dass du sie für rücksichtslos hältst, du willst ihr aber auch nicht mehr zuhören, du willst nicht gehen, weil du gerade gekommen bist, du willst aber auch nicht bleiben, du stehst wie einer Eingebung folgend auf, gehst in das kleine Bad nebenan und bringst der Nachbarin ein Glas Wasser, du hältst es ihr hin, sie nimmt es, sie schaut das Glas an, sie hört auf zu sprechen, sie trinkt aus dem Glas, zuerst nur ein Schluckerl, dann das ganze Glas aus, du nimmst das Glas, gehst noch einmal ins Bad, füllst das Glas noch einmal auf, lässt die Nachbarin noch einmal alles austrinken, dann setzt du dich hin, nimmst ihre Hand und fragst sie, wie das denn passiert sei.

Die Nachbarin war in der Stadt, sie wollte Sandalen kaufen für den Sommer, sie brauchte neue Sandalen, weil ihre Füße größer geworden sind, ihr Körper schrumpfe, sagt sie, sie sagt nicht *schrumpfen* sondern *schlumpfen*, aber du verstehst jetzt glücklicherweise, was sie meint, vielleicht liegt es auch daran, dass sie dich beim Sprechen anschaut, komischerweise versteht man einen Menschen besser, wenn der einen anschaut, je mehr ich schlumpfe, sagt die Nachbarin, desto größer werden meine Füße.

Ihr lacht in geheimer Übereinstimmung, bevor sie wieder ernst wird und zu einem angemessenen Gesichtsausdruck zurückfindet, ein paar Meter vor dem Schuhgeschäft ist es passiert, zwei Männer, sagt sie, Südländer, natürlich, sagt sie, hätten sie in einen Hauseingang gedrängt, es ging alles ganz schnell, sie sagt *schell*, und schon war die Handtasche weg, und die Ausländer waren weg, und sie selbst war auch weg, in Ohnmacht gefallen, aber es war ja gar keine Ohnmacht, sondern ein Schlaganfall, ausgelöst durch den Überfall.

Der Auszubildende vom Schuhgeschäft habe sie gerettet, er habe sie entdeckt, als er Zigaretten holen wollte, unerlaubterweise übrigens während der Arbeitszeit, aber da durch seine unerlaubte Entfernung vom Arbeitsplatz ihr Leben gerettet wurde und der Auszubildende sogar in der Zeitung stand, mit Bild vor dem Schuhgeschäft, konnten sie ihm schlecht kündigen, was sie sonst getan hätten, zu Recht, wie du insgeheim findest.

Es war ein absoluter Zufall, dass der Auszubildende deine Nachbarin gerettet hat, eigentlich wollte er Zigaretten holen; dass er die Nachbarin da liegen sah, war lediglich eine Begleiterscheinung. Er hat sie auch schon besucht, der Lebensretter die Nachbarin, sie holt umständlich aus ihrem Nachtkasterl eine Zeitung, die auf der richtigen Seite aufgeschlagen ist, sie zeigt dir den jungen Mann, einen unscheinbaren, etwas hochmütig dreinschauenden jungen Mann, nicht so groß wie dein Sohn Markus und auch nicht so gutaussehend. Trotzdem bist du neidisch, dass die Nachbarin von so einem jungen Mann gerettet wird, und nicht nur gerettet, sondern auch von ihm besucht, mit Blumen und Pralinen, als habe sie sein Leben gerettet, aber nein, sie wird noch belohnt dafür; sogar der Name der Nachbarin ist in dem Artikel erwähnt.

Die Zeitung fällt auf den Boden, du hebst sie auf, und weil du schon einmal in Bewegung bist, stehst du auf und legst die Zeitung wieder vorsichtig ins Nachtkasterl der Nachbarin, die sich noch immer an der Triangel festkrallt, ihre Fingernägel sind rosafarben lackiert, bestimmt wegen des Lebensretters. Vorsichtig sagst du, ich muss wieder, gehen Sie schon?, ach bleiben Sie doch noch, ach nein, ich muss wirklich, und die Nachbarin lässt endlich die Triangel los und greift mit beiden Händen nach deiner Hand und bedankt sich überschwänglich für deinen Besuch, und dann greift sie noch einmal zum Nachtkasterl, eine Etage tiefer, und holt die Packung Pralinen, die ihr der auszubildende Lebensretter dagelassen hat, drückt sie dir in die Hand und sagt, für die Enkelkinder.

Aber auf gar keinen Fall, bitte nehmen Sie sie, ich darf ja nicht mehr, ich darf nicht so viel Zucker, sonst bekomme ich gleich noch einen Schlaganfall, aber ich kann doch unmöglich, doch Sie können, ich bitte Sie, und schließlich nimmst du die Pralinen, steckst sie in die Handtasche, du verlässt gut gelaunt das Krankenhaus.

Schwammerln

Ihr seid mit dem Onkel früh aufgebrochen in den Wald, in die Schwammerln seid ihr gegangen, ganz früh, noch im Dunkeln aufgestanden, die Tante hat euch einen Kaffee gemacht, einen echten Bohnenkaffee, der erste Bohnenkaffee in deinem Leben, zuhause hat es den Kaffee nur für deine Mutter gegeben und die Magdalena hat ab und zu eine Tasse von der Mutter bekommen, wenn sie wieder einmal so müde war, dass sie am Tisch oder in dem kleinen Büro, das die Eltern neben der Garage für sie eingerichtet hatten, eingeschlafen war. Die Magdalena kennst du nur als die, die im Büro neben der Garage arbeitet oder das Haus putzt oder halt schläft, noch nie ist sie mit irgendwelchen Freundinnen mitgegangen oder mit euch kleineren Geschwistern, nie zum Schlittschuhlaufen oder in die Wochenschau, und selbst in die Schule ist sie nur sechs Jahre lang gegangen.

Der Onkel hat dir über den Kopf gestrichen und dich mein Resl genannt, das Resl gefällt dir, es klingt so fröhlich, und wenn der Onkel Resl sagt, dann fühlst du dich leicht, nicht so trampert, wie wenn die Mutter dich Theresa ruft.

Ja, was ist denn schon wieder?

Und schon fängst du dir eine Watschn ein, für den Ton, in dem man nicht mit der Mutter redet.

Immer schaut sie dich entweder wütend oder gar nicht an, und du schaust sie bewundernd an, du willst immer nur so sein wie sie, voller Geheimnisse und Unberechenbarkeit, auch die Lene hat Angst vor ihr, dein Vater sowieso, und bei der Magdalena weißt du es nicht, bei der Magdalena weiß niemand etwas, die Magdalena ist gar nichts Eigenständiges, sie ist eher so etwas Ähnliches wie ein Körperteil von der Mutter, der Körperteil, der Mutters Befehle ausführt und dich manchmal einen ganzen Tag lang ins Zimmer einsperrt und dann nachmittags einen Teller eingeweichtes Brot hereinbringt und auf den Boden stellt, wortlos, auf den Boden und nicht wenigstens auf den Tisch, weil die Mutter der Magdalena gesagt hat, stells ihr auf den Boden, damit sie es sich merkt, und die Magdalena stellt es dir auf den Boden, damit du es dir merkst. Dann hasst du die Magdalena, weil sie die Mutter nicht davor bewahrt, so gemein zu sein. Die Magdalena hat die Mutter aufgestachelt, allein durch ihre Existenz und durch ihre Willigkeit.

Nur der Martin hat vor der Mutter und auch vor der Magdalena keine Angst, er hat eigentlich nie Angst, er hat immer ein reines Gewissen.

Der Onkel hat gelacht, als du deine Tasse nicht ausgetrunken hast, weil der Kaffee zwar gut gerochen hat, aber irgendwie bitter geschmeckt, du hast gefragt, ob du ein bisschen Zucker haben kannst, aber die Tante hat dich streng angesehen und der Onkel hat gelacht.

Zucker in den Kaffee, wo kommen wir denn da hin?

Dann hat er dir wieder über den Kopf gestreichelt, ganz sanft, er hat eine Locke von dir genommen und sie hinter dein Ohr gesteckt und dir dabei in die Augen geschaut. Er hat ganz kleine, lustige grüne Augen. Du lernst es schon noch, Resl, hat er gesagt, er hat es so gesagt, dass die anderen es nicht gehört haben, du hast genickt und dich ein bisschen undankbar gefühlt, weil du das wertvolle Gut nicht zu schätzen wusstest, nicht ohne Zucker, und hast gehofft, dass der Onkel es nicht der Mutter erzählt.

Als ihr im Wald wart, hat der Onkel euch sein größtes Geheimnis verraten, den Bunker im Wald, der mit Ästen und Tannengrün bedeckt war, damit die Amis uns nicht von oben sehen können, und wenn es einmal Fliegeralarm gibt, dann laufen wir alle ganz schnell in den Wald und in den Bunker, auch du, Resl, gell?

Du hast brav genickt, damit der Onkel nicht merkt, wie du erschrocken bist, wieso denn Fliegeralarm, der Fliegeralarm ist doch der Grund, warum ihr überhaupt beim Onkel seid, weil es da keine Flieger und keine Amis geben soll, und jetzt sagt der Onkel was vom Fliegeralarm.

Es ist zwar unwahrscheinlich, sagte der Onkel, aber gewiss weiß man es nie, und deshalb habe ich euch das Versteck gezeigt, falls es einmal so weit ist. Und gleich in der Nacht darauf war es auch schon so weit, du warst sofort wach, und die Lene und der Martin waren auch wach. Die Magdalena musstet ihr zum Glück nicht wecken, weil sie bei den Eltern geblieben war, denn einer musste der Mutter bei der Arbeit helfen; zuhause habt ihr die Magdalena jedes Mal wecken müssen, weil sie nicht von allein wach wurde, selbst vom Fliegeralarm wurde sie nicht wach, sie wird noch ihren eigenen Tod verschlafen, hat dein Vater einmal gesagt, als er nicht gemerkt hat, dass du zuhörst.

Mit dem Onkel seid ihr durch den Wald gelaufen, du hast deine Schuhe vergessen und bist barfuß über den Boden gelaufen, du bist mit dem Zeh an einer Wurzel hängen geblieben, du bist aufgestanden, weitergelaufen, bis zum Bunker, und erst als du in Sicherheit auf der Holzbank gesessen bist, die der Onkel selbst gezimmert hat – da hast du den Schmerz gemerkt; bis heute steht dein großer Zeh ein Stück weg von den anderen, er muss komplett durchgebrochen, an der Wurzel muss er durchgebrochen sein und du hast geweint, der Onkel hat dich auf seinen Schoß gezogen und dich gestreichelt und mit dir geredet und du hast geweint, aber du hast dein Weinen gar nicht gehört, weil es draußen so laut war von den Amis und ihren Bomben.

Und als dann alles still und dunkel war und nur noch du und er in den feuchten Bunker gestarrt habt, wo es nach Erde und warmem Urin roch, hat der Onkel dir eine Praline in den Mund geschoben, du hast seinen warmen Atem an deinem Hals gespürt und warst froh, dass jemand so nah bei dir war, und bist wieder eingeschlafen. Da hat der Martin dich auf einmal am Arm gepackt und dich vom Schoß des Onkels heruntergezogen, sofort hat der große Zeh wieder wehgetan, hat gepocht und gebrannt, du hast wieder angefangen zu weinen, alles auf einmal hat wehgetan, du kommst sofort her, hat der Martin böse gesagt, und du hast gehorcht, weil der Martin sonst nie so mit dir gesprochen hat, und du hast versucht nicht mehr zu weinen.

Am nächsten Tag seid ihr wieder nach Hause gefahren, ihr seid zum Bahnhof gegangen, zu Fuß, der Martin hat dich Huckepack genommen, weil du nicht mehr gehen konntest, du kannst dich heute nicht mehr an den Schmerz erinnern, nur noch daran, wie schön es war, dass der Martin dich getragen hat, kannst dich an seinen Rücken erinnern und an seine Haare und seinen weichen Nacken, in den du dein nasses Gesicht gelegt hast, und zum Abschied hat der Onkel dir ein letztes Mal über das Gesicht gestreichelt und mein Resl gesagt.

Die Tante hat der Lene einen großen Korb voller Schwammerln mitgegeben, die ihr im Wald gefunden habt, die meisten hat die Lene gefunden, weil die Lene immer das meiste von irgendetwas gefunden hat oder geschenkt bekommen oder in der Tombola gewonnen; auf die Lene hat der liebe Gott einen besonderen Blick, hat es darum bei euch zuhause immer geheißen, deshalb sieht sie auch aus wie ein Engerl. Nur der Onkel hat dich lieber gehabt als das Engerl.

Als der Zug losgefahren ist, hat der Martin das Abteilfenster mit einem Ruck geöffnet und den Korb mit den Schwammerln in hohem Bogen hinausgeworfen. Die Schwammerln sind eine Sekunde lang durch die Luft getanzt, bevor der Zug sie hinter sich gelassen hat.

Rot

Sie war das erste Kind, und sie hat dir nichts erspart, wirklich gar nichts: Du warst angebunden am Wehenschreiber, auf dem Rücken liegend, die gespreizten Beine, die Schwester, die gesagt hat: Wir sind hier nicht bei Ihnen zuhause, gell?, in einem Tonfall, dass dein Herzschlag zu rasen begonnen hat vor Schmerz und Scham, dass gleich darauf schon die erste

Presswehe kam, in die du dich mit aller Kraft und mit aller Wut hineingestemmt hast, was das Kind aber nicht vorwärts gebracht hat, was vielmehr dich zurückgeworfen hat. Die Zeit wollte nicht mehr vergehen, jede Sekunde fühlte sich genauso an wie die Sekunde davor und die Sekunde danach, aus den Sekunden wurden Minuten und aus den Minuten Stunden, die alle gleich waren, in denen du dir selbst beim Weinen und Schreien zugehört hast, und der Stimme der Hebamme, mit diesem Unterton, nie wieder hast du diese Stimme vergessen können, sie hat sich in jener Nacht der Geburt in dein Gehirn geschlichen, ist mit Sack und Pack dort eingezogen und geblieben, bis heute.

Und als du schon fast bewusstlos warst und gedacht hast, das ist jetzt das Fegefeuer und danach wirds noch schlimmer, es kommt jetzt immer noch mehr Hölle, als du dir vorstellen kannst, da war es endlich da, der Fuß war zuerst da, du weißt nicht, welcher. Mit dem anderen Fuß hatte es sich verhakt in dir, und du hast sehr viel Blut verloren, es hat keine Luft mehr bekommen, das andere Bein hat schon aus dir herausgeschaut, hat gezuckt, war schon ganz blau.

Und dann haben sie es aus dir herausgezogen, an einem Bein Stück für Stück herausgezogen, und du hast nichts mehr gespürt, ein Rotes, es ist ein Rotes, hat die Schwester gesagt, in einem Tonfall, als habe sie es von Anfang an gewusst, dass eine wie du nichts Besseres zustande bringen wird. Und du bist zurück ins Fegefeuer gefallen und hast nicht mehr mitbekommen, wie sie das Kind reanimiert haben, und dich haben sie zugenäht mit zwanzig Stichen und ohne Narkose, weil du vor lauter Schmerzen nichts mehr gespürt hast.

Die Jahre danach waren die schlimmsten, kaum konntest du die Geräusche des Kindes ertragen, sein Schmatzen nicht, sein Brabbeln nicht, sein Gurgeln nicht, selbst sein Atmen nicht, geschweige denn das Weinen und Schreien. Du hast dem Kind deshalb schnell abgewöhnt, Geräusche zu machen, Töne von sich zu geben, zu deiner Überraschung hat es irgendwie sprechen gelernt, wenn auch erst mit drei Jahren, und es wurde immer mehr zu einem Mädel mit dünnen roten Haaren, du hast kaum mit ihr gesprochen, du hast nicht einmal gemerkt, dass sie dir zugehört hat bei deinen Selbstgesprächen, denn du hast ja gar nicht gewusst, dass du Selbstgespräche führst.

Du hast diese Selbstgespräche geleugnet, du konntest dir nicht vorstellen, dass du in ein ständiges Gespräch mit dir selbst verwickelt warst. Aber sie, die Kleine, hat dir zugehört und dir alles nachgesprochen, sie hat dich nachgeahmt, deshalb hast du sie irgendwann nicht mehr gehört, sie hat sich aufgelöst in deinem Gespräch mit dir selbst, sodass dir ihr Sprechen so wenig bewusst war wie dein Selbstgespräch. Erst wenn Nachbarn, Lene oder die Verwandten vom Sepp dich darauf ansprachen, wie gut die Kleine schon sprechen konnte, ist dir aufgefallen, dass sie sprechen konnte, dann hast du sie durch die Brille der Nachbarn und der Verwandten sehen können und durch die Brille von Lene, die eine gütige Brille war und die du dir manchmal, an den guten Tagen, ausgeliehen hast. Du hast diese Brille gebraucht, um sie überhaupt ansehen zu können. Der Sepp nannte die Kleine Elke.

Blumen

Du hast gedacht, nie mehr, nie mehr mache ich so etwas mit, noch eine Geburt überlebe ich nicht, aber dann habt ihr doch noch ein Kind gemacht, ihr habt alle Hoffnung in das zweite Kind gesetzt, der Sepp und du, diesmal wird es ein Bub, da war der Sepp sich sicher und dir war es gleich, Hauptsache nicht noch eins, das rote Haare hat, hast du gesagt, und der Sepp hat mit den Schultern gezuckt: Was du immer hast.

Bei den ersten Anzeichen packst du sie ins Auto und bringst sie mir, hat der Arzt zum Sepp gesagt, während du daneben lagst auf dem Behandlungsstuhl und froh warst, dass es diesmal nichts mit dir zu tun haben würde, wie dieses Kind auf die Welt kommen würde.

Ohne Wehen, ohne Schmerzen, ohne Scham kam das zweite, nur ein Schnitt, den du nicht mitbekommen hast, weil du unter Narkose standst, und vor der Narkose hattest du gar keine Zeit, aufgeregt oder verängstigt zu sein, weil du weder Datum noch Uhrzeit der Operation kanntest, es reichte, wenn der Sepp sie kannte und dich rechtzeitig hinbrachte. Er fuhr dich ins Krankenhaus und setzte sich ins Wartezimmer, eine Schwester brachte ihm einen Kaffee und du wurdest in einen Rollstuhl gesetzt, hast eine Spritze bekommen, wurdest in ein Zimmer gefahren, hast dich ausgezogen, die Schwester hat dir geholfen, weil du so müde warst, die Schwester hat einen Witz gemacht und du hast gelacht und dann bist du eingeschlafen und mitten in der Nacht wieder aufgewacht, und jetzt warst du eine zweifache Mutter.

Ich habe zwei Kinder, hast du gedacht, und weil niemand da und niemand in der Nähe war, hast du dir gewünscht, dass nichts passiert, alles nur geträumt wäre, dass du weder ein kleines Mädchen mit dünnen roten Haaren noch ein dir vollkommen unbekanntes Neugeborenes hättest, dass du nicht mit dem Sepp verheiratet wärst, du hast es dir so sehr gewünscht, dass du erschrocken bist, als der Sepp dich am nächsten Morgen besucht hat, kurz nachdem die Schwester nach dir gesehen und dir zwei Tabletten gebracht hat, eine gegen die Schmerzen, eine andere gegen das andere. Alles war dir ziemlich egal, du hast an die Schwester vom Vortag gedacht und an den Witz, den sie gemacht hat, hast versucht dich an den Witz zu erinnern, aber er ist dir nicht mehr eingefallen.

Die Schmerzen waren nicht das Schlimmste, denn Schmerzen warst du gewohnt. Du hast dir oft gesagt, dass du Schmerzen gewohnt bist. Und als der Sepp mit einem riesengroßen Blumenstrauß dein Zimmer betrat, mit einem breiten Grinsen unter der niedrigen Stirn und dem kurzgeschorenen Schädel, da hat das Jucken wieder angefangen. Es sind die Blumen, hast du gesagt, die Blumen lösen das Jucken aus, eine Allergie gegen Rosen und Nelken und Margeriten. Die Schmerzen hast du ertragen, nur das Jucken an deinem Bein hast du nicht ertragen, du hast dich ungeniert den ganzen Tag lang gekratzt, bis es geblutet hat, bis der Arzt deinen eigenen Knöchel vor dir schützen musste. Er hat nicht die Miene verzogen, als er dich verbunden hat. Auch als die Blumen auf dem Flur standen, hast du dich weiterkratzen müssen, wie du dich immer wieder kratzen musst, seit dem Unfall, der dich beinahe deinen Fuß gekostet hätte.

Am Abend kam die Schwester mit dem Bündel auf dem Arm in dein Zimmer. Sie legte es wortlos in deine Arme, die du erst in letzter Sekunde öffnetest, so wie du eines Tages erst in letzter Sekunde auf die Straße laufen wirst und vor einen Lastwagen fallen, und als der Bub in deinem Arm lag und dich mit seinen blinden Neugeborenenaugen ansah, ohne dich anzusehen, hast du geglaubt, er sieht dich an, dich und niemand anderen, noch nie hat dich einer so angesehen und sofort gesehen, wer du bist, und von Anfang an hast du die richtige Brille aufgehabt.

Du wolltest ihn Martin nennen, aber das ging nicht, weil der Bruder vom Sepp schon seinen Erstgeborenen Martin taufen lassen hat, mit voller Absicht, denn es war damit zu rechnen, dass ihr, solltet ihr einen Sohn bekommen, ihn Martin nennen würdet, damit der Martin in ihm weiterleben könnte. Weil er uns zusammengebracht hat und ich ihm das nie vergessen werde, hat der Sepp gesagt und du hast nichts gesagt. Dann aber hat der Bruder vom Sepp euch einen Strich durch die Rechnung gemacht, mit voller Absicht hat er seinen kurz davor geborenen Sohn Martin genannt. Du hast dir gewünscht, dass er noch vor der Taufe sterben würde, aber er starb nicht, er lebt noch heute, er ist ein erfolgreicher Unternehmer geworden, er verkauft Baumaschinen nach Venezuela und Brasilien.

Ihr habt euch dann auf Markus geeinigt, nach dem Schutzheiligen der Markuskirche in Venedig, und immer wolltest du einmal nach Venedig fahren, aber der Sepp ist nicht gerne verreist und deshalb warst du nie da. In der schlaflosen Woche nach der Geburt hast du dir Bildbände angeschaut von Italien, von Venedig, die der Sepp dir mitgebracht hat, er hat sie in ein schönes Papier einwickeln lassen, und du hast geweint, und der Sepp ist aufgestanden und im Zimmer herumgelaufen und herumgelaufen, bis du wieder aufgehört hast mit dem Weinen.

Festnetz

Vor ein paar Wochen bist du das erste Mal um das Telefon herumgeschlichen, hast darüber nachgedacht, die Nummer zu wählen, die Helen neulich einmal in das Register eingetragen hat, das auf dem Telefonbankl im Wohnzimmer liegt. Hast eines Tages die Nummer gewählt, deine Finger haben nicht gezittert, du hast die Nummer gewählt, wie du jede andere Nummer auch wählst, aber kurz bevor es angefangen hat zu tuten, hast du wieder aufgelegt. Bis du dann ein paar Wochen später nicht schnell genug aufgelegt und das Tuten wie den verlangsamten Herzschlag eines Ungeborenen gehört hast. Niemand hat abgehoben. Deine Finger zittern noch immer nicht, aber dein Herz klopft stärker als üblich, sogar sehr viel stärker. Es klopft im Brustkorb und es klopft an der Aorta. Nach einer Weile hast du den Hörer wieder aufgelegt und das Herzklopfen war jetzt in den Hörer hineingespeichert.

Als es neun vorbei ist, als du deinen Kaffee getrunken hast und ein Brötchen mit Kirschmarmelade geschmiert, aber nicht gegessen, da rufst du noch einmal an, doch wieder geht niemand dran, weil niemand zuhause ist, du lässt es wieder klingeln, dann legst du auf, hinterlässt keine Nachricht, weil es keinen Anrufbeantworter gibt, es gibt schon lange keine Anrufbeantworter mehr, weil alle ein Handy haben. So wie du dich einmal daran gewöhnen musstest, dass es Anrufbeantworter gibt, denen du die eigene Stimme preisgeben musstest, so musst du dich jetzt daran gewöhnen, dass es keine Anrufbeantworter mehr gibt, sondern nur noch Mailboxen, und du weißt nicht genau, was eine Mailbox ist. Du sprichst nicht auf Mailboxen.

Bald wirst du täglich anrufen, ohne genau zu wissen, was du sagen willst, du hast schließlich ein Recht darauf, mit Familienangehörigen zu sprechen, jeder hat ein Recht darauf, du musst es nur nutzen. Helen hat das gesagt, du kannst sie ruhig einmal anrufen, du hast ein Recht darauf. Und Helen kennt sich mit solchen Sachen aus, sie hat solche Sachen studiert, das nennt sich Gerontologie. Und sie hat recht, denn bald schon wirst du nicht mehr aufgeregt sein, dein Herz wird nicht mehr bis zum Hals klopfen, es wird klopfen wie sonst auch, nur wird immer noch niemand drangehen, weil niemand da ist. Nur das Telefon ist da und wartet auf deinen Anruf, als wüsste es über dich Bescheid.

Du hast jahrelang nicht mehr drangedacht, aber seit deinem ersten Anruf denkst du jeden Tag daran. Denkst an den Tag, an dem sie, Elke, aus dir herausgestiegen ist, mit einem Bein zuerst, denn so ist sie in die Welt gekommen, nicht wie die anderen Kinder mit dem Kopf zuerst. Welches Bein es war, das linke, das rechte, das kannst du nicht sagen, daran kannst du dich nicht erinnern, da hatten wir anderes zu tun, sagst du, wenn das Thema aufkommt, denn du wärst beinahe verblutet und das Kind wäre beinahe erstickt. Dann aber habt ihr es doch noch überlebt, jede für sich: du für dich und sie für sich. Das passiert schon mal, dass es so knapp werden kann, hast du gesagt, du hast es nicht direkt zur Elke gesagt, du hast es allen erzählt, aber sie war dabei und ihre dünnen Haare haben sich ein bisschen bewegt, aber nicht sie, sondern der Markus hat nachgefragt, obwohl es ja nicht seine Geburt war, die so verlaufen ist.

Deine Mutter, hast du erzählt, hat zwei Kinder auf diese Weise verloren, die mit dem Bein zuerst auf die Welt gekommen sind, mit dem linken zuerst, übrigens. Woher weißt du, dass es das linke war, und du hast gesagt, ich weiß es eben, meine Mutter hat es mir gesagt, so wie ich es jetzt euch erzähle.

Funker

Die Magdalena ist mit einem Militärbus abgeholt worden, sie sollte nach Brünn, sie sollte Funker in Mähren werden. Du weißt noch, dass es ein Montag war, du weißt aber nicht, warum du dir ausgerechnet das gemerkt hast, vieles andere hast du dir nicht gemerkt. Weil du nicht wusstest, dass es Mähren gibt, hast du gedacht, dass sie Funker im Märchen werden sollte und hast dich gefragt, warum plötzlich alle nicht mehr Märchen sagen, sondern Mähren. Wo denn plötzlich das *ch* hin verschwunden ist. Und du hast dich nicht getraut, dich zu beschweren, und hast dann eben auch Mähren gesagt, zuerst nur im Zusammenhang mit der Magdalena, und dann auch bei allem, das mit dem echten Märchen zu tun hatte. Du hast zum Beispiel gesagt, erzähl mir kein Mähren. Und das ist niemandem aufgefallen. Vielleicht, weil es so vieles war, das nicht aufgefallen ist. Es fehlte eben an allem, auch am *ch.* Erst viel später, der Krieg war schon fast zu Ende, hast du das Wort erst verstanden. Mähren, das ist im Osten, fast schon in Russland.

Funker hörte sich an wie ein richtiger Beruf, wie ein Männerberuf, auch wenn dein Vater die Nase rümpfte und deine Mutter stiller als sonst war. Du hast einmal nachgefragt, warum, aber es hat dir keiner geantwortet.

Magdalena packte am Abend ihre Sachen und fuhr sehr früh am Morgen ins Protektorat, wo sie sich nützlich machen sollte, so wie sie sich Jahre lang bei euch nützlich gemacht hatte.

Was ist ein Protektorat eigentlich, hast du Magdalena gefragt, ein Schutzgebiet, hat sie kurz und knapp geantwortet, aber sie hat dir nicht erklärt, ob sie dorthin fuhr, um etwas zu schützen, oder ob sie selbst dort beschützt werden sollte, du hast dich nicht getraut zu fragen, als sei es deine eigene Schuld, dass du es nicht verstanden hast.

Am Abend bevor Magdalena ging, hast du ihr zugesehen, wie sie ihre Sachen packte, wie sie zwei Kleider und vier Kittel, drei

Paar Schuhe, darunter ein Paar Hausschuhe, Blusen, Unterkleider, Röcke und sogar zwei Hosen sowie alle Strumpfhosen, die sie hatte, Unterwäsche, Bindengürtel und Binden auf drei großen Stapeln zusammenlegte. Sie wischte Staub vom Koffer, sie öffnete ihn mit zwei Schnapperln, er war leer, und du hast den karierten, an manchen Stellen schon löchrigen Stoff gesehen. Der Koffer war dir zuvor nie aufgefallen. Du hast nicht gewagt, sie nach dem Koffer zu fragen, du wolltest nicht wissen, woher sie ihn hatte. Du hast sie sogar verdächtigt, den Koffer unerlaubterweise aus dem Zimmer der Eltern geholt zu haben. An diesem Abend sah Magdalena zum ersten Mal so aus, als habe sie noch nie zur Familie gehört.

Ganz zum Schluss hob Magdalena die Matratze hoch, hielt sie mit ihren sehnigen Armen nach oben, schob ihren Kopf und ihren Rücken darunter und machte sich an den Sprungfedern zu schaffen. Du bist mit dem Kopf vom Bett gerutscht und hast ihr kopfüber zugesehen, wie sie ein kleines Medaillon von den Sprungfedern losgemacht und in ihren Kittel gesteckt hat.

Als Magdalena mit allem fertig war, hat sie den Koffer in den Flur gestellt, sie hat sich ausgezogen, sich im Waschzimmer gewaschen und ist zu Bett gegangen. Sie hat sich auf den Rücken gelegt, die Hände über der Bettdecke gefaltet, die Augen geschlossen und ein Gebet gemurmelt, dann hat sie Gute Nacht, schlaf gut zu dir gesagt.

Noch nie zuvor hatte sie Gute Nacht, schlaf gut zu dir gesagt, weil sie noch nie zuvor in deiner Anwesenheit ins Bett gegangen und sofort eingeschlafen war. An jenem Abend aber musste sie nicht mehr in der Garage und in der Küche arbeiten. Sie war gleich, nachdem sie am Nachmittag ihren Bescheid erhalten hatte, Funker geworden, da konnte sie euch nicht mehr helfen.

Mehr als ein Jahr lang hast du sie nicht mehr gesehen. Du hattest sie schon fast vergessen, da schrieb Magdalena, der Funker, ihre erste Karte, schrieb von Flüssen, Bergen, Burgen und Brunnen. Grüße an die Kleinen, schrieb sie, und du hast erst, als deine Mutter zu dir und Lene herübergeschaut hat, verstanden, dass Magdalena euch damit gemeint hat. Magdalena hatte euch nie *die Kleinen* genannt.

Magdalena war dir immer fremd gewesen, Magdalena war der Familie immer fremd gewesen, du hast gedacht, es ist eben einfach so, manche sind in ihrer eigenen Familie fremd. Manche sind sich vielleicht selbst fremd. Magdalena war einfach da, nicht mehr und nicht weniger. Und als sie in ihr Protektorat ging, im Frühsommer, da hat keiner wochenlang geschwiegen vor Kummer und Sehnsucht, und keiner hat ihren Teller mitgedeckt und keiner hat in ihrem Bett geschlafen. Ihre Arbeit wurde aufgeteilt, die Mutter putzte den ganzen Tag, Lene war jetzt für das Frühstück zuständig, und in der großen Pause kaufte sie das Gemüse auf dem nahe gelegenen Markt ein, du hast am Samstag die Stuben gefegt und bei der Abrechnung geholfen, weil du gut im Rechnen warst. Bis dein Vater dann ein Fräulein einstellte, das ihm bei der Firma half, bei der Buchhaltung, bei der Korrespondenz und dabei, Ordnung in der Garage, in der das Warenlager untergebracht war, zu halten. Der Vater sagte oft, wenn wir das Fräulein nicht hätten.

Das Fräulein war nicht mehr jung, eine Schulkameradin deiner Mutter, ihr Mann im Krieg gefallen, zuvor noch enteignet worden, weil er Fahnenflucht begangen hatte. Er war nur deshalb nicht standrechtlich erschossen worden, weil er freiwillig an die Front ging, wo er schon am ersten Tag fiel, als habe er nur darauf gewartet. Er wurde ohne militärische Ehren in ein Massengrab gelegt und sein und der Besitz des Fräuleins wurde konfisziert. Das Fräulein war in Wirklichkeit Witwe, aus Sicherheitsgründen sprach sie von sich selbst als Fräulein, als habe es den Mann, den Vaterlandsverräter, nie gegeben. Sie hatte Angst, dass sie selbst auch konfisziert würde. Wenn wir das Fräulein nicht hätten.

Gefärbt

Dass du nun, nach so vielen Jahren, anrufen würdest, damit war nicht zu rechnen. Es ist eine alte Festnetznummer, auf der du anrufst. Elke hat diese Nummer nie gelöscht, weil sie mehrere Telefone hat, Festnetz und Mobil, Elke hat alles, was alle haben, und die roten dünnen Haare, die hat sie noch immer, das Rot wäscht sich nicht aus und wird auch nicht grau, gefärbt hat sie es auch noch nie. Sie hat diese Festnetz-Nummer aus Nachlässigkeit nicht gelöscht, und aus der gleichen Nachlässigkeit heraus sieht sie auch nicht, dass du jetzt nach so vielen Jahren anrufst.

Helen

Helen hat ein paar Mal versucht, mit dir zu reden. Ich will dir doch nichts Böses, Thea, hat sie gesagt und sich zu dir gesetzt und ihre Hand in die Nähe deiner Hand gelegt, da hat dein Fuß wieder angefangen zu jucken, erst nur ein bisschen, aber das kennst du schon, am Anfang ist es harmlos, du hast versucht, es zu ignorieren und Helen zuzuhören, du hast es wirklich versucht, sie hat dich mit ihren grünen Augen freundlich angesehen, zu freundlich, und du hast zuerst nur ein bisschen an deinem Knöchel herumgekratzt, aber es hat nichts geholfen, das Jucken ist schlimmer geworden.

Es juckt so, hast du zu Helen gesagt und das Gesicht verzogen.

Ich bringe dir etwas Kaltes, hat Helen angeboten, aber du wolltest nichts Kaltes, du wolltest, dass es aufhört.

Das Kalte kannst du auf die Stelle legen, die juckt, hat Helen gesagt, du, ich muss wirklich dringend mit dir reden, aber du warst den Tränen nahe, das muss sie doch sehen, du kannst dir nicht vorstellen, wie das ist, Helen, hast du gesagt, weißt du, es ist nichts mehr wie vorher, hast du gesagt, und Helen hat gesagt, ich weiß. Ich mach dir einen Vorschlag, ich höre dir eine halbe Stunde zu und du hörst mir zwei Minuten zu, ok?

Und du hast gesagt, ich höre dir immer zu, wenn du etwas auf dem Herzen hast, Helen, das weißt du doch.

Und Helen sah immer noch freundlich aus, sehr freundlich, und du hast ihr erzählt, wie das war mit dem Unfall, als sei er gestern passiert, und das Erzählen hat das Jucken ein wenig gelindert, wenn auch nicht sehr, du hast dich bestimmt zwanzig Mal kratzen müssen. Nur gegen Ende ist es wieder schlimmer geworden, wie alles immer schlimmer wird, auch Helen wird immer schlimmer, ihr Kichern, ihr Mund, und dann noch Luisa, die aussieht, als wäre sie eine rothaarige Kopie von ihr, und vor allem die Angst, vor allem nachts, wenn die Schlaflosigkeit kommt, und die Angst tagsüber vor der Schlaflosigkeit, wenn es Nacht wird, und die Angst vor dem Tag, die Angst davor, den ganzen Tag über wieder nur Angst zu haben, Angst, Angst, Angst, und da hilft auch nicht, dass Markus eine Alarmanlage installiert hat in deinem Haus, und eine Feuermeldeanlage, und dass Fenster und Türen dreifach gesichert sind.

Ich habe Angst, Markus, aber Markus hat gar nicht verstanden, wovor du Angst hast, dass es nicht Einbrecher oder ein Feuer sind, die du fürchtest. Dass es zum Beispiel Helen ist, vor der du Angst hast, vor ihrem herzförmigen Mund und den schmalen Wangen und den hohen Wangenknochen, vor ihren langen blonden Haaren und ihrem nachlässig geschminkten Schönsein, das Markus offenbar so gut gefällt.

Je freundlicher und interessierter sie dir zuhört, desto klarer wird dir, dass sie dir etwas sagen möchte, das du nicht hören möchtest, und je schneller die Zeit vergeht, desto schlimmer juckt dein Bein, und dann bist du am Ende vom Erzählen und vom Kratzen müde geworden, und als du fertig bist mit deiner Erzählung, bist du auch schon eingeschlafen und erst wieder aufgewacht, als Markus vor dir steht und sagt: Wir fahren jetzt, Mutter.

Hunde

Vor der Verwandtschaft muss man auf der Hut sein, das hast du früh gelernt, das hast du schon gelernt, als du noch gar nicht verheiratet warst und auch als du noch gar nicht ans Heiraten gedacht hast, deine Mutter hat es dir früh schon gesagt, wie ein Geheimnis, das aber, wie sich eines Tages herausstellt, eh jeder kennt. Mach nicht denselben Fehler wie ich, hat sie schon gesagt, als du noch gar nicht darüber nachgedacht hast, Fehler in irgendeine Richtung zu begehen, und als es dann tatsächlich so weit war, diese Fehler zu begehen, da war der Satz schon so abgenutzt, dass du ihn nicht mehr ernst genommen hast, auch wenn noch so viel gesunder Menschenverstand dagegen gesprochen hat, den Sepp zu heiraten, wie zum Beispiel die roten Haare, aber auch die körperliche Abneigung, die du von Anfang an gegen den Sepp hattest, von der du aber dachtest, sie gehöre dazu, zum Mädchensein.

Du hast, wenn der Sepp im nächtlichen Ehebett nach dir gegriffen hat, an nichts gedacht, schon gar nicht an den Martin, weil das eine mit dem anderen nichts zu tun hat; und es hat sich für dich letztendlich dann doch noch gelohnt, dass du den Sohn bekommen hast, der Markus heißt, und dass der Markus Arzt geworden ist, denn nur Ärzte können Wunden heilen.

Es sind die kleinen alltäglichen Herausforderungen, die dich am Leben halten, Wäsche waschen, Vorhänge ab- und aufhängen, einkaufen, Müll wegbringen. Mit dem Auto fährst du nur noch im absoluten Notfall, dir ist aber klar, dass ein absoluter Notfall dich eben nicht mehr dazu befähigen würde, Auto zu fahren, dennoch wirst du nicht müde zu sagen, nur im absoluten Notfall benutze ich das Auto noch. Das Wissen, dass dieser absolute Notfall, in welchem du ausnahmsweise doch noch einmal Auto fahren würdest, gar nicht mehr eintreten kann, ist nichts, was dir wirklich bewusst ist, eher so ein vages Gefühl in dir, und wie alle vagen Gefühle in dir verbündet sich auch dieses vage Gefühl mit der großen Unruhe, die du spürst in dir, die zunimmt, deren Wachsen du spürst wie eine Schwangerschaft.

Du suchst den Einkaufszettel, auf dem du alles aufschreibst, was du sonst vergisst, und weil du den Zettel einfach nicht finden kannst, holst du die Tasche, sie steht in der Speis, du bist bereit das Risiko einzugehen, ohne Zettel einkaufen zu gehen, aber: Überraschung, in der Tasche liegt der Zettel, du freust dich, auch über kleine Sachen muss man sich freuen, Mutter, wie gut, dass der Markus immer so gute Ratschläge hat für dich. Du ziehst deine Schuhe an, denkst, während du versuchst, nicht an den juckenden Knöchel dranzukommen, darüber nach, dass du früher immer die Jacke zuerst angezogen hast und dann erst die Schuhe, auch der Sepp musste erst die Jacke, dann die Schuhe anziehen, damit nicht alles dreckig wird von den Schuhen, aber du brauchst jetzt immer so lange für die Schuhe, dass du bald ganz verschwitzt bist in der warmen Jacke, und wer viel schwitzt, der erkältet sich schnell, deshalb geht es jetzt nicht mehr anders. Du sperrst die Haustüre zweimal ab, guten Morgen, sagt die Frau Killinger von nebenan, du registrierst wie fast jeden Tag, dass sie dich zuerst grüßt, sie hat es nötiger als du, dir ist es egal, du wirst von allen gegrüßt, da könntest du es verkraften, wenn eine dich nicht grüßt.

Sie wohnt noch nicht lange hier, eine Kindergärtnerin, deren Mann vor einiger Zeit gestorben ist. Die vorher in der Stadt gewohnt hat in einer guten Gegend, die aber, weil ihr Mann vergessen hat, das Erbe vernünftig zu regeln, von ihren drei Söhnen und der Tochter auf die Straße gesetzt wurde, weil das Haus nach dem Tod des Vaters Mutter und Kindern gemeinschaftlich gehören sollte, die Kinder es jedoch verkaufen und das Geld aufteilen wollten, während die Frau Killinger gerne weiter darin gelebt hätte, auch in der guten Gegend wäre sie gerne geblieben.

Die Kinder haben sich durchgesetzt, weil sie in der Überzahl waren, als Mutter allein kann sie nicht in der Überzahl gegen vier Kinder sein, und so musste die Frau Killinger aus ihrem eigenen Haus, das verkauft worden ist, ausziehen und kam in einer Mietswohnung mit Gartenbenutzung unter. Ihre Kinder haben sie nach dem Umzug mit Blumenstöcken aus dem Baumarkt überhäuft.

Wenigstens muss sie jetzt nicht mehr so viel sauber machen. Und weil Blut dicker ist als Wasser, erzählt sie von den Kindern, als seien es ganz normale Kinder, von den drei Söhnen und der Tochter, die im Ausland als Juristin für *Amnesty International* arbeitet, was du lange Zeit für ein Hobby gehalten hast, bis du einmal eine Sendung über *Amnesty International* gesehen hast, dass die sich für Kriegsgefangene einsetzen, und da hast du gleich an den Martin gedacht, der als Kriegsgefangener zurückkam. Amnestie, sagt die Frau Killinger, bedeutet Leute freilassen, man spricht es aber englisch aus, ach hätte es doch, denkst du, damals auch schon *Amnesty International* gegeben.

Seitdem hegst du heimliche Sympathien für die Killinger-Tochter, obwohl du dich noch nicht einmal an deren Vornamen erinnerst, bestimmt etwas mit *G,* denkst du, denn ihre drei Brüder heißen auch alles etwas mit *G,* einer zumindest heißt Gustav.

Wie geht es der Tochter, fragst du die Frau Killinger über den Gartenzaun, gut, sagt sie, sehr gut sogar, und kann ihre Freude kaum verhehlen, sie ist – , sagt Frau Killinger und baut eine kleine Kunstpause ein, um die Begeisterung noch besser aus sich heraus platzen lassen zu können, schwanger und, fährt sie mit Triumph in der Stimme fort, sie kehrt schon bald nach Deutschland zurück, es wird mein viertes Enkelkind werden, strahlt sie unverhohlen glücklich.

Die Buben haben sich ja schon fleißig, sagt Frau Killinger, vermehrt, und wird rot.

Du fragst nach *Amnesty International,* und die Frau Killinger zuckt mit den Schultern und sagt, das wird sie wohl kaum weitermachen können, als frischgebackene Mutti.

Du verabschiedest dich und ziehst dein Einkaufswagerl hinter dir her, das der Markus dir einmal geschenkt hat, das ist schon ein paar Jahre her, er konnte dich nicht an deinem

Namenstag besuchen, weil er im Krankenhaus zu tun hatte, nur Helen und die Kinder waren gekommen und Helen überreichte dir den grünen Buggy, der ein bisschen wie ein Kinderwagen aussah, alles Liebe zum Namenstag, auch von Markus, sagte sie, und du hast dich so gefreut, weil Markus nicht vergessen hat, dass Grün deine Lieblingsfarbe ist.

Bei den Banners wechselst du die Straßenseite, obwohl das nicht mehr nötig wäre, denn der Bannerhund ist im März gestorben, doch aus Gewohnheit geben deine Ohren das wütende Bellen des Bannerhundes gegen jeden, der sich der Gartentür der Banners näherte, wieder, sodass du automatisch die Straßenseite wechselst, wie ein in dir vor langer Zeit eingebauter Mechanismus ist dieses Straßenseitenwechseln, es sind verschiedene Hunde gewesen, aber das Bellen war dasselbe geblieben. Vier Hunde sind es im Laufe der Jahre gewesen, hast du gedacht, doch der Markus kann sich an fünf verschiedene erinnern, er kann sich sogar an die Namen erinnern, du erinnerst dich nicht an die Namen, du magst keine Hunde, und am allerwenigsten magst du die Bannerhunde.

Deshalb warst du erleichtert, als der Herr Banner neulich sagte, es würde sich für einen neuen Hund nicht mehr rentieren, weil wir nicht mehr die Zeit haben, uns um ihn zu kümmern. Und du hast dich gefragt, ob er die noch verbleibende Zeit bis zu seinem Tod meint oder ob er die Zeit meint, die er braucht, um seinen Hund Gassi zu führen, Fressen einzukaufen und die Flöhe aus dem Fell zu zupfen. Aber du hast nicht nachgefragt. Die Banners haben ihren mindestens fünften Hund im Garten hinter dem Haus begraben, obwohl das verboten ist, doch niemand hat die Banners angezeigt.

Wo kein Kläger, da kein Richter, hat der Bürgermeister auf deine Nachfrage geantwortet, und du hast dich nicht getraut, die Banners anzuzeigen, obwohl du gute Lust dazu gehabt hättest – schließlich haben ihre Hunde dir das Leben schwer gemacht, 40 Jahre lang haben sie dich angebellt, dich gezwungen, die Straßenseite zu wechseln. Ein Bannerhund hat sogar einmal eines der Kinder in den Finger gebissen, den es durch das Gitter gesteckt hatte, um mit dem Hund Kontakt aufzunehmen. Der Finger war fast durchtrennt worden und musste im Krankenhaus wieder angenäht werden, du denkst noch heute an das viele Blut, an das schreiende Kind, an den Arzt. Bringen Sie das Kind doch bitte heute noch dazu, mit dem Schreien aufzuhören, sonst kann ich es nicht behandeln, sagte der zu dir, in einem Tonfall, als seist du es persönlich gewesen, die den Finger abgebissen hatte. Als seist du schuld gewesen, dabei hattest du das Kind noch angeschrien: Finger weg, Finger weg von dem Viech, aber da war es schon zu spät gewesen.

Als du im Supermarkt bist, stehst du plötzlich vor dem Regal mit dem Tierfutter und auf einmal überkommt es dich und du musst gewaltsam die Tränen zurückhalten, die aus dir herauswollen. Du kommst dir so verlassen vor, weil du nicht einmal mehr die Seite wechseln musst, wenn du am Bannerhaus vorbeigehst, nicht einmal mehr die Seite muss ich wechseln, denkst du, wir sterben alle aus und niemand kann etwas dagegen tun, weil niemand etwas dagegen tun will. Als hättest du geahnt, dass die Banners sich ein paar Tage später das Leben nehmen würden, mit Schlaftabletten, die sie im Cognac aufgelöst hatten.

Martin

Du stehst in deiner Küche, umgeben von elektrischen Geräten, die der Markus dir irgendwann einmal geschenkt hat, du bist froh, dass dir vom Markus die elektrischen Geräte geblieben sind, wo die Helen schon den Hauptanteil von ihm an sich gerissen hat. In deiner Küche hat sich in all den Jahren nicht viel verändert, nur in den Schubladen, in denen es von elektrischen Gerätschaften wimmelt, als seien es kleine automatisierte Insekten, Geräte, die du nicht benutzt, weil du noch immer

Angst vor Strom hast (und vor Insekten), und das wird sich auch nicht mehr ändern, es hat sich bis jetzt nicht geändert, warum sollte es sich auf einmal ändern?

Auch vom Martin ist dir nichts geblieben, außer das Grab am Rande des Friedhofs, das du schon lange nicht mehr pflegst, seit dem Tag nicht mehr pflegst, an dem du es einfach nicht mehr finden konntest. Es war nicht mehr an derselben Stelle wie zuvor. Es war genauso verschwunden, wie es plötzlich aufgetaucht war, und du konntest niemanden fragen, weil niemand wissen durfte, dass du es pflegst. Nicht einmal der Sepp konnte es wissen.

Du hast tagelang nach dem Grab gesucht, es blieb verschwunden. Du hast ein paar Wochen gewartet, dann bist du wieder auf den Friedhof gegangen, weil du gedacht hast, vielleicht war alles nur ein Irrtum, vielleicht hast du nicht richtig hingeschaut, vielleicht hast du dran vorbeigeschaut. Doch das Grab blieb auch ein paar Wochen später verschwunden. An seiner Stelle war ein anderes Grab, mit einem anderen Kreuz und einem anderen ebenfalls verschämten Schriftzug. Und als du Jahre später, etwa zur selben Zeit, in der Elke verschwunden ist, noch einmal an das Grab gegangen bist, da war dort, wo früher die Selbstmörder lagen, ein ganz normaler Friedhof mit frisch aufgeworfener Erde, kunstvoll gefertigten und glatt geschliffenen Grabsteinen, die gepflegt und poliert in der Sonne glänzten, um die sich Blumen und Kränze rankten, sodass dir kalt im Nacken wurde und du Zeit deines Lebens nie wieder zurückkehren würdest zum Grab deines Bruders, den du geliebt hast wie sonst keinen, entgegen jede Vernunft.

Dabei hattest du erst herausgefunden, dass es überhaupt ein Grab gab, weil der Frenzlhuber Thomas es dir verraten hat. Ausgerechnet er, der den Frantischek auf dem Gewissen hatte. Er hat wie immer Grüß Gott, Theresa gesagt, du hast wie immer nichts gesagt, und anstatt dir, wie üblich, traurig hinterherzublicken, hat er gerufen, wenn du mich nur einmal grüßt, verrate ich dir, wo sie ihn vergraben haben, und du hast ihn weiter ignoriert, du bist einfach weitergegangen, als habe er nichts gesagt, so sehr warst du es schon gewöhnt, den Thomas zu ignorieren und einfach weiterzugehen, dass es dir nicht schwergefallen ist. Aber dann hat der Satz an dir genagt, zuerst nur nachts, wenn du von dem Satz aufgewacht bist, und dann morgens, wenn du von dem Satz früher aufgewacht bist und nicht mehr schlafen konntest, und dann tagsüber, wenn du putzen und die Stube fegen und den Einkauf machen musstest, für dich und die Mutter, und irgendwann konntest du nicht mehr unterscheiden zwischen dem Thomas, dem Frantischek und dem Martin, für dich waren sie nach ein paar schlaflosen Wochen alle in ein und demselben Grab begraben. Und dann, nach Wochen der Schlaflosigkeit, konntest du eines Nachts wieder schlafen, vielleicht aus Erschöpfung, vielleicht aber auch, weil du da schon eine Entscheidung getroffen hattest, ohne es zu wissen.

Und am nächsten Morgen auf dem Weg zum Markt hast du den Thomas, der jeden Tag zur selben Uhrzeit am offenen Fenster lehnte, gegrüßt, hast Guten Morgen, Thomas zu ihm gesagt, und da hat er das Fenster zugemacht und am nächsten Morgen auf dich gewartet und ist mit dir zum Friedhof gegangen, dahin, wo die Selbstmörder begraben werden, und da hast du es erst begriffen, was passiert war.

Nichts

Elke ist nicht zuhause, aber das kannst du nicht wissen. Ihr habt euch seit Jahren oder sind es schon Jahrzehnte nicht mehr gesehen, weder gesehen noch gesprochen, weder gehört noch geschrieben. In einer Märznacht hat sie ihre Sachen gepackt und ist verschwunden, sie hat keine Nachricht hinterlassen, weder an dich noch an den Sepp. Doch, einmal hat sie ihm eine Karte geschrieben. Aber auch das kannst du nicht wissen, denn der Sepp hat die Karte nie erwähnt. Ohnehin ist er bald danach gestorben.

Sie hat sich nicht umgedreht und du hast nicht nach ihr gesucht. Du hast ihr Verschwinden gar nicht bemerkt, hast sie fortgelassen wie einen Vogel, der von der Fensterbank fällt, in ein Universum aus unendlich vielen Möglichkeiten fällt, als könne alles werden und nichts.

Lust

Der Sepp ist mit einem Brummen gestorben. Er ist mit einem Brummen eingeschlafen und nicht mehr aufgewacht, er hat nichts mehr gesagt zu dir, er hat dir keinen Brief hinterlassen, kein Testament, keine Anweisungen, was nach seinem Tod zu tun sei, wie es bei vielen deiner Bekannten der Fall war, dass der Mann der Familie, der Frau, den Kindern, etwas hinterlässt, nur der Sepp hinterließ nichts. Sein Brummen aber hielt sich noch eine Weile im Haus, wenn du in die Waschküche gingst oder in den Keller, in den Garten oder einfach nur vom Wohnzimmer ins Bad, dann hast du sein Brummen gehört, dann hast du dich umgedreht, aber keiner saß da und gab dieses seltsame Sepp-Geräusch von sich, das keine weitere Antwort erwartete.

Als er starb, warst du erleichtert, erst nach einiger Zeit hast du festgestellt, dass du ihn vermisst, so wie du eine Gewohnheit vermisst, von der du nicht gewusst hast, dass du sie gepflegt hast, und du hast durch dieses Vermissen festgestellt, dass der Sepp dir gar nicht so verhasst war, wie du immer geglaubt hast. Sein Tod hat dich nicht gefreut. Und nach einiger Zeit hast du angefangen, sein Brummen nachzumachen und manchmal, wenn du vor dem Spiegel stehst, verspürst du eine unerklärliche Lust, dir die Haare rot zu färben.

II.

Bahnhof

Elke ist nicht zuhause, sondern steigt aus einem Zug aus, der vor ein paar Minuten in einem mährischen Bahnhof zum Stehen gekommen ist. Die Sonne scheint auf Bänke und Hinweistafeln und auf die große Uhr in der Mitte des Bahnsteigs. Die Bahnhofsuhr zwinkert Elke zu, sie hat sie erkannt unter all den Leuten, die zu den Rolltreppen eilen und ihr Gepäck festhalten wie kleine Kinder, die man keine Sekunde loslassen darf. Nur Elke zieht ihr Gepäck hinter sich her, als gehöre es zu jemand anderem, und genau daran hat die Bahnhofsuhr sie erkannt.

Elke sieht sich um: An der Baustelle auf dem gegenüberliegenden Gleis glänzen neu verlegte Schienen. Die Treppe zur Bahnhofshalle ist gesperrt, die Fahrgäste werden auf Holzbrettern über die Gleise geleitet. Und im Bahnhofsgebäude sind die Geschäfte neu, sie heißen jetzt Shops und bieten Snacks, Cola, Souvenirs an.

An den Wänden und in der Mitte der Bahnhofshalle stehen Automaten, sie stellen sich den Reisenden in den Weg. Fahrkarten, Kaffee, Zigarettenautomaten gibt es nicht mehr, dafür Kondome für ein paar Kronen. Es ist ein Bahnhof, der aussieht wie jeder andere Bahnhof auch – bis auf die Wandmalereien an der Kuppel: ein Reigen aus Arbeiterinnen und Arbeitern, die müde aussehen – und auf sozialistische Art und Weise glücklich. *Rozkvétá Kraj, má milovaná zem – když dělnici a ženci praci tvořivou ji věnči*[1], steht auf der Banderole unter den Bildern.

Am Busbahnhof gibt es jetzt elektronische Anzeigen. Und ein Wartehäuschen mit einer grünen Bank: *Eva a Jaroslav.*

---

1 Blühende Erde, geliebtes Land – wo Arbeiter und Bauern arbeiten Hand in Hand.

Jedno[2], hat jemand in ihr Holz geritzt. Früher fuhr der Bus von Steig 10, jetzt von Steig 7. Am Samstag fährt er einmal in der Stunde. Der nächste kommt in vier Minuten, wenn die Anzeige stimmt. Zuerst die Nummer 378, dann die 16, wieder die 378, die 17, die 16.

Der Busfahrer ist riesig, er springt aus der Fahrerkabine, begrüßt seinen Kollegen, der mit den Fahrgästen zusammen einsteigt. *Všechno v pořádku?*[3] Der andere Busfahrer antwortet: *Všechno v pořádku.* Der erste wieder: *Nic hlásit?*[4] *Nic hlásit.* Eine praktische Sprache, dieses Tschechisch. Es würde dir gefallen. Busfahrer Nummer zwei läuft in langen Schritten über den Bahnhofsvorplatz, seinem wohlverdienten Feierabend entgegen, und sieht aus wie der Schneider bei Wilhelm Busch.

Dvacet korun[5] kostet die einfache Fahrt. Das ist immer noch weniger als ein Euro. Gleich in der ersten Reihe ist ein Platz am Fenster frei, auf den sich Elke setzt. Der Fahrer schmeißt das Radio an, schaut in den Rückspiegel und schließt die Türen. *Neni nutno, neni nutno*[6], scheppert es aus den Boxen der Führerkabine, der Busfahrer singt laut mit.

Bundhosen

Am Horni náměstí gab es früher fast dieselben Geschäfte, Cafés und Behörden wie heute auch, doch sieht mittlerweile alles sehr sauber aus und ordentlich und froh: das Rathaus, die Apotheke, die Bäckerei, der Metzger, daneben die Trafika, dann Textil, Spielzeug, Fußbodenheizungen, Unterwäsche. Eine multimediale Informationstafel für Touristen haben sie gegenüber den Fußbodenheizungen aufgestellt; eine junge

---

2 Eva und Jaroslaw für immer und ewig.
3 Alles in Ordnung?
4 Keine besonderen Vorkommnisse?
5 Zwanzig Kronen
6 Es ist nie genug.

Frau im Sommerkleid drückt auf einen Knopf und schon dröhnt eine Automatenstimme über den Platz, in lustigem Englisch mit tschechischem Akzent – und die Frau schaut sich erschrocken um. Sogar die Automaten sprechen hier mit Akzent. Ein paar Sekunden hört sie höflich zu, dann geht sie schnell weiter.

Es ist viertel nach drei.

Kommen um halb vier an, treffen uns am Marktplatz?, hat Helen gesmst.

Ein Auto mit Münchner Kennzeichen parkt ein, dreimal raus, zweimal rein, ein Reifen wird gegen die Bordsteinkante gequetscht. Ein älteres Ehepaar steigt aus, er in Bundhosen, sie in Bundhosen, aber das sind sie nicht. Elke schaut ihnen nach, wie sie Richtung Burg aufbrechen, die Burg, die damals am Rande der Stadt verfiel und dann nicht mehr verfiel und heute die Touristen anzieht.

Aber dann stehen sie plötzlich da. Wie aus dem Nichts. Sie schauen und winken und ihr Lächeln wird verlegen, je näher sie kommen.

Das Mädchen muss Luisa sein, sie hat rote Haare wie Elke und auch wie der Sepp sie einmal hatte, bis ins Alter hinein leuchtend rote Haare. Die Schultern hat sie ein bisschen eingezogen, dabei ist es gar nicht kalt. Die junge Frau neben ihr ist Helen. Bei jener einzigen Begegnung in Prag ist sie so nah an Elke vorbeigelaufen, dass sie jetzt fast vertraut wirkt. Wie jemand Bekanntes aus dem Fernsehen. Und Luisa sieht aus wie ihre kleine Schwester, nur dass Helen keine roten Haare hat.

Daneben der Bub, das ist Pierre. Markus wie aus dem Gesicht geschnitten. Nur war der ein viel stilleres Kind. Pierre dagegen läuft wild herum, immer im Kreis um die vier, die jetzt voreinander stehen. Und dann bleibt er vor der Reisetasche stehen und starrt sie an, geht um sie herum und starrt und starrt.

Markus und Elke geben sich die Hand, aber beide schauen irgendwohin, wohin, wissen sie selbst nicht. Markus' Augenbrauen sind immer noch buschig, aber fast weiß geworden. Er könnte Helens Vater sein und der Großvater der Kinder, also im Grunde der Sepp, aber der Sepp und der Markus, da sind Welten dazwischen.

Elke lächelt, sie lächelt ganz automatisch, es wäre ziemlich komisch, in so einer Situation nicht zu lächeln. Helen fühlt sich bei der Umarmung angenehm an, Elke spürt den muskulösen Körper unter der hellen Bluse, der nach Sonnencreme riecht. Die Kinder geben ihr die Hand zur Begrüßung. Luisa hat große Augen und einen misstrauischen Mund. Pierre schüttelt Elkes Hand kräftig und fragt: Wo hast du die Katze?

Die Kinder haben die lange Fahrt nur deshalb durchgehalten, weil ihnen Eis versprochen wurde, und tatsächlich flattern am Marktplatz die Sonnenschirme des Eiscafés *Diana* im Nachmittagswind. Die Erwachsenen wähnen sich noch mitten in der Begrüßung, als sie schon auf den Stühlen des Cafés sitzen, wie von unsichtbaren Fäden gezogen, wobei die unsichtbaren Fäden Namen haben, sie heißen Pierre und Luisa.

Die Bedienung bringt die englisch-deutsche Karte. Markus und Helen bestellen Getränke, verschiedene Arten Kaffee. Für die Kinder Fanta und natürlich Eis, es gibt sogar Spaghetti-Eis, Pinocchio-Eis und Früchtebecher, als wären sie hier nicht in Tschechien, sondern überall woanders auf der Welt.

Was ist das?, fragt Luisa und meint die Pestsäule, und Helen schlägt den Reiseführer auf und erklärt, dass es hier früher eine schreckliche Krankheit namens Pest gegeben hat, an der sehr viele Menschen gestorben sind, und vor Angst, selbst auch sterben zu müssen, haben die reichen Leute der Stadt versprochen, eine solche Säule bauen zu lassen, wenn sie verschont blieben.

Und, blieben sie verschont?, fragt Luisa skeptisch, offenbar ja, sagt Markus, sonst würde hier die Säule ja nicht stehen, und Luisa kann nicht glauben, dass so etwas funktioniert, und die Säule selbst gefällt ihr auch nicht. Dafür der schöne Brunnen neben dem Café, aus Delphinmündern plätschert

Wasser in eine große Muschel, in der sich Wasserflöhe und Abfall sammeln.

Die Bedienung bringt die Getränke, Pierre nimmt sein Glas in beide Hände und setzt an zu trinken, mit konzentrierten Schluckbewegungen und fast geschlossenen Augen trinkt er, bei jedem Schluck öffnen sich seine Augen einen kleinen Spalt. Er stellt das Glas hin und springt auf, läuft um die Pestsäule herum, klettert auf den Brunnen, zupft der Figur an der Nase. Es ist wahrscheinlich Arion, der einst von Delphinen gerettet wurde und nun vom kleinen Pierre bedrängt wird. Markus läuft ihm hinterher und holt ihn herunter, Pierre zappelt wild. Markus hält ihn fest, aber er hält ihn gar nicht richtig fest. Schon als Kind war er so zaghaft gewesen.

Luisa trinkt einen Schluck von ihrer Limo. Irgendetwas irritiert sie. Sie nimmt das Handy, das vor ihr auf dem Tisch liegt, drückt darauf herum und ab und zu murmelt sie etwas vor sich hin, einmal ruft sie etwas, ein unbekanntes Wort.

Helen ist von Beruf Gerontologin, das hat sie geschrieben. Sie sagt, schön, dass wir uns endlich kennenlernen. Markus wusste gar nicht, dass du hier gelebt hast, was hast du eigentlich studiert?

Luisa hebt den Kopf und sieht von ihrem Handy-Spiel auf.

Pierre fängt zu schreien, Markus nimmt seine rudernden Hände und hält sie fest und deutet herüber, und Pierre schüttelt den Kopf und stemmt seinen Körper gegen die Welt. Alle Kinder stemmen ihre Körper gegen die Welt.

Am Nebentisch sitzen zwei Frauen, entspannt und die Beine ausgestreckt, eine spricht, die andere wirft Kommentare ein, nippt an ihrem Getränk. Einmal sagt die eine: *A láska.*[7]

Markus sitzt mit Pierre wieder am Tisch, Pierre weint und beschimpft ihn, Luisa zieht die Augenbrauen hoch, das lässt offen, wen sie mehr verachtet, Markus oder Pierre. Dann legt sie das Handy weg: Wann besuchen wir die Oma?

---

7 Und die Liebe.

Markus zuckt zusammen, wechselt mit Helen einen Blick. Das Thema Oma steht erst später auf dem Plan. Das Paar vom Nebentisch winkt der Bedienung: *Platit prosím, slečna.*[8]

Die Kinder sind erschöpft, sagt Helen. Markus nutzt die Gelegenheit und zahlt auch, er will alles zahlen, aber das ist, sagt Elke, ich bitte dich, sagt Markus, lass doch, sagt Helen und legt eine Hand auf Elkes Arm, den Elke erschrocken wegzieht, sodass Helens Arm einen Augenblick lang dort liegt, wo sie Elkes Arm noch wähnt; doch dann ist wieder alles im Lot.

Im Wagen ist nur Platz für vier. Aber es ist nicht weit zur Pension, Elkes Gepäck kann auf dem Rücksitz zwischen Pierre und Luisa mitfahren.

Elke geht zu Fuß. Der Weg vom Marktplatz zum Hotel ist jetzt Fußgängerzone, in der trotz Parkverbotschildern viele Autos parken. Da ist das Geschäft mit den Nähmaschinen, die Drogerie, das Hutgeschäft. Das Hutgeschäft hat bunte Mützen und Käppis in der Auslage, Elke sieht die Besitzerin vor sich, ihr faltiges Gesicht, sie kann nicht mehr am Leben sein. Nach der Ampel weist schon das Schild zur Pension. 50 Meter. Pfeil. Auf dem Parkplatz steht der Peugeot.

Pierre will unbedingt die Reisetasche ins Haus tragen. Sie ist ein bisschen zu schwer für ihn, aber er schleppt sie tapfer zur Rezeption. Er stellt sie ab, beugt sich zu ihr herunter und tätschelt sie, als wolle er sie streicheln. Markus bekommt zwei Zimmerschlüssel ausgehändigt: Nummer 5 und Nummer 7.

Und du?, fragt er. Elke zuckt zusammen. In Gedanken ist sie noch bei Hüten und bei den Delphinen am Marktplatz. Markus wartet ihre Antwort nicht ab, sondern fragt auf Englisch, ob die Zimmer ruhig seien, die Rezeptionistin heißt Frau Ulova, sie schüttelt den Kopf und sagt auf Deutsch: Straße. Sie lächelt und schaut zerknirscht, so zerknirscht können nur Rezeptionistinnen schauen.

---

8 Bedienung, wir möchten bitte zahlen.

Nur Nummer 19 geht zu den Gärten hinaus. Da wohnt Elke.

Luisa fängt an zu weinen und sagt, bei dem Lärm könne kein Mensch schlafen. Natürlich kannst du schlafen, nachts ist ja kein Verkehr, sagt Helen. Elke fühlt sich getröstet, als würde der Satz auch für sie gelten.

Pierre zieht eine Grimasse, und weil Luisa noch mehr weint, zieht er noch mehr Grimassen. Luisa versucht Helen etwas ins Ohr zu flüstern, was schwer ist, flüstern und weinen, sie muss mehrmals ansetzen, weil Helen nichts versteht und geduldig den Kopf schüttelt.

Zimmer 19 ist großzügig geschnitten, das Bad fensterlos, dafür mit Badewanne, die Bettwäsche ist blau, die Möbel sind auch blau. Elkes Koffer passt vollständig in den blauen Schrank. Die Fenster lassen sich weich öffnen. Gegenüber ist eine Schreinerei, Männer laufen auf dem Hof herum und tragen Holzbretter in die Werkstatt, einer trägt einen Stuhl. Neben der Schreinerei steht ein Haus mit einem kleinen Garten. Wäsche flattert im Wind. Eine Frau sitzt auf der Veranda, sie sieht aus, als schlafe sie, auf die Entfernung ist nicht zu erkennen, ob ihre Augen geschlossen sind oder ob sie vor sich hinstarrt. Sie sitzt da einfach und macht gar nichts, trägt ein Kleid mit Blumen, an den Füßen graue Hausschuhe.

Mücken

Draußen ist es dunkel geworden, der Mond, zierlich, leuchtet am Himmel. Elke hat ihre Reisetasche ausgepackt, ihre Wäsche in den blauen Schrank geräumt. Sie hat die Reisetasche mit anderen Augen betrachtet, mit Pierres Augen, und sich gefragt, was der Inhalt zutage bringen wird. Doch es gab keine Überraschungen, weder hat sie etwas Unbekanntes entdeckt noch fehlt etwas. *Všechno v pořadku.*[9] Sie öffnet die Tür, der Flur

---

9 Alles in Ordnung.

ist schwach beleuchtet, für sie allein beleuchtet, denn im ersten Stock scheint außer ihr niemand zu wohnen, kein Wasserhahn ist zu hören, nichts raschelt, nichts fällt herunter, niemand hustet oder schnarcht. Niemand hört Musik oder Nachrichten, niemand schaut fern. Sie lehnt die Tür an und folgt dem Flur bis zum Stiegenhaus, Treppenteppiche dämpfen die Schritte. Die Rezeption ist nicht besetzt. Ein paar Meter weiter befindet sich ein Fenster zum Gastraum des Restaurants. Elke schaut durch dieses Fenster wie von einer Welt zur anderen.

Auf einer langen Bank sitzen Helen, Markus und die Kinder. Die Kinder essen Pommes und trinken Saft. Helen trinkt Wasser, Markus ein Bier. Sie sind vertieft in etwas, das auf dem Tisch liegt, vielleicht ein Prospekt. Eine Landkarte. Ein Brief, den sie schon ein paar Mal studiert haben, ihn aber nicht verstehen. Sie sehen so ernst aus.

Sie sind nicht miteinander ernst, jeder ist für sich ernst. Auch die Kinder. Luisa kratzt sich am Oberarm, ein Mückenstich, hier gibt es dieselben Mücken wie in München und die Mückenstiche sehen genauso aus. Sie flüstern miteinander, sie lachen, doch dann boxt Luisa Pierre in die Schulter, und Pierre zieht Luisa an den Haaren, das geht hin und her, bis beide weinen. Markus sieht die Kinder hilflos an, Helen sagt so etwas wie: Schluss jetzt. Die Kinder weinen weiter, nur ist ein trauriges Weinen daraus geworden, vorher war es wütend. Markus blickt plötzlich in Richtung Fenster, aber er kann niemanden sehen, weil Elke kein Licht in der Diele gemacht hat.

Ubytování heißt Unterkunft. Elke geht zurück in Zimmer Nummer 19, das einzige Zimmer, das zu den Gärten hinausgeht, und putzt sich die Zähne.

Fische

Das Licht schimmert verwaschen durch die Vorhänge. Die Gegenstände im Zimmer sind nicht mehr an ihrem Platz, sie fliegen langsam durch das Zimmer und suchen ihr Ziel. Die Nachttischlampe, die Tür, das Bett, der Schrank. Elkes Augen sind verklebt, also hat sie geschlafen, wider Erwarten. Sie hat sogar geträumt, von einem Ort, sie weiß nicht, ob sie diesen Ort kennt, im Traum ja, in Wirklichkeit nein.

Wo ist das Wasser, das immer auf dem Nachtkästchen steht? Die Flasche muss heruntergefallen sein, tatsächlich, sie liegt neben dem Bett. Die Verschlusskappe geht schwer ab. Das Wasser fühlt sich weich an auf Elkes Lippen. Sie macht das Nachttisch-Licht an und gleich wieder aus, steht auf und schiebt den Vorhang ein Stück zurück: Der Hof liegt wie unbeleuchtetes Land davor, es ziehen gerade ein paar Wolken ab. An der Wand klebt eine kleine Schnecke, auf dem Weg zum Hotel hat Elke Dutzende gesehen, es muss am Vormittag geregnet haben und das lieben sie, die Schnecken. Es wird weiter regnen, sie wären sonst nicht hier, sie sind wie Fische, die nicht freiwillig ins Trockene schwimmen.

Im Hotelprospekt, der auf dem Fensterbrett liegt, werden Familienausflüge angepriesen: romantische Restaurants, Grotten, Kartbahnen, Abenteuerspielplätze, Schwimmbäder. Und dann die Burg: Sie ist restauriert und für Touristen zugänglich gemacht worden. Wie im Märchen, steht im Prospekt. Eine Fliege umkreist die Nachttischlampe, fliegt in den Lampenschirm, erschrickt vor ihrem eigenen Brummen, zieht Bahnen durchs Zimmer. Und dann fliegt sie doch zurück zum Licht und wieder in die Lampe hinein.

Partisan

Es war der letzte Tag im April und Tante Madla hieß noch Madgalena.

Erst eine Woche zuvor hatte die SS alle Männer im Dorf erschossen, auch den Buben, der im Wald immer das Holz gesammelt hatte. Er war gerade erst fünfzehn geworden. Seine

Mutter hatte die Geburtsurkunde geholt und Hans den Geburtstagskuchen gezeigt, der noch auf dem Tisch stand. Sie hatte nicht geweint, sie hatte hartnäckig mit dem Finger auf die Urkunde gezeigt. Er ist erst am Abend geboren, es wurde schon dunkel, sagte sie, sie hat es auf Deutsch gesagt. Aber es half nichts. Irgendwo muss man eben eine Grenze ziehen, sagte Hans und warf einen Blick auf seine Liste, auf der alle männlichen Bewohner standen, die das 14. Lebensjahr beendet hatten. Auch wenn es in Einzelfällen bedauerlich ist, sagte er.

Sie haben das Dorf niedergebrannt, die Männer und jungen Burschen erschossen, die Frauen und Kinder in den Wald gejagt, und bevor es losging, hat einer der Soldaten sich noch schnell ein Stück vom Geburtstagskuchen in den Mund gesteckt.

Als ein paar Wochen später die tschechischen und ukrainischen Partisanen aus den Wäldern des Altvatergebirges zurückkamen, wohnte Magdalena noch immer auf der Burg.

Auf dem großen Feld unterhalb der Burg, die nicht nur über dem Dorf gethront, sondern auch das ganze Tal überschattet hatte, mussten sie sich in zwei Reihen aufstellen; die in der ersten Reihe hatten schon die Hände hinter dem Rücken gefesselt. Magdalena stand in der zweiten Reihe. Die vor ihr mussten sich in Bewegung setzen, sich vor die Burgmauer stellen und zack wurden sie erschossen, man konnte ihre Gesichter erkennen, sie waren nicht zu Brei geschlagen, auch die Haut wurde ihnen nicht abgezogen, sie lagen da, einfach nur da, unterschieden sich noch nicht von den Lebenden. Die Angst stand ihnen noch auf dem Gesicht geschrieben.

Im Krieg ist den Toten die Angst noch ins Gesicht geschrieben, denn wer im Krieg stirbt, kommt sofort in die Hölle, sagte Tante Madla. Dann brachte man die leblosen Körper weg, einen nach dem anderen, denn man brauchte den Platz für die zweite Reihe, die jetzt die erste Reihe war.

Der Partisan tauchte direkt vor ihr auf, sie hatte die ganze Zeit auf den Boden gesehen, und erst als er plötzlich vor ihr stand, sah sie auf. Er schaute in ihr Gesicht, ohne etwas zu sagen, ohne ein Zeichen zu geben. Auf seinem Gesicht glänzte der Schweiß, er roch nach faulem Zahn, in seinen Augen eine solche Ruhe, da hatte sie keine Angst mehr. Und als sie keine Angst mehr hatte, ging er einen Schritt weg von ihr, zeigte mit den Fingern auf sie, rief etwas auf Tschechisch, und dann sollte sie die Reihe verlassen, während alle anderen zur Mauer geführt wurden. *Pod'je*, komm mit, sagte der Partisan und zog sie am Arm, sie ließ sich führen, sie wusste nicht, wohin. Die anderen schauten gar nicht hin, was da passierte, das wusste sie bis an ihr Lebensende, dass keiner hinschaute, dass ihre Rettung keiner sehen wollte.

Die Schüsse hörte sie noch im Weggehen, sie ließ sie hinter sich – wie den letzten Traum im Morgengrauen, den man kurz vor dem Aufwachen träumt, von dem man schließlich erwacht; der Partisan brachte sie zu einem Hanomag, der auf Ketten fuhr, bis in die Stadt fuhren sie auf Ketten, während die Leichen weggebracht wurden, mit einem Schlepper in die andere Richtung zum Friedhof.

So hat es Tante Magdalena erzählt, als sie sich selbst schon lange Madla nannte. Milan, sagte Tante Madla, er hieß Milan, und das bedeutet was mit lieb und nett.

Infusion

Selbst Tante Madla war überrascht gewesen, dass es eine Elke gab, wenn sie auch gleichzeitig nicht überrascht war, weil sie das ja kannte, dass es manche Menschen weniger gibt als andere.

Du aber musst dich um Elke irgendwie gekümmert haben, musst ihr zu essen und zu trinken gegeben haben, musst sie zu Bett gebracht und zugedeckt haben, musst sie gewickelt und gebadet und gepudert haben, damit sie keine Ekzeme bekommt. Von Ekzemen ist nichts bekannt. Nur ein einziges Mal wäre sie beinahe gestorben, es war ein Versehen, du hast nicht absichtlich versucht, sie umzubringen, du hattest sie nur vergessen, in ihrem Bett, denn Elke war ein ruhiges Kind, sie hat nicht geschrien, sie hat gewartet, bis sie etwas zu essen bekam, zu trinken bekam, sie ist ein ausgeglichenes Kind gewesen, immer gelächelt, selten geschrien, haben die Nachbarn, haben die Verwandten gesagt. Mit drei Jahren hat sie Lieder gesungen. Sie ist stundenlang in ihrem Zimmer gesessen und hat gespielt, sie hat gerne Dinge zusammengebaut und wieder auseinandergebaut. Sie hat zum Beispiel die Fläschchen vom neugeborenen Markus auseinander- und wieder zusammengebaut. Sie ist im Bett gelegen und hat die Decke angelächelt. Erst wenn es nicht mehr anders ging, wenn es gar nicht mehr anders ging, hat sie sich bemerkbar gemacht.

Bis sie einmal beinahe ausgetrocknet wäre. Sie hatte einfach vergessen zu trinken. Zu faul zum Trinken, zu faul zum Schreien, Elke war ja schon immer zu faul zu allem gewesen, hast du gerne erzählt, und dann haben alle gelacht, denn die Geschichte ist gut ausgegangen und über Geschichten, die gut ausgegangen sind, darf gelacht werden. Das Fläschchen lag auf dem Boden, leer und auseinandergebaut. Mehrmals wieder zusammengebaut, mehrmals auseinandergebaut. Das Fieber war schon auf über 40 Grad geklettert, als der Sepp nach Hause kam und nicht lange zögerte. Eine Nacht-und-Nebel-Aktion, tatsächlich ist der Nebel so dicht gewesen, dass du Angst um das Leben aller gehabt hast, erzähltest du, nicht auszudenken, wenn zum Beispiel ein Lastwagen euch übersehen und in euch alle hineingefahren wäre, in dich und in den kleinen Markus, in den Sepp und auch in die Elke. Ein lebensgefährlicher Nebel ist es gewesen. Aber es haben alle überlebt, haben die Krankheit von Elke überlebt, deine Angst überlebt und den Nebel.

Markus hat geweint, immer hat der Markus wegen Elke geweint, hast du erzählt. Er war immer so mitfühlend, schon als Baby, ein mitfühlender Charakter; obwohl er noch so klein war, hat er gespürt, was los war. Auch dich hat er immer getröstet, hat immer alle trösten wollen und wollte helfen, und so ist aus ihm später ein Arzt geworden. Als ihr unfallfrei im Krankenhaus angekommen seid, hat man der regungslosen Elke eine Infusion gegeben, auf den Einstich der Nadel in die zarte Kinderhaut hat sie nicht reagiert, noch nicht einmal gezuckt, noch Jahre später ist dir die Irritation darüber anzusehen, als habe sich Elke irgendwie über euch erhoben aufgrund dieser ungeheuerlichen Fühllosigkeit.

Die Ärzte wollten Elke dabehalten, aber du wolltest sie gleich wieder mit nach Hause nehmen. Eine Mutter geht nicht ohne ihr Kind nach Hause. Der Sepp hat aber dafür gesorgt, dass ihr ohne sie zurück nach Hause gefahren seid. Sie muss in Ruhe gesund werden, sagte er. Der Arzt nickte. Der Sepp hat sich gegen dich durchgesetzt, obwohl du so geweint hast, in das Weinen von Markus hineingeweint hast, vielleicht sogar lauter als der Markus geweint hast.

Vielleicht hat der Markus sogar aufgehört zu weinen, deinem Weinen zugehört, dich beobachtet, wie nur Babys ihre Eltern beim Weinen beobachten können. Ihr seid dann nach Hause gefahren. Du hast die leere Flasche, die noch auseinandergebaut auf dem Boden lag, weggeworfen, als sei sie schuld gewesen.

Laterne

Du hast gerne geputzt. Nur beim Putzen warst du du selbst. Ganz leise warst du, wenn du geputzt hast, wie ein Kind, dem aufgetragen wurde, die anderen nicht zu stören. Beschäftige dich mit dir selbst, mach dich nützlich.

Das Putzen war immer ein Teil von dir, den du verteidigt hast, niemandem hast du erlaubt, die Wohnung zu putzen oder dir einen Teil der Putzerei abzunehmen. Du warst ganz in Gedanken versunken, das Putzen hat sich mit deinen Gedanken, dem Staub deiner Gedanken verbunden, die entstaubten Gedanken aufgelöst, du hast deine Gedanken zusammengekehrt, bis sie unansehnlich wurden, hast sie ertränkt im kalt gewordenen Schmutzwasser. Es war ja überall in der Wohnung gleich dreckig, du warst dafür zuständig, dass alle Gedanken sauber blieben. So wie du deine Gedanken saubergehalten hast, hast du auch die Gedanken der Kinder saubergehalten. Du hast keinen an deine vier Wände herangelassen, und deine und Sepps vier Wände waren auch die vier Wände der Kinder, das ist ganz normal.

Die Kinder haben dir neues Wasser geholt, das war eine wichtige Aufgabe, dieses neue heiße, aber nicht zu heiße Wasser für dich zu holen, das kalte Schmutzwasser auszuschütten, heißes nachzufüllen. Obwohl du die Wohnung zweimal die Woche geputzt hast, war das Wasser immer schwarz vor Schmutz. Wie du das gemacht hast, dass das Wasser immer dreckig war.

Nachts bist du wach, du schläfst nur ein paar halbe Stunden am Stück, der Knöchel juckt und weckt dich, und wenn er einmal nicht juckt, wachst du trotzdem auf und denkst sofort, dass der Knöchel gar nicht juckt; du schläfst nicht gerne, schlafen kannst du, wenn du tot bist. Wenn du nicht schläfst, stehst du auf, du geisterst durchs Haus, du hörst Elke wimmern, es ist normal, dass ein Kind wimmert, alle Kinder wimmern, wenn sie schlafen. Wer im Schlaf nicht wimmert, ist kein Kind, denkst du, während du durch das Haus geisterst, es ist noch dunkel, du wagst nicht, das Licht anzumachen, denn bei Licht ist alles anders, du lässt das Licht aus, Mondlicht und Straßenlaterne reichen aus, um dich zum Putzen zurückkehren zu lassen, du räumst in der Küche Sachen um, du putzt Regale, du weißt nicht, ob sie sauber werden, weil du nicht viel sehen kannst, du musst am nächsten Morgen noch einmal alles ausräumen, um zu sehen, ob nachts alles sauber geworden ist, bei der Gelegenheit kannst du noch einmal drüberwischen mit demselben noch nicht ganz trockenen Lappen, den du nachts benutzt hast. Tagsüber ist es Arbeit, nachts ist es keine Arbeit.

Bei dir ist alles sauber, bei dir ist sogar alles mehr als sauber. Und wenn alles so sauber ist, dann ist es auch in dir drinnen ganz sauber, ganz aufgeräumt, dann kommt es dir vor, als ob da nur du auf dem einen Stuhl sitzt, einem Stuhl, der in einem großen hellen Raum steht, der deine Seele ist, es ist ein ganz normaler Stuhl, ein Küchenstuhl, nichts Besonderes, du möchtest ja gar nichts Besonderes, du möchtest ja nur auf diesem Küchenstuhl in einem hellen großen Raum sitzen, möchtest da sitzen, ganz still und ein bisschen ergriffen, und dann schaust du auf den anderen Stuhl, auf den zweiten Stuhl, auf dem der Martin sitzt, auch auf einem Küchenstuhl, auch auf einem ganz einfachen Küchenstuhl, denn ihr seid ja einfacher Leute Kinder, und auch er sieht dich an, mit seinen hellblauen Augen, die so voller Versprechen sind, dass sie davon müde werden; aber so magst du ihn am liebsten, den Martin, der jetzt immer bei dir ist und dich anschaut, nur du und er, und gleich stehst du auf und bringst ihm was zu trinken und streichst ihm über die Stirn, du küsst seine Augen, du berührst seinen Nacken, er streckt die Hand nach dir aus, er streckt seine 20 Jahre junge Hand nach deiner 17-jährigen Hüfte aus, so steht ihr, wie eingefroren in diesem hellen großen Raum, der ganz und gar aufgeräumt ist, und diese Stunde am frühen Tag gehört dir, gehört jeden frühen Tag dir.

Das wimmernde Kind hat sich beruhigt, du öffnest leise die Schlafzimmertür und wirfst als erstes einen Blick auf dein Bett, in dem Elke liegt, auf der Suche nach dir, sie sieht dich unter ihren dünnen roten Haaren an, sie ist wach und du legst den Finger auf deinen Mund und ziehst schnell die Tür hinter dir zu und legst dich in ihr Bett, das noch ganz nach kindlichem Albtraum riecht, und dort im Kinderbett gibst du dich jetzt deiner Sehnsucht hin.

Und schläfst irgendwann erschöpft ein, so wie auch das Kind nebenan seine Verzweiflung aufgibt und einschläft, neben dem Sepp, der laut schnarcht und nichts mitbekommt von all den hellen und dunklen Seelen, die nachts durch eure Wohnung geistern. Vor dem Fenster schmeißt jemand den Motor eines Autos an, lässt ihn laufen, ohne irgendwohin zu fahren, du aber bist schon lange eingeschlafen.

Prospekt

Elke wacht aus demselben Albtraum noch einmal auf, er spielte an einem harmlosen Ort, der einen Albtraum kaum rechtfertigen kann. Sie erinnert sich nur an den harmlosen Ort, aber nicht an den Albtraum. Der Vorhang ist nicht ganz zugezogen, der Morgen ist nicht grau, sondern silbern. Der Regen ist so leise, als wolle er aus Höflichkeit niemanden aufwecken.

Böhmen liegt nicht am Meer, und Mähren schon gar nicht. Würde Mähren am Meer liegen, no, dann wäre es kaputt gegangen, kaputt wie Dresden oder Hamburg, hatte Vasil erklärt. Vasil wohnte im Haus nebenan. Er war außer Tante Madla der einzige, der noch Deutsch sprach. *Jsem Vasil.* Ich bin Vasil. *Jsem Elke.* Ich bin Elke, ein Satz, der sich aus ihrem Mund nie richtig anhörte.

Viele hier können noch Deutsch, sagte Vasil, allerdings, sie finden es lächerlich, Deutsch zu sprechen, nach alledem. Allerdings, sagte Vasil, es ist noch lächerlicher, die Lächerlichkeit von Sprachen zu vergleichen. Allerdings, sagte Vasil, jede Sprache ist lächerlich, wie der Mensch, der sie benutzt. Aber was soll man machen?

Vasil starb an einer Blutvergiftung, davor hatte er eine Lungenentzündung überlebt, die ihn geschwächt hatte. Die Lungenentzündung besiegte er, die Blutvergiftung war stärker.

Nachts besteht Elke aus diesen Albträumen, und wenn sie ausbleiben, verschwindet sie, sie existiert nur durch sie. Sie hat die Chance verpasst, ihnen zu entkommen und eigenständig zu leben. Die Schnecken sind bei ihr geblieben, haben sich in einer dunklen Ecke verkrochen, sind leise wie der Regen geworden.

Die Fliege hat sich auf Elkes Knie niedergelassen. Sie streckt ihre rechte Hand vorsichtig aus und greift in Zeitlupe nach dem Urlaubsprospekt, der auf der glatt gestrichenen Decke liegt. Zentimeter für Zentimeter bewegt die Hand sich durch den Raum. Die Fliege wirkt misstrauisch. Elkes Hand findet den

Prospekt, sie rollt die Burgen und Grotten und Sehenswürdigkeiten zusammen. Sie zielt. Die Fliege weiß nicht, was zielen ist. Sie hat keine Chance. Die Wucht des Prospektes wirft sie auf den Boden, sie zappelt, eine höhere Gewalt drischt auf sie ein, es sind die Burgen und Grotten und Schlösser auf dem Papier. Elke holt aus zum letzten Schlag. Fliegenteile bleiben am Prospekt kleben. Sie wirft die Rolle in den Mülleimer, putzt den Rest der Fliege mit Klopapier vom Fußboden.

Lenka

Tante Madla kannte sich aus mit Verschwundenen. Sie hat sich mit nichts anderem als mit dem Verschwundenen, dem Niemehrwiederkommenden beschäftigt, sie war ein Teil davon. Du dagegen hast kein Gefühl für das Verschwundene. Du kannst nur mögen oder hassen, was da ist. Das Verschwindenlassen ist die einzige Möglichkeit, dir selbst zu entkommen.

Magdalena war von Milan, dem Partisan, gerettet worden, ohne zu wissen warum, und ohne dass sie darum gebeten hatte. Sie hätte, wenn sie gewusst hätte, dass Bitten etwas bewirken würde, natürlich darum gebeten, aber woher sollte sie das wissen? So war es einfach Zufall oder ein Fingerzeig Gottes – aber wofür nur, auch das hat sie in all den Jahren nicht in Erfahrung bringen können – oder Schicksal, was wiederum so etwas Ähnliches wie Zufall war, aber nicht dasselbe. Zeit ihres restlichen Lebens haderte sie damit, sich auf einen Begriff, der das Unerklärliche erklärbar machte, festzulegen, und kaum hatte sie sich festgelegt, überlegte sie es sich wieder anders.

Milan brachte Magdalena zu seiner Schwester Lenka, und Lenka und Milan redeten aufeinander ein, in schnellem tschechischen Stakkato mit vielen verschluckten Lauten, die sehr konkret begannen und sich in Zischlauten auflösten, wie Schüsse aus Maschinengewehren, die irgendwo einschlugen, aber Magdalena wusste nicht wo. An ihrem ersten Abend bei

Milans Schwester Lenka saß sie am Küchentisch und über der Stube schlief Lenkas kleine Tochter, sie hieß Louka oder Luzie. Magdalena mochte keine kleinen Kinder, deshalb hat sie sich den Namen nicht gemerkt. Als Lenka die Kleine am Abend ins Bett brachte, sang sie ihr ein Schlaflied, sie sang mit einer Stimme, die aus den Tiefen der mährischen Wälder zurückgekehrt war. Magdalenas Herz machte einen Satz nach vorne und überschlug sich. Als sei das Herz durch den Schock an einen anderen Ort katapultiert worden, an einen Ort in ihrem Körper, von dem sie bisher nichts gewusst hatte.

Der Ort war das Bett, in dem Magdalena als kleines Mädchen gelegen war, noch bevor sie von deinen Eltern adoptiert wurde. Sie hatte ihre leibliche Mutter bis zu diesem Tag fast vollkommen vergessen, nur das kleine Medaillon hatte sie aufbewahrt, unter der Matratze ihres Bettes, die sie nie anhob, um es anzuschauen.

Es war nicht Lenkas Stimme. Es war das Lied selbst, das Lied vom blauäugigen Mädchen. Dasselbe Lied, das Magdalenas Mutter ihr vorgesungen hatte, wenn sie nicht einschlafen wollte. Ein heiteres Lied mit einem Unterton, den nur hören kann, wer die Bedeutung der Wörter nicht kennt.

Holka modrooká, nesedávej u potoka, holka modrooká nesedávej tam. V potoce je velká voda vzala by tě bude škoda, holka modrooká nesedávej tam. Holka modrooká nesedávej u potoka, holka modrooká nesedávej tam. V potoce se voda točí podemele tvoje oči, holka modrooká nesedávej tam. Holka modrooká nesedávjej u potoka, holka modrooká nesedávej tam. V potoce je hastrmánek zatahá tě za copánek, holka modrooká nesedávej tam.[10]

10 Mädchen mit den blauen Augen, sitze nicht am Bach, Mädchen mit den blauen Augen, setz dich dort nicht hin. Im Bach, da steht das Wasser hoch und wird dich mit sich reißen, Mädchen mit den blauen Augen, setz dich dort nicht hin. Mädchen mit den blauen Augen, sitze nicht am Bach, Mädchen mit den blauen Augen, setz dich dort nicht hin. Am Bach, da gibt es Wasserstrudel, dass deine Augen sich verdrehen, Mädchen mit den blauen Augen, setz dich dort nicht hin. Mädchen mit

Und während Loukas (oder Luzies) Augen langsam zufielen, sang Magdalena das Lied mit, und sie konnte sich an fast jedes Wort erinnern, auch wenn sie keine Ahnung hatte, was die Wörter bedeuteten. Und da wusste sie, sie wollte nicht mehr Magdalena heißen, sondern Madla, wie ihre Mutter sie genannt hatte. Es war ein guter Zeitpunkt, um von nun an Madla zu heißen und Tschechisch zu lernen. Und vergessen waren die Fledermäuse und die Spinnen, die Frösche und die Höhlen, der Hans und sein schöner Totenkopf am Revers. Nur an den Kuchen, an den musste sie auch Jahre später noch denken.

Später besuchte Milan sie manchmal, sie zog in eines der Nachbarhäuser, das unbewohnt blieb, nachdem ihre Besitzerinnen sich umgebracht hatten; nie wurde über irgendetwas gesprochen, das passiert war in jener Zeit, und so hat Madla weder Milan noch sich selbst je gefragt, warum sie gerettet wurde, sie hat nie gefragt, warum ausgerechnet ich. Am Ende des vermeintlich letzten Stündleins, das für sie geschlagen hatte, hatte sie aufgehört, sich noch irgendwelche Fragen zu stellen, die Luft in dieser letzten Stunde war so dünn geworden, dass sich alle weiteren Fragen darin verflüchtigten.

Tante Madla sagte, sie wisse nicht warum, sie sei weder ein guter Mensch gewesen noch wollte Milan sie heiraten, im Gegenteil, sie selbst sei es gewesen, die sich ihm angeboten hatte, sie war es ihm schuldig, sagte sie, das war das Mindeste, es hätte sie schlimmer treffen können, viele habe es schlimmer getroffen. Die Nachbarinnen von Lenka zum Beispiel, zwei Schwestern, 23 und 24 Jahre alt, kaum älter als sie selbst. Alle Männer des Dorfes seien angestanden, eine ganze Nacht, und einer nach dem anderen, und manche hätten sich ein zweites Mal angestellt, sagte Tante Madla, und nach einer Stunde schon

---

den blauen Augen, sitze nicht am Bach, Mädchen mit den blauen Augen, setz dich dort nicht hin. Im Bach da wohnt der Wassermann, der zieht dich an den Haaren fort, Mädchen mit den blauen Augen, setz dich dort nicht hin.

haben die Schwestern nicht einmal mehr geschrien, das war das Allerschlimmste, als die Schreie leiser wurden und dann aufhörten, sie aber immer noch die Schlange der Männer sahen, die vor der Tür anstanden. Und wie sie aufhörte, aus dem Fenster zu schauen. Danach hat man ihnen die Haare geschoren, sagte Tante Madla, da war es besser, freiwillig mit einem Partisan.

Und am nächsten Tag wusste sie nichts mehr von der Geschichte mit den Nachbarinnen und das Haus habe schon seit Monaten leergestanden, weil die Bewohner im Februar 45 nach Berlin gereist waren und nicht mehr zurückkehrten, und am übernächsten Tag behauptete sie, von Anfang an sei sie verliebt gewesen, in Milan, von der ersten Sekunde an, als er vor ihr gestanden habe, unsterblich, ihre Rettung, und nur deshalb hatte sie keine Angst gehabt und manchmal habe er sie besucht, aber nicht wie ein verliebter Mann eine verliebte Frau besucht, sondern wie ein Lebensretter eine Gerettete, sagte Tante Madla und lächelte mit ihren schmalen Lippen zwischen den aufgedunsenen Wangen hervor.

Telefon

Vor ein paar Monaten rief Helen an. Das Telefon klingelte, Nummer unbekannt. Ich bin Helen, sagte Helen, ich bin mit deinem Bruder Markus verheiratet, sie hat den Namen Markus betont. Als ob es noch einen zweiten Bruder gäbe. Vielleicht hat Helen wirklich gedacht, es gäbe noch einen weiteren Bruder. Wo ein Kind verschwindet, können auch zwei verschwinden. Wir sprechen manchmal von dir und da habe ich gedacht, ich rufe dich einfach mal an, sagte Helen mit einer Stimme, mit der alles gesagt werden kann, was Helen sagen möchte. Die Stimme findet von selbst den richtigen Ton, Helen muss gar nichts dafür tun. Ihre Mutter ist Französin, vielleicht schwingt das Französische mit im Repertoire von Helens Stimme, wenn auch keinerlei Akzent zu hören ist; Helen hat das Wort Mutter so vorsichtig ausgesprochen, als ob sie das Schlimmste befürchten müsse.

Gleich beim ersten Telefonat hat sie viel erzählt, wie mit einer alten Bekannten hat sie geplaudert, über dies und jenes. Die alte Bekannte hat ab und zu Ja und aha gesagt. Und dass sie jeden Sommer in Mähren verbringe, obwohl sie schon Jahre nicht mehr dort war. Helen schlug Familienurlaub vor. Mähren soll ja sehr schön sein. Zur gleichen Zeit fingen auch deine Anrufe an. Nur dass du nie jemanden erreicht hast.

Büffet

Im Zimmer ist es still. Eigentlich hätte Elke die Fliege einfach ins Freie locken können. Sie hätte sie nicht gleich erschlagen müssen. Vielleicht ist sie gar nicht tot. Doch als Elke im Mülleimer nachschaut, liegt der Fetzen Klopapier obenauf und der Fliegenmatsch pappt am Prospekt fest.

Auf dem Weg zum Frühstück nimmt sie aus dem Ständer an der Rezeption einen neuen Prospekt heraus und klopft mit dem zusammengerollten Papier auf ihr Handgelenk, es sieht wahrscheinlich seltsam aus, aber Elke fühlt sich etwas sicherer, und mit einem Anflug von Trotz betritt sie den Frühstücksraum. Sie hat seit dem gestrigen Nachmittag nichts mehr gegessen. Auf den gedeckten Tischen sind kleine Schilder mit den Familiennamen aufgestellt. Als Elke sich an den Tisch setzt, fällt das Schild um, es liegt platt auf der Tischdecke. Die Kaffeekanne ist aus Emaille und sehr heiß. Der Kaffee brennt ihr nach dem ersten Schluck im Gaumen.

Der Raum füllt sich. Am Nebentisch sitzen sehr graue Leute in beige-brauner Kleidung. Am anderen Ende hockt ein kleines dunkelhaariges Kind allein vor einem leeren Teller, wie ein kleiner Vogel, der im Nest hockt und auf Würmer wartet. Seine Eltern stehen am Büfett und unterhalten sich.

Helen und die Kinder erscheinen im Türrahmen wie in einer Momentaufnahme, Luisa im knallroten Kleid aus Cordsamt, sie sieht kindlich, aber gleichzeitig viel älter aus, als seien seit gestern mehrere Jahre vergangen. Pierre verschwindet als erster aus dem Türrahmen und stürmt das Büfett.

Die Kinder holen sich Rohlíky, Kuchen und Cornflakes, Helen hat sich für eine kleine Portion Müsli entschieden, dazu Toastbrot mit Tomate und Gurke. Ein Teebeutel färbt das heiße Wasser in ihrer Tasse goldgelb.

Pierre lächelt. Er hat einen ziemlich breiten Mund, als brauche er genügend Platz für seine beiden riesigen Schneidezähne, die größer sind als normale Milchzähne. Elke lächelt freundlich zurück, wie sollte sie einem Kind gegenüber auch anders reagieren. Doch da streckt Pierre seine rosafarbene Zunge heraus, der Belag ist bräunlich, von der Schokofüllung im Rohlík, und Elke sieht einen kurzen Moment lang eine zerkaute Schnecke in seinem Mund. Sie starrt Pierre an und Pierre schaut schnell wieder weg.

Guten Morgen allerseits, sagt Markus. Er strahlt und hat sich vier Spiegeleier mit Speck auf den Teller gelegt, zwei Brötchen, eins mit Käse und eins mit Marmelade. Den Kuchen, den Pierre übrig gelassen hat, balanciert er mit einer Gabel auf seinen vollen Teller, kaum dass er sich hingesetzt hat. Markus hat schon Sport getrieben, ist ein paar Kilometer durch die reizvolle Landschaft gejoggt, und das Duschen danach war einfach herrlich. Helen lobt die Duschen in der Pension und Pierre verzieht das Gesicht.

Pierre ist etwas enttäuscht, dass du keine Katze dabei hast, sagt Helen und zwinkert Elke zu.

Unsere Katze ist tot, sagt Luisa hastig, als müsse sie Pierre entschuldigen.

Pierre dachte, sagt Helen, du hättest eine neue mitgebracht.

Um klarzustellen, dass sie mit Pierres Wahnsinn auf keinen Fall in Zusammenhang gebracht werden möchte, klopft Luisa sich demonstrativ mit dem Zeigefinger gegen die Stirn. Er ist eben noch ein Baby, sagt sie. Pierre sieht verlegen in seine Schüssel und isst seine Cornflakes auf. An seinem Kinn läuft ein kleines Rinnsal Milch hinunter.

Malička

Kurz vor ihrem fünften Geburtstag haben deine Eltern Magdalena zu sich genommen. Sie war das letzte von sieben Kindern der Nachbarsleute gewesen, deine Eltern hatten noch immer keine Kinder bekommen, Magdalena aber ging bei ihnen ein und aus, und deine Eltern waren entzückt von ihr, wie sie von allen kleinen Kindern entzückt waren.

Sie half deiner Mutter beim Kuchenbacken, beim Hühnerschlachten und beim Karottenschälen, sie half beim Kohlenschleppen und beim Stubewischen, sogar mit auf den Markt ging sie mit der fremden Frau und half ihr, die schweren Einkäufe nach Hause zu tragen. Als habe sie sich ihre Mutter selbst ausgesucht. Das wird noch mal eine, die anpacken kann, das haben sie sofort gesehen. So hatte deine Mutter sich eine Tochter vorgestellt, sie hatte sich nicht vorgestellt, gar keine Tochter zu haben. Während Magdalenas Eltern nicht unglücklich über die Situation waren, sie hatten genug mit den anderen Bälgern zu tun.

Im Dezember betraten mehrere Personen das Nebenhaus, von offizieller Seite, hieß es, und im ersten Stock schellten sie an der Wohnungstür der Nachbarn und forderten die Eltern auf, die Kinder herauszugeben. Magdalenas Eltern waren ganz unvorbereitet; zu einem Termin, zu dem sie geladen worden waren, waren sie nicht erschienen, weil sie nichts davon gewusst hatten, die zwei ältesten Söhne hatten die Post abgefangen. Als die Frau vom Ordnungsamt die kleine Magdalena an der Hand nahm und sie aufforderte mitzukommen, da sagte die Mutter, aber nein, die doch nicht, die ist von gegenüber, und der Vater sagte zu Magdalena barsch, aber freundlich, geh schon rüber, *malička*[11]. Da begriff Magdalena, ohne wirklich zu begreifen, lief zur Tür, durch den Hausflur, über die Treppe, auf die Straße, und lief schnurstracks zu deinen Eltern.

Kurze Zeit später ist deine Mutter doch noch schwanger geworden, mit dem Maximilian, er war der Grund, warum deine Eltern eine größere Wohnung bezogen, im Westen der Stadt, am anderen Ende. Wo ein Kind im Mutterleib wächst, da können noch viele andere wachsen, sagten die Verwandten, einmal ist keinmal, sagten die Eltern. Maximilian starb ein paar Monate nach der Geburt. Magdalena aber blieb, denn keiner kam, um sie abzuholen oder ihre Rückkehr zu fordern. Im Februar ging dein Vater zum Amt und beantragte die Adoption des Findelkindes, keiner, gab er an, habe die Kleine als vermisst gemeldet, sie sei einfach da gewesen, eines Tages, sie hätten ihr zu essen gegeben und ein Bett und sie hätten sie auch gern, und so wurde sie deinen Eltern zugesprochen, die bald darauf Martins, Lenes und deine Eltern wurden sowie die Eltern von zwei weiteren Kindern: Mechthild und Magnus, Zwillinge, die kurz hintereinander starben, als wolle das eine nicht ohne das andere leben. Es blieben übrig Magdalena, Martin, Lene, die eigentlich Marlene hieß, und du, bis der Krieg und das Kloster euch ebenso ungefragt mitnahmen wie deine Eltern die kleine Magdalena mitgenommen und sie auf zwei Decken ins Elternschlafzimmer gelegt hatten.

Du hast Magdalena nie danach gefragt, was mit ihren leiblichen Eltern geschehen ist, was aus ihren Brüdern wurde. Du hast sie so lange nicht gefragt, bis du sie nicht mehr fragen konntest.

Am nächsten Morgen, gleich nach dem Aufwachen, rufst du Lene an. Du versuchst dich daran zu erinnern, wann du deine Eltern zum letzten Mal gesehen hast. Du weißt es nicht mehr. Deinem Vater bist du eines Tages nicht mehr begegnet, in der Stadt.

Dann hieß es: Der ist gestorben.

---

11 Kleine

Du weißt aber nicht, ob es stimmt, es hätte jeder behaupten können. Auch deine Mutter ist gestorben, ohne sich zu verabschieden, eure letzte Begegnung unterschied sich durch nichts von anderen Begegnungen. Deine Mutter hatte nichts gesagt vom Sterben.

Lene hat viel gewusst, mehr als du, das Wissen von Lene ist gut in Lene aufgehoben, nur in letzter Zeit kann auch sie sich nicht mehr erinnern, bei eurem letzten Telefonat hat sie deine Stimme nicht erkannt.

Theresa, hörst du, ich bins, Theresa, hast du gesagt, lauter als üblich, in Lenes Alter sind Hörschädigungen keine Seltenheit.

Theresa, wiederholte Lene nachdenklich, sie schien in einer melancholischen Stimmung zu sein, deine Schwester, deine kleine Schwester, sagtest du, und Lene sagte, mit einer Zärtlichkeit, die nur Lene ausdrücken konnte: meine kleine Schwester, dann legte sie den Hörer auf.

Am nächsten Morgen, als du anriefst, war Lene beim Gebet, sagte eine Schwester mit einer Stimme, gegen die du nicht ankamst, seit Jahrzehnten nicht.

Spiel

Dein Kleid sieht blöd aus, sagt Pierre zu Luisa.

Helen setzt die Tasse ab, aus der sie gerade getrunken hat. Als habe sie den ganzen Morgen schon auf diese Bemerkung gewartet und sich nicht nur den Inhalt, sondern auch die Tonlage ihres Satzes zurechtgelegt, erklärt sie gut gelaunt: Ach was, das Kleid sieht wunderbar aus.

Pierre sagt in strengem Ton: Aber Rothaarigen steht Rot überhaupt nicht.

Helen sieht Markus an, als erwarte sie eine Klärung, doch der zuckt mit den Schultern und sagt: Naja, ein bisschen beißt es sich schon.

Das ist auch wieder so ein Satz, sagt Helen, kein Wunder, wenn deine Mutter, beendet den Satz aber nicht und Pierre singt: Das Kleid ist schön, Luisa nicht, das Kleid ist schön, Luisa, da hält Helen ihm den Mund zu.

Jetzt lass doch meine Mutter aus dem Spiel, sie darf doch ihre Meinung, sagt Markus, aber vor den Kindern kann man, sagt Helen, seine Meinung auch mal. Pierre windet sich, sie lässt seinen Mund los und wischt die Spucke an der Serviette ab.

Da steht Luisa wortlos auf und geht aus dem Raum, und Pierre springt auf und läuft hinter Luisa her, sie tritt nach ihm, aber er weicht ihr aus und folgt ihr in gebührendem Abstand.

Kungfu

Es ist noch gar nicht so lange her, da hast du das erste Mal gedacht, dass man das heute nicht mehr so eng sieht mit den roten Haaren, im Fernsehen laufen sie mit roten Haaren herum, und auch auf der Straße, das Rot wird immer kräftiger anstatt auszusterben, obwohl die Rothaarigen kränklicher sind als die anderen, deshalb sterben sie irgendwann aus, hast du gedacht. Alle haben das gedacht. Aber heute gibt es den Fortschritt, auch in der Medizin gibt es Fortschritt, und statt dass sie aussterben, leuchten die Rothaarigen auf der Straße, im Supermarkt, im Fernsehen, und beim Friseur sowieso. Rot in allen Schattierungen, selbst den Babys wächst orangefarbener Flaum auf dem Kopf, und sie lachen mit diesem Flaum jeden Fremden an, man bringt ihnen nicht mehr von klein auf bei, dass sie sich Sorgen machen müssen.

Als Luisa auf die Welt kam, hast du dich geweigert, sie im Kinderwagen spazieren zu fahren, du hast niemandem sagen können, dass es ihre orangenen Haare waren, dass es wirklich nur die Haare waren, an denen du ja irgendwie auch selbst schuld warst, du hättest den Sepp ja nicht heiraten müssen, du hättest das Rot ja nicht in die Familie hineinbringen müssen.

Du hast lange überlegt, wie du das Problem lösen kannst, Helen war dir nicht böse, sie ist immer freundlich geblieben.

Es ist doch kein Problem, hat sie gesagt, wenn du mit Luisa nicht spazieren gehen möchtest.

Ich möchte ja, hast du gesagt, aber mein Bein juckt so stark, so stark hat es eigentlich noch nie gejuckt, alles wird immer schlimmer, je älter man wird, was mache ich denn mit dem Kind, wenn das Bein wieder juckt, und Helen hat noch einmal gesagt, es ist doch kein Problem.

Markus hat ebenfalls gesagt, du musst doch kein schlechtes Gewissen haben, dass du Luisa nicht spazieren fahren willst, du kannst doch nichts dafür, Mutter, wenn dein Bein juckt, ich weiß doch, was du durchgemacht hast, und Helen weiß es auch, sie hat das ja studiert, wie studiert, fragst du, Gerontologie hat sie studiert, sagt Markus, und dehnt das *Ee* und dann das *O*. Sie kennt ihre Pappenheimer, sagt er. Aber du warst nicht beruhigt, und ein paar Jahre später dann hättest du gerne Pierre spazieren gefahren, der normal aussah, aber das hätte dir keiner geglaubt, dass dein Bein ausgerechnet dann nicht juckt, wenn du Pierres Kinderwagen schiebst.

Die Luisa kommt unter der Woche sowieso nicht mehr, seit Helen nach den Osterferien gesagt hat, sie hat am Dienstag jetzt Kungfu. Du hast dich gefreut, eigentlich gefreut, endlich hast du den Pierre für dich allein, du spielst mit ihm Mensch-ärgere-dich-nicht und Memory, aber das macht ihm keinen Spaß, weil er immer gewinnt, und das macht ihn misstrauisch und er sagt, Oma konzentrier dich doch mal. Lieber bäckst du mit ihm Plätzchen oder schaust mit ihm Fernsehserien an. Du kannst auch nicht mehr mithalten, wenn es um sein Computerspiel geht, das man zu zweit spielen muss, das normalerweise Luisa und Pierre nach dem Essen spielen, während du abwäschst und ein bisschen Zeit hast für dich, um dich zu sammeln, weil so kleine Kinder Kraft kosten, weil es Kraft kostet, ihnen zuzuhören, ihren Gedankensprüngen und ihren Gefühlsausbrüchen zu folgen, mit ihrer Phantasie mitzuhalten, mit ihrer

Direktheit, ihre Blicke zu verkraften, wie sie riechen und wie sie sprechen, und dass sie sich ununterbrochen bewegen, dass sie nicht ruhig auf ihrem Stuhl sitzen können.

Sie müssen es nicht können, hat Helen gesagt. Stillsitzen sei für Kinder nicht gesund, schon immer ungesund gewesen. Du warst kurz davor, sie anzuschreien oder unter dem Tisch nach ihr zu treten, während sie mit ihren langen weißen Fingern gelassen ein Stückchen Kuchen abgebrochen und in ihren Mund geschoben hat, zwischen ihre Lippen, die ein Herz bilden, wenn sie aufeinanderliegen, ein Herz, das du am liebsten, wenn du es ansiehst, zerstört sehen würdest, und empört denkst du, dass sie entweder zu bequem ist oder zu jung oder einfach zu blöd oder alles miteinander, wie soll so ein junges Ding wie die Helen auch ihren Kindern elementare Dinge beibringen, und du hast dem Markus am nächsten Wochenende wortlos einen Zeitungsartikel auf seinen Platz am Mittagstisch gelegt. *Was antiautoritäre Erziehung bei unseren Kindern anrichtet*, du hast den Artikel nicht gelesen, weil deine Augen zu langsam geworden sind, um die kleinen Buchstaben in diesem Volumen zu erfassen, schon eine ganze bedruckte Seite ohne Bilder oder Unterbrechungen schreckt dich ab und in der Regel blätterst du dann schnell weiter und liest nur die kleinen Meldungen, in denen überfahren wurde oder überfallen oder vergewaltigt.

Du hast den Artikel wortlos auf den noch leeren Teller auf dem gedeckten Tisch gelegt, du hast gesehen, wie Helen ihr Kichern nur mit Mühe unterdrückt hat, sie hält dich für dumm, und das Schlimme ist, dass du nicht genau weißt, warum; zur Strafe hast du kein einziges Wort mehr mit ihr gewechselt, ein paar Mal hat sie dich angesprochen, aber du hast einfach weggesehen und so getan, als hättest du sie nicht gehört.

Danke Mutter, hat Markus gesagt und den Zeitungsartikel beiseite gelegt, und beinahe hätte er ihn vergessen, wenn du ihn nicht noch durchs Fenster ins Auto gereicht hättest.

Danke Mutter, hat Markus noch einmal gesagt und Helen hat dich mit ihren großen grünen Augen angestarrt, und du hast plötzlich Angst bekommen vor ihr. Du hast ihren Blick noch vor dir, während du dich im Morgengrauen im Bett wälzt.

Insektenstiche

Luisa hat sich umgezogen, trägt Jeans und ein grünes T-Shirt und sieht überhaupt aus wie ein Mensch, der eine ganze Nacht lang verfolgt worden ist. Sie hat den Kopf an Helens Schulter angelehnt, sie schmiert sich eine Semmel, beißt in die Semmel, kaut darauf herum und schluckt; währenddessen presst sie den Kopf an Helens Schulter, die ein blaues ärmelloses T-Shirt trägt. Markus und Helen unterhalten sich darüber, was man heute unternehmen könnte, und Luisa hat die Augen geschlossen, eine unsichtbare Macht hindert sie daran, sie zu öffnen.

Pierre sagt, Luisa, du schläfst gar nicht, und Luisa sagt, doch ich schlafe wohl. Ihre Stimme rauscht wie ein wilder Gebirgsfluss, hell und metallisch und schön kalt bei Insektenstichen.

Zunge

Pierre dreht sich an der Tür zu Elke um und streckt ihr noch einmal seine Zunge heraus.

Vor Elkes Zimmer steht ein einsamer Wagen mit alter Bettwäsche und Handtüchern. Elke schließt die Nummer 19 auf, das Bett ist wie von Geisterhand gemacht, es leuchtet blau. Kaum vorstellbar, dass in diesem Bett ein Albtraum geträumt wurde oder jemals wieder geträumt werden wird. Die Karten des Bettes werden jeden Morgen neu vom Zimmermädchen gemischt. Auch der Mülleimer mit der toten Fliege ist geleert, eine neue Tüte hängt über dem Rand, sie ist durchsichtig, die davor war weiß.

Leben

Du hast dir dein erstes Kind ausgedacht, bevor es geboren wurde, und das ist der Grund, warum es überhaupt geboren wurde. Noch bevor das Kind, das zu Elke wurde, auf der Welt war, hat es in deiner Vorstellung existiert. Doch als es auf der Welt war, hat es aufgehört zu existieren, auch in deiner Vorstellung.

Doch seit du schrumpfst und immer mehr geschrumpft bist, habt ihr die Rollen getauscht, Elke und du, vielleicht hält dich ihre Idee von dir sogar am Leben, wer weiß das schon. Vielleicht gäbe es dich nicht mehr, vielleicht gäbe es gar keine Menschen, wenn es niemanden gäbe, der sie sich vorstellt. Es ist immer ein Mensch da, der nicht anders kann.

Zwischenzeugnis

Frau Ulova schaut von ihrer Zeitschrift auf. Sie erwidert Elkes Gruß, sie zieht das *Den* von *dobrý den* in die Länge, bis das *Ä* sich auf dem *N* ausgebreitet hat, wartet einen Augenblick, ob Elke etwas möchte, dann liest sie weiter. Ihr gebeugter Nacken leuchtet unter dem schwarzen kurzen Haar.

Elke biegt von der Hauptstraße in die Fußgängerzone. Ein Schreien und Stöhnen tönt durch die Schlucht der Häuser, Haut klatscht dumpf auf Haut, jemand oder etwas wird mehrmals hintereinander geschlagen. Über einem Hauseingang ist ein Schild befestigt, auf dem *Trenink*[12] steht. Die Tür ist schwarzgepolstert, sie steht weit offen. An den Fenstern hängen Bilder von Boxern, ein Geruch von Schweiß, raues Lachen, es könnte auch ein Schluchzen sein. Die Fußgängerzone ist voller Kinder, sie sind einzeln, in Gruppen, zu zweit unterwegs, sie tragen Taschen oder Ranzen über den Schultern, halten Mappen in den Händen, in die sie hineinschauen, *výroční*

---

12 Training

vysvědčení, Zwischenzeugnis, steht auf jedem Mappendeckel, dennoch sehen die Mappen unterschiedlich aus, die meisten dunkelblau oder schwarz, zwei Kinder halten pinkfarbene Umschläge in der Hand, auf denen die Buchstaben, wie von Feenhand geschrieben, ein Eigenleben führen. Offenbar haben alle Kinder gute Noten bekommen. Sie unterhalten sich wie kleine Erwachsene, bleiben mitten auf dem Weg stehen, sie zeigen einander ihre Ergebnisse.

Elke setzt sich auf eine freie Bank direkt vor der Pestsäule; sie ist erschöpft von den dreihundert Metern, die zwischen der Pension und dem Marktplatz liegen, aber sie ist natürlich nicht von dem Spaziergang erschöpft, sondern von Markus und den Kindern, und eigentlich auch nicht von Markus und den Kindern, sondern davon, dass sie existieren, eigentlich davon, dass sie selbst existiert. Lange betrachtet sie die Pestsäule, die sich schwarz-golden im Blau des Himmels auflöst, auf ihrer Spitze streicheln kleine traurige Engerl die Fische, die nach Luft schnappen. Jede Stadt in Mähren hat eine solche Säule, die Pest hat man in ein Kunstwerk hineingemeißelt, aus den Steinen bricht keine Krankheit mehr aus, die Toten werden vom Gedenken an sie ordentlich zusammengehalten.

Ein Mann schlendert auf die Bank zu, er hält eine Bananenschale und eine Coladose in der Hand. Als er auf Höhe der Bank ist, auf der Elke sitzt, dreht er sich kurz um, wie um sich zu versichern, dass er nicht beobachtet wird, dann legt er den Müll auf die Sitzfläche und geht mit schnellen Schritten davon.

Auf der gegenüberliegenden Seite des Platzes betreten Markus, Helen und die Kinder das Eiscafé *Diana*. Helen ist ein paar Zentimeter größer als Markus, sie trägt flache Schuhe. Pierre und Luisa gehen im großen Abstand hinterher, sie halten sich an den Händen, Pierre hüpft beim Gehen, weil kleine Kinder immer hüpfen oder laufen, sie können nicht einfach gehen, ganz normal gehen, aber Luisa kann es natürlich schon, sie hält Pierre an der Hand und betrachtet ihn nachsichtig bei seinen Sprüngen.

Als die Eltern im Café verschwinden, lassen die Kinder sich los und fangen an zu laufen, Luisas lange rote Haare flattern im Wind, sie lacht und hebt die Arme in die Luft. Pierre fällt, als er sieht, dass Luisa das Rennen gewinnt, über seine eigenen Füße, er liegt auf dem Boden und schreit. Luisa dreht sich um und läuft zurück. Sie hilft ihm auf, nimmt ihn bei der Hand, sagt etwas, das wie eine Beschwörung aussieht. Gemeinsam laufen sie die letzten Meter zum Café, wie in einem Theater, das Elke als Kind einmal gesehen hat; und sie weinte still in sich hinein, weil sie keine Märchen mochte.

Zoobesuch

Mit einer Nachbarin fuhr Elke oft in die Stadt, sie fuhren mit dem Bus, Elke saß wie ein Strich im Sitz neben der dicken Frau und sah aus dem Fenster, auf dem Hinweg wie auf dem Rückweg, und gegen Abend brachte die Nachbarin sie wieder zurück. Es ist nicht weit, die Bushaltestelle ist gegenüber, Bäckergasse Ecke Waisenplatz. Du hast nichts dagegen gehabt, du hättest auch nichts dagegen gehabt, hätte die Nachbarin Elke einfach behalten und wäre jeden Tag mit ihr mit dem Bus irgendwohin gefahren. Bei ihrer Rückkehr bist du in der geöffneten Wohnungstür gestanden, hast die Hand ausgestreckt und zur Begrüßung dem Kind über die Stirn gestrichen, mit zwei Fingern, wenn es sich an dir vorbei in den Hausflur gedrückt hat und die Nachbarin noch ein paar Worte sagte, von denen sie dachte, dass du sie hören wolltest.

Sie war brav, sagte sie beispielsweise, wir haben den Bus versäumt und sie hat nicht gequengelt, sagte sie, sie ist ganz brav mit mir an der Haltestelle gestanden, ganz geduldig hat sie mit mir auf den Bus gewartet, sagte die Nachbarin anerkennend, denn sie ging davon aus, dass jedes Kind sofort quengeln muss, wenn es an einer Bushaltestelle stehen und auf einen Bus warten muss, und so hob sie die Leistung ganz besonders heraus. Und du hast wie geistesabwesend genickt und gut gesagt, und an einem dieser Tage hat der Markus es das erste Mal geschafft, bis zehn zu zählen, ganz alleine, ohne Stolpern, du hast es der Nachbarin erzählt und abends hast du es dem Sepp erzählt.

Beim ersten Mal wollte die Nachbarin sich einfach nur ein Kind ausleihen, sie hatte einen Zoobesuch in der Zeitung gewonnen und durfte ein Kind mitnehmen, ein bis zwei Erwachsene durften bei diesem Gewinn bis zu drei Kinder mitnehmen; die Nachbarin war nicht zwei Erwachsene, sondern einer, deshalb wollte sie nur ein einziges Kind mitnehmen, und die Wahl fiel auf Elke, die als besonders pflegeleicht galt.

Weil es mit dem Zoo so gut geklappt hatte, durfte Elke von nun an einmal im Monat mit der Nachbarin mit dem Bus fahren, Besorgungen machen und die Freundinnen der Nachbarin besuchen, es stand der Nachbarin gut, das pflegeleichte Kind, das meistens vor sich hin träumte, sich aus der Gegenwart wegträumte, gerne verschwand, ohne aufzufallen, was allgemein als Zeichen großer Vernunft gewertet wurde.

Dabei war Elke nicht vernünftig; sie entfernte sich sogar für eine gewisse Zeit aus dem eigenen Körper, was nicht ungefährlich war. Wie lange diese gewisse Zeit dauerte, weiß sie nicht, denn außerhalb des Körpers hat die Uhrzeit keine Gültigkeit, andere Einheiten gelten, aber welche das sind, ist noch nicht erforscht, wichtig ist nur, dass der Körper geduldig auf die Rückkehr wartet und nicht unbemerkt, aus einem Impuls heraus, verschwindet. Manchmal verlor Elke bei diesen Experimenten das Bewusstsein, rutschte vom Sitz, blieb unter dem Tisch liegen oder neben dem Bett, auf dem Rasen im Vorgarten oder zwischen Autoreifen in den Garagen hinter dem Haus. Kam sie wieder zu sich, fand sie sich im selben Körper wieder, den sie zuvor so kunstvoll verlassen hatte. Die Nachbarin bemerkte nichts, sie nutzte diese Fahrten mit Elke an ihrer Seite, um mit anderen Fahrgästen ins Gespräch zu kommen, und bot sich niemand als Gesprächspartner an, war sie oft schon eingeschlafen, bevor der Bus das Wohnviertel verlassen hatte.

Elkes Ziel war es, nicht nur aus dem Körper zu verschwinden, sondern auch zu koordinieren, wie lange sie verschwand, Elke plante schon damals, eines Tages ganz von der Bildfläche zu verschwinden, als Vorsichtsmaßnahme, sie wollte gerade dadurch, dass sie verschwand, sich der eigenen Existenz sicher werden.

Das erste Mal geschah es in jenem Bus auf dem Weg zum Zoo. Im Polster neben der hörbar atmenden Nachbarin versunken, lehnte Elke den Kopf an die Scheibe, ließ sich wiegen und schaukeln vom Postbus, der durch die Vorstädte fuhr, wo er mit einem lauten Seufzen in Ortseingängen und Ortsmitten und Ortsausgängen hielt, die Türen mit einem erleichterten Ein- und Ausatmen öffnete und schloss, um dann übermütig quietschend wieder anzufahren. Elke, die das erste Mal in ihrem Leben Bus fuhr, befand sich bald in einem ähnlichen Zustand wie kurz vor dem Einschlafen. Doch waren ihre Augen offen, blickten auf die Landschaft, sahen Straßen, Menschen, Tiere vorbeiziehen. Und plötzlich fand sie sich da wieder, wo sie hinstarrte, und das war die andere Seite der Busfensterscheibe, erst noch in der Luft und dann an einer Ecke, wo sie sich umsah und dann winkte, dorthin winkte, wo sie stehengeblieben war, und dem Bus, in dem ihr eigener Körper saß, hinterherblickte. Dort, an dieser Straßenecke, stand sie eine Zeit lang und schaute und schaute und keiner hinderte sie und beachtete sie. Nur die Augen beobachteten den Körper, der vor Schreck ohnmächtig wurde, denn sie war es nicht gewohnt, sich selbst auf der anderen Seite zu sehen. Sie war es ja schon nicht gewohnt, überhaupt gesehen zu werden.

Wenn sie die Augen aufmachte, war sie wieder vollständig. Aber was ist schon Vollständigkeit gegen die Vorstellung, von dieser Straßenecke aus über die Dörfer zu wandern, vielleicht als Vagabund. Oder als gelbe Katze. Auch ein Zirkusclown war vorstellbar. Fortan nahm sie mit Begeisterung an den Busfahrten teil, um sich exakt an dieser Straßenecke selbst zu verlassen. Sie wurde immer seltener ohnmächtig, sie musste nur schnell genug wieder in den Körper zurückkehren, dann konnte die Ohnmacht verhindert werden. Am leichtesten war es, wenn die Ampel am Ortsausgang auf Rot stand, dann hatte sie Zeit genug, um wieder in den Bus einzusteigen. Mit der Zeit verhinderte sie die Ohnmacht problemlos und souverän.

Die Nachbarin erzählte dir später, das Kind habe geschlafen, mit offenen Augen habe es geschlafen, und du hast zuerst das Kind und dann die Nachbarin überrascht angeschaut, als habest du gar nicht gewusst, dass das Kind Augen hat.

Kinderbecher

Markus und Helen, Luisa und Pierre sitzen im Eiscafé *Diana* am selben Tisch, an dem sie bei der Ankunft saßen. Am Nebentisch bestellt das Münchner Ehepaar in Bundhosen mühsam Getränke. Pierre zeigt mit dem ausgestreckten Finger auf Elke, die vom Marktplatz her kommt, als wolle er auf sie zielen, dann winkt er aufgeregt. Dann winken Luisa und Helen und am Schluss winkt auch Markus, er winkt mit großer Geste, als habe er das Winken persönlich erfunden. Elke geht auf den Tisch zu und mit jedem Schritt, den sie tut, hat sie das Gefühl, ein Ungleichgewicht ausbalancieren zu müssen, als befände sie sich auf wackeligem Untergrund, der willkürlich mal zur einen, mal zur anderen Seite kippt. Helen lässt plötzlich den winkenden Arm sinken und schaut auf den Prospekt aus dem Hotel, der auf dem Tisch liegt, als wüsste sie nicht, wo sie sonst hinschauen sollte.

Wir haben schon bestellt, sagt Markus, als Elke am Tisch ankommt, möchtest du auch ein Eis, dann laufe ich schnell hinein zur Theke.

Pierre muss aufs Klo, sagt Helen zu Markus, du kannst ihn gleich mitnehmen.

Was für ein Eis möchtest du, fragt Luisa, ich habe einen Kinderbecher mit Erdbeeren genommen, aber du musst ein Erwachseneneis essen, Erwachsene dürfen kein Kindereis bestellen, nur die Oma darf ein Kindereis. Es ist der erste richtige Satz, den sie zu Elke sagt seit ihrer Ankunft. Dann kichert sie, und Pierre, der schon neben Markus steht und seine Mini-Hand in die von Markus geschoben hat, starrt mit durchdringendem Blick auf Elke und nagt an seiner Lippe. Elke nimmt die Eiskarte, es ist die tschechische Karte, neben ihr taucht die Serviererin auf, *what do you wish to order?*

Sie bestellt *ledová káva prosím, se šlehačkou?,* fragt die Bedienung, *ne, bez šlehačky*[13]*,* sagt Elke und wundert sich, dass die Worte in ihr sind, immer noch, angestaubt und verschrumpelt zwar, aber einsatzfähig.

Was hast du gesagt zu der Frau, fragt Luisa und Elke sagt, ich habe einen Eiskaffee bestellt. Die Kinder sehen enttäuscht aus, Pierre und Markus folgen der Serviererin, und Pierre hüpft in seltsamen Dreiecken von einem Bein aufs andere an Markus' Hand.

Brüstung

Der Kontakt zu Elke war irgendwann abgebrochen. Ohne jedes Zutun, denn mit eurem Zutun wäre er natürlich nicht abgebrochen. Dass Elke bei Tante Magdalena, die sich jetzt Madla nannte, in der Tschechoslowakei lebte, das habt ihr irgendwann erfahren, aber da habt ihr euch schon festgelegt auf die Interpretation, dass Kinder so etwas ihren Eltern nicht antun dürfen.

Eines Nachts war sie aufgebrochen, leise, wie sie immer leise gewesen war, und am nächsten Morgen dachtest du, sie sei schon los, früh los in die Schule und der Sepp fragte sowieso schon lange nichts mehr und Markus war mit sich beschäftigt, sodass Elkes Fehlen zunächst nicht weiter auffiel. Und als ihr Fehlen auffiel, wusstest du nicht, was in so einem Fall zu tun

---

13 einen Eiskaffee, bitte, mit Schlagsahne?, nein, ohne Sahne

sei, es war ja nicht das erste Mal in deinem Leben, da waren schon ganze andere verschwunden, und dann wieder aufgetaucht, Lene zum Beispiel oder Magdalena. Nur der Martin tauchte nie wieder auf. Vielleicht würde auch Elke nie wieder auftauchen. Vielleicht würdest du sie nie wiedersehen.

Ein Wiedersehen hat es dann doch einmal gegeben, in Prag. Nur hast du davon nie erfahren, denn du hast nichts bemerkt und auch Markus hat nichts bemerkt, als würdet ihr noch immer am ersten Tag von Elkes Verschwinden am Frühstückstisch sitzen und an etwas anderes denken. Und so war es kein Wiedersehen mit dir, es war ein einseitiges Sehen, und selbst Elke traute ihren Augen nicht, tatsächlich hat sie, als sie Markus sah, zunächst gedacht, er sei einer ihrer Erscheinungen. Schon öfter war es passiert, dass sie zum Beispiel plötzlich meinte dich zu sehen, doch dann warst du es gar nicht, oder dass sie den Sepp sah, der sich dann doch als Doppelgänger herausstellte, ebenso Markus, und sie wollte schon den Kopf über sich selbst schütteln, als ihr klar wurde: Er war es wirklich. Neben ihm eine junge Frau, ihre Hand in seiner Hand, Elke kannte sie nicht. Eine Zehntelsekunde, bevor sie Markus sagen konnte, bevor sie Markus sagen wollte, sah sie dich, ein paar Schritte hinter den beiden, du schlurftest wie ein Kind, das hinter den Eltern hertrabt.

Der Sepp war nicht dabei, er war damals schon zu krank, um zu verreisen, aber das wiederum konnte Elke nicht wissen, sie hatte auch zu ihm keine Verbindung mehr, ein einziges Mal hat sie ihm eine Karte geschrieben, ohne Absender, ohne Unterschrift.

Luisa und Pierre gab es noch lange nicht, und die händchenhaltende Frau war natürlich Helen, sie hatte damals in Prag ausgesehen, wie jetzt Luisa aussieht, mit langen dünnen Beinen, schmalem Gesicht, großen Augen und herzförmigem Mund, nur hatten ihre Locken keinen Rotschimmer wie die von Luisa, wenn das Licht auf ihr Haar trifft, und sogar die kleinen feinen Härchen zwischen den Sommersprossen, die sich auf Luisas Arm zaghaft ausbreiten, haben diesen Rotstich, den Markus mit einer gewissen Besorgnis betrachtet.

Elke hat die beiden beobachtet, wie sie sich von dir verabschiedet haben, im Hintergrund die Brücke, wie sie dir hinterherblickten, als du tapfer in das Taxi gestiegen bist, wie sie an der Quaderbrüstung der steinernen Brücke lehnten, erleichtert für ein paar Stunden, frei von der Verantwortung für dich, Prinz und Prinzessin eines untergegangenen Reiches, die auf das Abendwasser schauten. Markus hatte seinen Kopf an den von Helen gelehnt, wie Luisa heute morgen beim Frühstück, an Helen lehnt sich die ganze Familie an. Wie Helen kerzengerade dastand und wie der Abend und die Moldau und Prag und Markus' angelehnter Kopf sich wie ein intensiver Geruch in allen Dingen und Nichtdingen festsetzte. Wie die beiden sich in ein Gespräch verwickelten, das von dir handelte. Wie so viele Gespräche in den kommenden Jahren von dir handeln würden, wenn der Geruch des Augenblicks sich verflüchtigt haben würde.

Sie sprachen von dir, Helen sprach von dir, dass es so nicht weiterginge, und Markus sprach von dir, dass es so weitergehen müsse, weil es nicht in seiner Macht stünde. Und apropos, es habe auch nicht in seiner Macht gestanden, dass Elke, von der er bisher nie erzählt hatte, verschwunden sei, der Kontakt abgebrochen sei, weil man den Kontakt habe abbrechen lassen. Er sagte nur *verschwunden*, und da schaute Helen plötzlich in die Richtung, aus der sie beobachtet wurde, sie sah sogar direkt in Elkes Gesicht, aber sie kannte sie nicht, woher denn auch.

Und dann gingen sie keine fünf Meter an Elke vorbei, doch kam es zu keinem Wiedersehen, denn Markus war involviert in das schwierige Gespräch mit Helen, die er an der Hand hielt und die ihn fragte, nach der Schwester, warum sie verschwunden war und warum er ihr nie davon erzählt hatte, die sich ausgeschlossen vorkam, aber nicht zu sagen wusste, woraus genau, nur ausgeschlossen aus etwas und deshalb weiterfragte, sich in etwas hineinfragen wollte, und sie fragte nicht nur nach

Elke, sondern auch nach der Mutter, nach dem Vater, nach den Großeltern, aber Markus wusste nicht, was er antworten sollte.

Sie sind über die Brücke, die steinerne, gegangen und haben beim Sprechen zur Burg hochgeschaut und dann wieder auf die Erde, manchmal senkrecht in den Himmel, der voller dicker weißer Möwen hing, und dann wieder auf den Fluss, sie sind vorbei am Kaisersteinpalast spaziert und dem S der Straßenbahnstrecke gefolgt, und am Ende sind sie doch in die Tram eingestiegen und haben ihr Gespräch erst unterbrochen, als die Straßenbahn mit einem Ruck losfuhr und sie im selben Moment feststellten, dass es die Tram in die falsche Richtung war, aber es hat ihnen nichts ausgemacht. Und zusammen mit einer Traube von Touristen, japanischen, französischen, brasilianischen, amerikanischen, indischen und skandinavischen Touristen haben sie geredet und geredet und haben sich dabei die Kleinseite angesehen, haben sich an den Quer- und Längsstreben festgehalten, sich in die Kurven gelegt und haben sich aneinander festgehalten und haben gelacht wie die Schulkinder, sie haben gesagt, schade, dass wir schon aussteigen müssen, als sie dann irgendwann doch an ihrer Haltestelle angekommen waren, Mutter wartet, haben sie gesagt.

Accessoire

Pierre deutet mit strengem Blick auf sein Bein. Kleine rötliche Abschürfungen sind rund um das weiße Kinderknie herum zu erkennen, etwas Dreck ist in die Wunde geraten, die Haut ist geschwollen. Er ist über eine Stufe gestolpert, sagt Markus, die Stufe ist blöd, sagt Pierre mit einem Schmollmund. Alle bedauern ihn, selbst Luisa, sie hat sich für das Bedauern und Trösten eine Erwachsenenstimme zugelegt. Und Pierre, der neuen Mut gefasst hat, stellt sich kerzengerade hin und sagt in einem Ton, der fest klingen will: Ich bin ein Indianer, ich habe Erfahrungen mit Schmerzen gemacht.

Am meisten lacht Luisa, sie schlägt sich mit der Hand aufs Knie und kreischt. Helen lacht ein zärtliches Mutterlachen und hat die Hand glucksend nach Pierre ausgestreckt, Markus lacht auch, doch gleichzeitig schaut er zu Luisa und wirft seine Stirn in Falten. Als Pierre alle lachen sieht, muss er selbst lachen, und ohne zu merken, an wen er sich anlehnt, lehnt er sich an Elke an, sie spürt seinen überraschend langen Kinderarm plötzlich in ihrem Nacken, zuckt zusammen, hält aber so still, dass Pierres Arm gleich in ein Nichts fallen wird. Auf ihrer Schulter liegen die fünf kurzen Kinderfinger, es geht eine große Wärme von ihnen aus.

Wer hat Lust, mit mir zur Burg zu gehen?, fragt Helen. Für die Kinder ist das langweilig, wendet Markus ein, der Burgen schon als Kind langweilig fand, wie wäre es mit Kartfahren?

Was ist Kart, fragt Luisa und macht ein Gesicht, das wie geschaffen ist für eine schwarze Kinderbrille. Falls es schwarze Kinderbrillen überhaupt gibt.

So etwas wie Go-Kart, sagt Markus.

Juhu, ruft Luisa, und als Luisa ihn anstupst, jubelt auch Pierre und lässt Elkes Nacken los. Sie fallen Markus um den Hals, weil es nun auf die Kartbahn geht, die neben der Burg aufgebaut ist, Markus hat sich schon informiert, es ist eine Bahn für Kinder, die Burgen langweilig finden. Aber auch für Erwachsene, die Burgen langweilig finden, sagt Helen und schaut Markus an und er grinst spitzbübisch zwischen den beiden an ihn gedrückten Kinderköpfen hindurch.

An der Abzweigung zur Burg ist Luisa unschlüssig, ob sie nicht doch lieber mit auf die Burg gehen möchte, doch dann winkt sie melancholisch und hopst hinter Pierre und Markus her. Der Weg zur Burg ist kurz und steil. Helen geht voran, leicht wie ein Reh, zumindest wie eine Frau, die viel Bewegung gewöhnt ist. Es gibt einen anderen Weg mit weniger steilem Anstieg, aber den kennt Helen nicht, und Elke ist unsicher, ob sie überhaupt etwas von der Burg erzählen soll, von den familiären Verbindungen, von Magdalena und ihrer Liebschaft mit Hans, von der SS und dem niedergebrannten Dorf. Sie folgt Helens glattrasierten Waden.

Auf der Gegenseite kommt ihnen ein Spaziergänger entgegen. Er trägt einen Lodenmantel und einen altmodischen Hut, den er beim Vorbeigehen höflich lüftet, und unter dem Mantelkragen erkennt Elke den rosafarbenen Schlips; aber sie hätte ihn auch ohne dieses Accessoire erkannt.

Wer war das, kennst du den etwa, fragt Helen.

Ich weiß nicht, sagt Elke.

Wie ein Tourist sah er jedenfalls nicht aus, bemerkt Helen, und als der Satz zu Ende gesprochen ist, hat sie ihn schon wieder vergessen. An der Burgmauer angelangt, spazieren sie auf dem breiten Pfad zum Haupteingang, und Elke versucht ihre Gedanken zu ordnen, doch sie weiß nicht, wohin sie die einzelnen Gedanken ordnen soll, es ist, als wären in ihrem Gehirn alle Schränke verschwunden, alle Schubladen und alle Regale, nur die Gedanken sind noch da und bewegen sich nach einer undurchschaubaren Systematik durch ihre Zellmasse.

Moritz

Herr Prochazka trat am Abend vor *Svatý Mikuláš*[14] das erste Mal in Erscheinung, ein paar Tage vorher war er schon auf dem Hof gestanden und hatte durchs Fenster die Vorgänge in der Gaststube beobachtet. Elke hatte ihn, als sie das Klofenster öffnete, gesehen, sie hatte sich nichts dabei gedacht, sie dachte meistens nichts, hatte es aufgegeben, denn das, was die Menschen taten, war ihr oft unverständlich. Doch kurz darauf stand er im Eingangsbereich des Kaffeehauskombinats, in dem Elke arbeitete, und wartete darauf, abgeholt und platziert zu werden. Fast gleichzeitig mit dem neuen Gast war die Bestellung aus der Küche da, und Elke musste erst das Essen

---

14 Nikolaustag

an den Tisch bringen, eine weitere Bestellung aufnehmen und Bier zapfen, weil an jenem Tag der Bierzapfer krank ausgefallen und kein Ersatz gekommen war, und bis Elke mit allem fertig war, war der wartende Herr mit der rosaroten Krawatte schon wieder vergessen. Er war eine Weile an der Theke gestanden, dann gesessen, dann sprach Herr Prochazka mit dem Kombinatschef, der Emil hieß, alle nannten ihn Emil, selbst die, die ihn siezten, Elke dachte zunächst, er heiße Emil mit Nachnamen, aber dann wäre er mit *Pane Emile*[15] angesprochen worden, so viel Sprache hatte sie mittlerweile schon gelernt. Herr Prochazka und Emil sprachen miteinander, sahen zu ihr herüber. Herr Prochazka nickte Emil aufmunternd zu und ging durch den Gastraum wie ein Soldat, er packte Elke am Arm, *pojďte prosím*[16], sagte er.

Sie gingen aber nicht ins Gefängnis, wie sie zunächst befürchtete, sondern in eine andere Gaststätte, ins Moritz, in der viele Österreicher verkehrten; dort wurde vor allem Deutsch gesprochen und sie brauchten eine Bedienung, die ebenfalls Deutsch sprach. Herr Prochazka, so stellte er sich ihr in diesem Moment vor, nahm ihr den Mantel ab und führte sie selbstbewusst zu einem Platz an der Theke; während des etwa zehnminütigen Marsches durch den Regen hatte er kein Wort an sie gerichtete, nur seinen Griff gelockert, und Elke ging mit einer Mischung aus Neugierde, Angst und Fatalismus schweigend neben ihm her.

Im Moritz war nicht viel los, Tschechen waren dort nicht gerne gesehen, sie brachten keine Devisen. Elke wurde eingestellt und fing am selben Abend an zu bedienen, und von da an von Mittwoch bis Samstag, jeden Abend ab 19 Uhr, für 100 Kronen pro Schicht. Die Tram hielt nur ein paar Schritte entfernt, sodass das Quietschen ihrer Bremsen zur besonderen Atmosphäre des Moritz gehörte, und wenn sie wieder anfuhr,

---

15 Herr Emil
16 Kommen Sie bitte.

bebte der Boden und gleichzeitig öffnete sich die Tür und die Gäste kamen herein. Wenn es regnete, sollte Elke den Gästen den Regenschirm abnehmen, um ihn in einen dafür vorgesehenen Eimer an der Ecke zu stellen, manchmal stellten die Gäste ihn gleich selbst hinein, denn in Österreich sah man diese strengen Rituale nicht so eng. Daran also, ob sie ihren Schirm selbstständig in den Schirmständer stellten, erkannte Elke gleich, aus welchem Teil der Welt die Gäste stammten.

Oft hörte sie aber auch die Tram kreischen und wieder anfahren und dann kam gar niemand, das waren endlose Abende, die sich hinzogen, an denen als einziger Gast Herr Prochazka hereinkam, er kam nie mit der Bahn, er kam immer lautlos, bestellte zwei Gläser Wein und sagte *pojď děvče, budeme hrát šachy*[17].

Elke, die auch nach einem Jahr noch kaum Tschechisch sprach, dachte zunächst, er frage nach dem werten Befinden und antwortete *dobře,* sie mochte das weiche *Ř,* sie sagte es gerne, sie sagte am liebsten Wörter, in denen das *Rsch* vorkam. *Dobře.* Und so musste Herr Prochazka denken, dass Elke ihn verstanden hatte, wo sie ihn missverstanden, ihm aber trotzdem das Richtige geantwortet hatte.

Herr Prochazka spielte sehr gut Schach, er musste nie lange überlegen; Elke hatte kaum Zeit, einen Schluck Wein zu trinken, wenn er am Zug war. Sie trank immer nur bei den eigenen Zügen Wein und musste immer sehr lange überlegen, dabei wurde sie von Herrn Prochazka fixiert.

Er war ein sehr kleiner, dicker und flinker Mann. Es wurde gemunkelt, er stamme aus Südmähren, an der Grenze zur Slowakei, ein uneheliches Kind von einem sehr einflussreichen Mann, der etwas mit der Bata-Familie zu tun hatte. Er hatte einen seltsamen Modegeschmack und trug ausschließlich rosafarbene Krawatten, die er aus dem Westen importiert haben musste, denn in Tschechien hatte Elke noch nie einen Mann

---

17 Komm, Mädchen, spielen wir Schach!

mit einer solchen Krawatte gesehen. Sie rechnete jederzeit mit irgendetwas, das Herr Prochazka im Schilde führte. Herr Prochazka war immer in der Nähe, auch wenn er nicht in der Nähe war.

Bald war Herr Prochazka täglich im Moritz, er bestellte zwei Gläser Červeneho und das Schachspiel an der Theke, egal, ob viel Betrieb war oder wenig.

Sommerbluse

Während Elke und Helen die Burg betreten, fallen die ersten Tropfen. Die Burg ist immerhin als Schutz gegen Gewitter zu gebrauchen. Alle Führungen sind ausgebucht, aber für zwanzig Kronen können sie sich alleine auf den Weg durch die verwinkelten Flure machen. Hier hat einmal eine Tante von mir gewohnt, sagt Elke, Tante Madla hieß die, und als sie Tante Madla sagt und ihre Zunge vom *D* unter das *L* rollt, wird ihr bewusst, wie lange sie schon nicht mehr an Tante Madla gedacht, geschweige denn ihren Namen gesagt hat.

Von einer Tante Madla hat Helen noch nie gehört. Insgeheim zweifelt sie am Wahrheitsgehalt dieser Behauptung. Weder von einer Madla noch von einer Magdalena weiß sie etwas und schon gar nichts von einer, die hier mit einem Kerl gelebt hat, der Hans hieß. Auf dieser Burg?, fragt sie, fast gelangweilt. Und wann soll das gewesen sein? Aber andererseits wäre es nicht das erste Mal, dass Markus ihr etwas verschwiegen hat, verschwiegen, denkt sie, ist das falsche Wort, er vergisst, was ihn nicht interessiert, vielleicht auch, was ihn ängstigt, das hat sie in den Jahren ihrer Ehe noch nicht entschlüsselt.

Hinter den geschlossenen Fenstern zucken kleine Blitze, es regnet und der Regen schlägt krachend auf das Vordach der Wirtschaftsgebäude ein.

Und dann hängt im Ritterzimmer das Dürer-Bild von Hans Imhof, einem Textilfabrikanten aus Nürnberg, der eine rote

Mütze trägt. Er sieht melancholisch und keck aus, unter dem Bild steht: *Kopie Dürerova portrétu norimberského měšťana Hanse Imhofa*[18], und Elke erzählt, was Tante Madla ihr erzählt hat, dass die SS das Bild von der Wand genommen hatte, weil Hans Imhof darauf eine rote Mütze trägt. Aber in Wirklichkeit hatte Hans es abhängen lassen, und zwar aus dem einzigen Grund, weil er genauso aussah wie der Kerl auf dem Bild. Und weil Helen sich einfach nicht vorstellen kann, dass Elke so eine Geschichte auf die Schnelle erfindet, glaubt sie ihr doch, wenn auch nur irgendwie.

In der Burg ist es kalt, Elke hat nur eine leichte Sommerbluse an, mit kurzen rüschigen Ärmeln. Sie laufen über den Innenhof, der nass vom Regen ist, und von da aus in die Kapelle und betrachten schweigend die Erscheinungen der Jungfrau Maria auf dem Altarbild, und Helen denkt an ihre Großmutter, mit der sie in Clermont-Ferrand oft in die Kirche gegangen ist, und Elke denkt an Tante Madla, die seit ihrer Kindheit nie wieder eine Kirche betreten hat. Als sie den Rückweg durch die Burg antreten, ist der Himmel so dunkel geworden, als stünde die Nacht bevor, sie geraten in eine Besucherführung und schließen sich ihr an. In eine neogotische Orgel ist ein elektronischer Synthesizer eingebaut, nächsten Sonntag findet ein Konzert statt. Helen streicht über die schönen, glattpolierten Möbel im Schlafzimmer des Elisabeth-Palastes, der nach der Mutter des Erbauers benannt worden ist. In der Rüstkammer haben die deutschen Besatzer schießen geübt, ein durchlöchertes Bild zeigt eine Frauengestalt in einer Allee aus Bäumen und Blumen.

Beim Abstieg muss Helen immer wieder den Kopf schütteln. Elke folgt ihren Waden. Am Wegrand heben die Blumen ihre nassen Köpfe.

---

18 Kopie des Dürer-Porträts von Hans Imhof aus der Stadt Nürnberg.

Schuhe

Tante Madla hatte nichts von der Existenz einer Nichte gewusst, bis sie ihren Brief erhielt. Ist nicht in dem Wort Nichte die Verneinung schon vorweggenommen?

Als Elke nach einer endlosen Bahnfahrt ankam, wirkte Tante Madla weder erfreut noch nicht erfreut, sie schien die Begegnung als unvermeidbar zu betrachten. Klein und schmal war sie, mit krausen Locken, die silbern schimmerten, und im Gegensatz zu ihrem sehnigen Körper war ihr Gesicht aufgegangen, die Haut glänzte ungesund und blähte sich über den Wangen. Kommt von *kortizon*, sagte sie, als sie Elkes Blick bemerkte.

Schuhe bitte ausziehen, sagte sie.

Sie sah niemandem aus der Familie ähnlich, weder dir noch Lene noch Martin, dessen Foto in deiner Diele hing und immer noch hängt. Die Unähnlichkeit war das Auffälligste an ihr. Bis zu diesem Zeitpunkt hatte Elke nicht gewusst, dass Tante Madla das Nachbarkind war, das von deinen Eltern adoptiert worden war. Du selbst hast es nicht gewusst, erst viele Jahre später hat Lene es dir gesagt.

Jsem Madla, sagte Tante Magdalena, und Elke nannte sie respektvoll Tante Madla, und später sprach sie sie manchmal mit *Teto Madlo* an. Sie sah Elke beim Schuheausziehen zu, sah, wie sie sich schämte wegen des Geruchs, der aus den ausgelatschten Turnschuhen strömte, reichte ihr ein Paar selbstgestrickte grüne Socken, denn der Fußboden war kalt, obwohl es Sommer war. Elkes Brief lehnte an einem Tischchen neben der Garderobe, wie ein Museumsstück. Von einer Nichte habe ich nichts gewusst, sagte sie und würde es noch oft sagen, wenn sie Elke ansah, die am Küchentisch saß oder gerade zur Tür hereinkam oder später dann im Garten mithalf. Erst als Markus auf die Welt gekommen war, sagte Tante Madla, habe sie eine Geburtsanzeige bekommen, es war vorher überhaupt nicht die Rede von einem Kind gewesen.

An dem kleinen weißen Tisch in ihrer Küche hat sie zu erzählen begonnen, schon am ersten Tag, am Tag von Elkes

Ankunft hat sie aus dem Stand und ohne Einleitung von der Besatzung erzählt, von der Annektierung, vom Krieg in der Burg, davon, wie die SS das ganze Dorf auslöschte, mit Hans als ihrem Anführer achtunddreißig Männer erschoss, das Dorf niederbrannte, Frauen und Kinder verjagte – und dass ein paar Wochen später auch ihr letztes Stündlein geschlagen hatte.

Aber ich lebe immer noch, fügte sie hinzu, und lachte; lachte, als habe sie ihren Vortrag lange vorbereitet und vor ihr säße nun die erste Person, welche diesen Vortrag zu hören bekam. Jahrelang hatte die Tante, die sich seit ihrer mysteriösen Rettung nicht mehr Magdalena nannte, sondern Madla, für den Fall geübt, dass jemand etwas wissen will, und sei es ein Kind. Nicht dass sie mit einem Kind gerechnet hatte, sie hatte mit gar nichts gerechnet und sie hatte mit allem gerechnet.

Jeden Tag erzählte Tante Madla ein bisschen mehr, jeden Tag erzählte sie etwas anderes, jeden Tag vergaß sie ein bisschen mehr von dem, was sie einstudiert hatte, und jeden Tag widersprach sie sich ein bisschen mehr. Je mehr sie erzählte, desto mehr verwickelte sie sich in Widersprüche, wurde sie von sich selbst in zahlreiche Widersprüche verwickelt.

Ein ganzes Jahr hat Elke bei Tante Madla gelebt, sie auch später noch besucht, bis zu dem Tag, an dem sie gestorben ist, ohne Erstaunen und ohne Schrecken. Ihr letztes Stündlein hatte viel früher schon geschlagen, der Tod hat sie weniger überrascht als das Leben.

Spucke

Markus und die Kinder warten schon im Burghof. Das Kartfahren hat Spaß gemacht, bis das Gewitter kam, und jetzt essen alle noch ein Eis in der Sonne, die sich zwischen die abziehenden Wolken geschoben hat. Markus will unbedingt eine Karte an dich schreiben, die Kinder rufen Ja, nur Helen sagt: Aber die Oma denkt doch, wir sind in Frankreich.

Luisa schaut ihre Mutter interessiert an, Markus zuckt mit den Schultern und kauft im Souvenirladen eine Karte. Es gibt nur zwei Motive, die Burg bei Tag mit Bäumen und wolkenlosem blauen Himmel, wie ausgestochen und aufgeklebt; das andere Motiv zeigt die beleuchtete Burg bei Nacht, und trotz der Beleuchtung kann man in die Burg weder hineinsehen noch schaut jemand aus der Burg heraus. Markus wählt das Burgmotiv bei Tag, bei dem nur der Himmel leuchtet. Er hatte schon immer Angst vor der Nacht.

Luisa schreibt auf die Karte mit mühsam erlernter Schönschrift, Pierre malt ein großes P., das an einem schiefen Baum lehnt. Der Stamm teilt sich, als wäre es das Natürlichste der Welt.

Eine Birke, sagt Helen, nicht wahr?

Ja, sagt Pierre, eine Birke, und spricht jeden Buchstaben, als sei er eine kleine Katze, die gestreichelt werden möchte.

Helen schreibt elegant: Herzliche Urlaubsgrüße.

Markus quetscht unter Luisas und Helens Text seinen Namen in ein kleines Eck am unteren linken Rand der Postkarte. Das S passt nicht mehr auf die Karte. Er kichert beim Gang zur Post, und als der Mann hinter dem Schalter ihn anschaut und fragt: *Kam? Do Rakouska? Do Německa?*[19], zuckt er mit den Schultern.

Německa, sagt Elke.

Der Postbeamte nickt und holt umständlich eine Briefmarke aus einer Schublade. Er schleckt die Marke langsam und mit breiter Zunge ab. Seine zierlichen Hände befestigen sie auf der Karte. Er reicht sie über die Theke und deutet auf den Briefkasten an der Tür.

Ein kleiner See aus Spucke hat die Marke gewellt und die Zweige und Blätter von Pierres Birke gewässert. Markus wirft die Karte in den orangefarbenen Postkasten, der auf dem Parkplatz steht, und erst als er sie hineingeworfen hat, fällt ihm auf, dass es zwei Öffnungen gibt: national und international. Er hat die falsche gewählt.

---

19 Wohin? Nach Österreich? Nach Deutschland?

Post

Du wirst eine Weile lang denken, die Karte sei von Magdalena, denn die Motive gleichen denen, die Magdalena dir jahrelang aus Mähren geschickt hat, es waren Seen abgebildet, Wälder, Wiesen, Burgen und Berge mit poetischen Namen, Motive, über die der Sepp die Nase gerümpft hat. Das sollen wir glauben, dass es bei denen so ausschaut. Dass sie sich nicht mehr Magdalena, sondern Madla nannte, hast du zur Kenntnis genommen. Es gab sogar eine Zeit, da wusstest du nicht einmal, ob sie nun tot ist oder noch lebt, einmal hieß es, sie sei erschossen worden, doch dann war sie in letzter Minute doch nicht erschossen worden, hatte dieses unfassbare Glück gehabt, über das ihr monatelang nach dem Krieg in der Familie gesprochen habt, das hat euch zu einer auserwählten Familie gemacht, weil ausgerechnet die Magdalena nicht erschossen worden ist, wie es an manchen Orten mit den Nazis geschehen ist – kurzer Prozess, so kurz, wie man braucht, um das Wort Nazi auszusprechen. Aber als die erste Zeit nach dem Krieg vorbei war, habt ihr nicht mehr darüber gesprochen. Erschossen worden, das war so weit weg und gleichzeitig so beängstigend nahe.

Du hast sie nie wieder gesehen, sie ist dir unheimlich gewesen, als totgeglaubte Untote und so weit weg, als Legende hatte sie ihren Platz in der Erinnerung, aber ein Wiedersehen war ja unmöglich. Und gerade als du dich an den Gedanken gewöhnt hast, dass man sich vielleicht doch noch einmal sieht, weil sich mal wieder die Zeiten geändert haben, und als du nicht wusstest, ob das gut gehen kann, da ausgerechnet ist sie gestorben. Sie hatte dir immer wieder Karten geschrieben, dass du sie besuchen sollst, in einer Stadt, deren tschechischer Name sich gefährlich und deren deutscher Name sich verboten anhörte, sie konnte dich nicht besuchen, weil sie Tschechin geworden war, weil sie ein aufwändiges Verfahren auf sich hätte nehmen müssen, du hättest Formulare ausfüllen müssen, du wolltest keine Formulare ausfüllen, Formulare machten dir Angst, du warst nicht bereit, deine Angst vor Formularen zu überwinden. Und eines Tages kamen dann keine Karten mehr und dann verging noch mehr als ein Jahr, bis die Todesanzeige im Briefkasten lag, unterschrieben von einem gewissen Milan, ein Nachbar vielleicht oder sogar ihr Mann, sie hatte in ihren Briefen nie einen erwähnt.

Ein einziges Mal hast du den Sepp gefragt, ob ihr in die Tschechoslowakei reisen wollt, aber er sagte, er wolle nicht: nicht dass sie einen dabehalten, und als der Eiserne Vorhang gefallen war, da wollte der Sepp erst recht nicht reisen, auch er schien vor irgendetwas Angst zu haben, du hast nicht gefragt, was es war, aber es lag nicht an einem Formular. Er hat dich nur scheel angeschaut und gebrummt, wieso nennt die sich plötzlich Madla, aber das konntest du ihm auch nicht sagen.

Die Karte ist ein Schock für dich. Sie hatten dir doch gesagt, sie würden vielleicht nach Frankreich ziehen, es sei für sie alle besser, finanziell und steuerlich und auch für die Kinder, denn die Kindertagesstätten in Frankreich sind professioneller und eine Frau muss sich in Frankreich nicht schämen, wenn sie arbeiten geht. Von Tschechien war nie die Rede, wieso denn Tschechien?

Du hast nicht verstanden, was an einer Kindertagesstätte professionell sein soll, du hast abgewunken und gedacht, aber an mich denkt keiner, nur sagen hast du das niemandem können, weil es ja in einem Brief mitgeteilt war, kurz bevor sie in den Urlaub gefahren sind, haben sie dir einen Brief geschrieben, Helen hat ihn dir geschrieben, und Markus hat ihn ebenfalls unterschrieben.

Nicht einmal den Mut, es dir ins Gesicht zu sagen, haben sie, denkst du, und dir kommt ein bösartiger Zweifel an Markus, du fängst an dich zu kratzen, du merkst es nicht einmal, erst wenn es blutet, erst dann merkst du, wie sehr du dich wieder gekratzt hast. Vielleicht hat sie seine Unterschrift gefälscht, denkst du, aber du weißt natürlich, dass sie echt ist.

Du kannst dir gar nicht vorstellen, dass die Tschechei über eine Post, über ein funktionierendes Transportwesen verfügt, natürlich versuchst du es dir gar nicht vorzustellen, warum solltest du, es ist auch ganz egal, nur ist jetzt diese Karte da, und du musst dich damit auseinandersetzen, dass man heutzutage dorthin fahren kann, eine Karte schreiben kann, dass diese Karte ankommt, als sei die Tschechei Frankreich. Du konntest dir eine tschechische Post nur vorstellen, solange die Tschechei unerreichbar war, für sehr lange Zeit. Die Karten wurden irgendwann geschrieben, kamen irgendwann an, dazwischen ist keine Zeit vergangen, sondern eine andere Zeitzone begangen worden. So konnten wenigstens Karten ankommen. Jetzt, wo jeder dorthin fahren kann, ist das Land noch weiter weggerückt, es muss weiter weggerückt sein, sonst könnte man ja hinfahren. So wie der Friedhof der Selbstmörder unerreichbar geworden ist und wie zum Beweis sich aufgelöst hat in einen modernen Friedhof mit Blumenbeeten auf den Gräbern.

Es heißt Tschechien, sagt die Nachbarin, die du jetzt regelmäßig im Krankenhaus besuchst, es heißt schon lange nicht mehr Tschechei und schon gar nicht Tschechoslowakei, es heißt jetzt einfach nur Tschechische Republik oder Tschechien eben. Und die Slowakei ist ein zweites Land, die gehören nicht mehr zusammen. Das hat ihr die Tochter erklärt, die Steuerberaterin, woher sollte sie das sonst wissen, dass sich heutzutage auch Länder scheiden lassen können?

Du nickst, aber deine Gedanken hören da auf, wo die Tschechei Magdalena damals einfach dabehalten hat, weil sie nirgendwo hingehörte; gerade deshalb, hat die Magdalena später gesagt, gerade deshalb bin ich geblieben, weil sie mich nicht erschossen haben und weil sie mich nirgendwohin schickten. Sie hatte es zu Lene gesagt, die es ihr in Briefen schrieb mit schönen und klugen Sätzen.

Und die Tschechei wird für dich einfach das Land bleiben, das sich eines Tages auflöste vor den Augen der Welt und das damals Leute wie die Magdalena einfach dabehielt, weil man sie nirgendwohin schicken konnte. Damit willst du lieber nichts zu tun haben.

Bílá Labuť

Der Hotelprospekt empfiehlt das Restaurant *Bílá Labuť*[20]. Es liegt an einem kleinen Weiher, auf dem zwei Schwanenpaare mit ihren Küken schwimmen. Die Kinder laufen ans Ufer und versuchen die Schwäne zu locken, in der Hoffnung, die Küken anfassen zu können. Aber die Schwäne lassen sich nicht locken und Markus erklärt, Küken möchten nicht von Menschenhand gestreichelt werden. Aber sie sind süß, sagt Luisa, so flauschig, wozu soll das sonst gut sein? Jaa, sagt Pierre. Und Markus seufzt.

Billa Laput, liest Luisa auf der Speisekarte, was heißt das? Und Elke sagt, das heißt *Weißer Schwan* und man spricht das *I* lang und das *P* weich aus: *bílá labuť*.

Bílá labuť?

Genau.

Bílá labuť, wiederholt Luisa. Heißt *Labuť* Schwan oder *Bílá?*

Billa ist ein österreichischer Discounter, sagt Markus.

Wollen wir morgen alle mal zur Burg gehen?, fragt Helen. Markus zieht die weißen Brauen zusammen und atmet hörbar ein.

Helen sieht ihn an: Es ist auch für die Kinder interessant. Es geht schließlich um Geschichte, da können sie etwas lernen, doch Markus ignoriert ihren Blick und starrt in die Speisekarte.

Was für eine Geschichte?, fragt Luisa.

In der Burg hat einmal eine Tante von deinem Papa gewohnt, sagt Helen. Und von Elke.

Aber, sagt Markus, das ist doch gar nicht sicher.

---

20 Weißer Schwan

Doch, sagt Helen, das ist sicher. Oder willst du behaupten, dass Elke lügt?

Und in der Burg gibt es ein Bild von Rembrandt – das ist ein ganz bekannter Maler, sagt Helen zu den Kindern.

Markus rutscht das Messer aus der Hand und auf den Boden. Luisa hebt das Messer auf und sagt, dein Messer, Papa, und sieht ihn neugierig an, Pierre lacht laut auf und wirft sein Messer ebenfalls zu Boden, Luisa hebt auch dieses Messer auf und legt es auf den freien Stuhl neben sich.

Gib es mir wieder, ruft Pierre und Luisa sagt nein.

Helen wirft Elke verschwörerische Blicke zu, seit sie zusammen auf der Burg waren, ist es mindestens der vierte verschwörerische Blick, und raunt ihr zu: Die Nazis haben das Bild abgehängt, nicht wahr?

Ist das auch unsere Tante?, fragt Luisa. Markus schneidet sein Fleisch mit dem Messer, das er vom Boden wieder aufgehoben hat.

Elke, wie hieß der?, fragt Helen.

Hans Imhof, sagt Elke.

Hans Imhof, prustet Pierre, Hans Imhof!

Ist das auch unsere Tante?, fragt Luisa und Markus sagt nein.

Elke sieht derweil den Schwänen zu, die mit ihren langen Hälsen im Wasser nach Futter suchen. Die Küken paddeln ungeduldig um sie herum, machen es ihren Eltern nach, tauchen ihre Köpfe ein, aber nur kurz, als würde die Zeit dadurch schneller vergehen bis zur nächsten Mahlzeit. Elke überlegt, ob man Schwäne wohl essen kann und was Schwanenbraten auf Tschechisch heißt. In das Schweigen hinein sagt Helen: Also, morgen gehen wir alle zusammen zur Burg und schauen uns an, wie die Tante gewohnt hat. Es ist nämlich eure Großtante.

Tränen

Die Karte ist nicht von Magdalena, das muss dir jetzt auch klar geworden sein, und als du die Karte noch einmal zur Hand nimmst, um trotz deines Wissens, dass Magdalena ja tot ist, zu lesen, was sie zu berichten hat, stellst du fest, dass sie unter anderem von Markus unterschrieben ist, seinen Namen hast du erst auf den zweiten Blick ganz weit unten in der kleinen Ecke entdeckt, *dein Marku*, steht da, beinahe verdrängt von den drei anderen Namen sowie von einem Berg, auf dem eine Burg steht, und von Bienen und Marienkäfern, fliegenden Mäusen und großen graugrünen Tränen, geschrieben hat die Karte Luisa in einer sehr hässlichen Kinderschrift, und du fragst dich, warum Helen erlaubt, dass sie so krakelig schreibt.

Liebe Oma, das Wetter ist gut, wir waren auf der Kartbahn, ich bin Erste geworden und Papa Letzter, viele Grüße, Luisa, steht da, *Herzliche Urlaubsgrüße, deine Helen und*, steht da, ein großes krummes *P* an einen Baum gelehnt, der aussieht wie ein trauriger Strauch.

Du setzt dich hin, dein Herz klopft, du verstehst nicht, was Markus in diesem Land macht, kein Mensch kommt einfach so auf die Idee, in die Tschechei zu fahren, man hätte doch nach Italien oder nach Österreich, in die Schweiz oder wenigstens nach Kroatien fahren können, wo auch die Nachbarn jedes Jahr hinfahren, nach Dubrovnik und von Dubrovnik aus auf eine Insel übersetzen, wo es den besten Fisch geben soll und einen guten jugoslawischen Wein. Wenn man sich schon nicht mit Österreich begnügen will und man unbedingt ans Meer will. Aber die Tschechei? Da sieht es auch nicht anders aus als in der Oberpfalz, hat der Martin gesagt, der schon einmal da gewesen ist, auf dem Weg nach Russland war das, damals, als er die Magdalena besuchen wollte, die auf dieser Burg gelebt hat, sie sagte Sanatorium, aber jeder wusste, was es war.

Was der Martin die Magdalena denn damals fragen wollte, hast du den Sepp gefragt, weil der Sepp in allem, was den

Martin anging, am besten Bescheid gewusst hat, aber der Sepp konnte sich nicht mehr erinnern. Es hat mich auch gar nicht interessiert, hat er gebrummt und dich aus seinem sommersprossigen Gesicht missmutig angeschaut.

Kürbiscreme

Der Parkplatz vor der Pension liegt im Abendlicht, eine gelbe Katze spaziert gelangweilt über das Pflaster. Vielleicht gibt es in der Nacht noch ein Gewitter. Im Garten der alten Frau bewegen sich keine Blätter; Tisch und Stühle sind an die Seite geschoben, bei Regen sind sie geschützt durch das Vordach.

Es ist die Zeit, in der die Schnecken auf Wanderschaft gehen, über Beete und Bürgersteige kriechen. Sie baden im Regenwasser und trinken mit ihren rosa Zungen aus den Pfützen. Sie fressen die Salatblätter an und sterben an Schneckengift.

Der Sommer bei Tante Madla war schwül gewesen, die Blumen quollen über die Zäune. Die Apfelbäume standen wie Soldaten über den Beeten. Und die Schnecken klebten aneinander, braun und weich. Unter den Sandalen platzten die glitschigen Schneckenkörper und nachts platzten sie noch einmal auf, wenn Elke von den Schnecken träumte, die über sie hinwegkrochen, ihren Schleim an ihrer Haut hinterließen, und sie war wie gelähmt und konnte sich nicht bewegen. Wachte sie auf, war ihre Haut tatsächlich von einer feuchten Schicht überzogen, dem Schleim der dem Tod geweihten Schnecken. Die Schneckenreste klebten auch tagsüber an ihren Schuhsohlen fest. Sie stierte auf den Boden, um ihnen auszuweichen, was nicht immer gelang. Dann versuchte sie, sie mit herumliegenden Zweigen vom Schuh zu kratzen. Einen Sommer lang war ihr jeden Morgen schlecht.

Setz dich hin, *moje holočičko*[21], setz dich, *maličko*[22], sagte Tante Madla. Die Schuhe mit den Schneckenfetzen weichte sie über Nacht in einer Schüssel ein, die Katzen naschten am Schnecken-Wasser. Ist wie Medizin für sie, sagte Tante Madla. Am Abend gab es Gemüse aus dem Garten oder Kartoffeln vom Bauern, die Tante Madla gegen ihre selbstgemachte Kürbiscreme eingetauscht hatte. *Moje maličká* nannte sie Elke in jenem Sommer und es schien, als sei es ein glücklicher Sommer für sie.

Liebesbriefe

Wenn du einmal im Jahr Lene im Kloster besucht hast, zusammen mit den Kindern und dem Sepp, dann zeigte sie dir die Postkarten von Magdalena, und eines Tages sagte sie, ich habe ihr deine Adresse gegeben, sie wird dir schreiben.

Der Sepp wollte lieber keine Postkarten aus dem kommunistischen Feindesland bekommen, er wollte in nichts hineingezogen werden, aber du hast dich nicht getraut, Magdalena zu verbieten, Postkarten an dich zu schreiben, und so hast du nichts getan, außer diese Karten zu lesen und dann zu vernichten, um den Sepp nicht unnötig in Streitlaune zu versetzen. Einmal im Jahr zum Geburtstag und zu Weihnachten – zwei Daten, die so nah beieinander lagen, dass eine einzige Karte völlig ausreichte – hast auch du ihr geschrieben.

Es kam dir seltsam vor, ein Motiv aus deiner eigenen Stadt zu wählen, den Fluss, die Brücke oder das Rathaus, als seist du fremd in deiner eigenen Stadt und als würdest du diese Postkarte an Menschen nach Hause schicken, die dir vertraut waren, Magdalena aber war dir noch nie vertraut gewesen.

Jedes Mal hast du der Verkäuferin erzählt, dass du deiner Schwester schreibst, die nicht wisse, wie es hier in unserer schö-

---

21 mein Mädchen
22 Kleine

nen Stadt aussieht, als müssest du dich selbst vergewissern, dass es sich wirklich um deine Schwester handelte, für die du die Karte aussuchtest, als würde erst das Wissen der Verkäuferin, dass es sich bei Magdalena um deine Schwester handelte, sie zu deiner Schwester machen. Die Postkartenverkäuferin hat beifällig gelächelt.

Im Dezember bediente dich eine andere Dame, und du hast keinen Wunsch mehr verspürt, etwas zu erklären. Die erste Verkäuferin hast du nie wieder gesehen. Sie nahm ihr Wissen um deine Schwester und deine Unsicherheit über dieses Wissen für immer mit. Wahrscheinlich hat sie geheiratet, dachtest du, wer wird denn in einem Kiosk arbeiten, wenn er verheiratet ist und ein paar süße Kinder bekommt, hast du gedacht. So wie du süße Kinder bekommen hast mit dem Sepp. Es hätte aber genauso gut die Verkäuferin sein können, die mit dem Sepp süße Kinder bekommt. Der Sepp hätte bei ihr Postkarten und anderen Kram kaufen können, er hätte die Verkäuferin ansehen können und die Verkäuferin ihn, der Sepp hätte dich im selben Moment vergessen können, in dem er sich mit der Verkäuferin verabredet, oder er hätte dich, noch besser, gar nicht ins Auge gefasst, denn schon die ersten Verabredungen mit der Postkartenverkäuferin wären voller gegenseitiger Zuneigung gewesen, der Sepp hätte ihr Liebesbriefe geschrieben, genau die Liebesbriefe, die er dir nie geschrieben hat, weil du keine Liebesbriefe von ihm haben wolltest; die Verkäuferin aber hätte gelächelt, ein bisschen huldvoll, aber nicht zu huldvoll, immer wenn ihr Lächeln zu huldvoll geworden wäre, hätte es schnell einen Hauch Verschämtheit angenommen und der Sepp wäre noch verliebter gewesen. Sie hätten geheiratet und Kinder bekommen, ein rothaariges Kind und ein zweites Kind, sie wären glücklich geworden, alle vier.

Laissez-faire

Im Frühstücksraum sind die Tische noch nicht eingedeckt, ein sehr junger Mann mit einer roten Schürze sagt: *Dobré jitro*[23]. *Dobré jitro,* sagt auch Elke und setzt sich an den Tisch, an dem das Kärtchen mit dem Familiennamen wieder aufgestellt ist. Sie legt ihre Jacke über die Stuhllehne. Der Ober kommt mit wenigen Schritten an ihren Tisch und als er ein Kännchen Kaffee vom Tablett auf den Tisch stellt, außerdem einen Teller und einen Eierbecher, bleiben seine Beine gestreckt, nur den Oberkörper beugt er herunter. Als er wieder kerzengerade steht, deutet er auf die Uhr: *Snídaně začínají v půl osmé*[24]. Auf der großen Uhr über dem Büffet ist es Viertel nach sieben.

Am Büffet werden nach und nach ein Brotkorb, eine Schüssel Marmelade und die Wurstplatte aufgebaut, eine ältere Frau mit Kopftuch betritt den Raum mit einem Tablett kleiner Kuchen. *Dobré ráno, paní.*[25]

Markus erscheint in kurzer schwarzer Sporthose und einem hellblauen Shirt, an den Füßen strahlend weiße Joggingschuhe. Als er Elke sieht, stutzt er, zögert, ob er zuerst zum Büffet oder zuerst zum Tisch gehen soll. *Good morning,* sagt Markus, er sagt es in den Raum hinein, zu niemand Bestimmtem, wie er vielleicht morgens bei der Visite grüßt, wenn er ein Krankenzimmer betritt oder den Schwesternraum, in dem sich mehrere Pflegekräfte aufhalten, dann geht er zum Büffet und häuft sich mehrere Scheiben Schinken auf den Teller und ein Ei und die Frau mit dem Kopftuch, die jetzt hinter der Kaffeetheke steht, zeigt auf die Kanne Kaffee und sagt *prosím*[26], er nickt, ja gerne.

Elkes Ei ist zu weich.

---

23 Guten Morgen
24 Frühstück gibt es um halb acht.
25 Guten Morgen,(Frau)
26 bitteschön

Die Kinder haben Ferien, sagt Markus, als müsse er erklären, warum er alleine zum Frühstück angetreten ist, er stellt mit der einen Hand das Tablett auf den Tisch und mit der anderen rückt er umständlich den Stuhl: Die Straße ist gar nicht so laut, wie wir befürchtet haben.

Entschuldige bitte wegen gestern, sagt Markus und klopft mit dem Messer auf sein Frühstücksei. Die Kinder sind manchmal unmöglich, sagt er, Helen ist ein bisschen zu laissez-faire mit ihnen. Er hat den Eikopf geschält und als er mit dem Löffel in die weiße Haube fährt, bröselt Eigelb auf den Tisch. Zu hart, sagt Markus.

Sein Lächeln missglückt und vor Verlegenheit schaut er immer wieder zur Tür und dann reckt er sogar seinen Kopf ein wenig nach vorne, um das Schild zu lesen, das auf der anderen Seite des Raums neben einem Regal befestigt ist. *Prosím zkontrolujte nádobí na vozíku. Please put the dishes on the caravan.*

Beim Kauen stößt er mit den Zähnen aufeinander. Seine Backenzähne werden sich im Laufe der nächsten zehn Jahre selbst zermalmen. Ist schön hier, sagt Markus, als er aufgegessen hat. Elke ist so müde, dass sie kaum die Augen aufhalten kann. Ich laufe mal los, sagt Markus und steht auf. Das Geschirr lässt er auf dem Tisch stehen.

Der Schlüssel zur Nummer 19 klemmt. Elke hört Luisas Stimme ein Stockwerk tiefer in einem sehr sachlichen Tonfall: Warum hat der Papa nicht auf uns gewartet?

Die Betten im Zimmer sind gemacht, es riecht seltsam, es ist ein bekannter Geruch, aber er hat keinen Namen.

Schuld

In letzter Zeit bist du oft wütend auf Markus. Auf den du nie wütend warst, auch nicht als er ein Kind war und ein schwieriger Jugendlicher. Nur in letzter Zeit scheint deine

Kraft nicht mehr auszureichen, um deine Wut von ihm fernzuhalten. Aber er ist ja selber schuld. Da, wo ihr immer zusammengehalten habt, da hält er nicht mehr zu dir. Da, wo ihr in elegantem Schwung einander ausgewichen seid, da weicht nur noch er dir aus. Und du bleibst stehen und siehst all das, was er dir schuldig geblieben ist. Wo du immer zu ihm gehalten hast, wo andere Mütter nicht zu ihren Söhnen gehalten haben. Wo du ihm erlaubt hast, was nicht erlaubt war, wo du ihn nicht an den Sepp verraten hast, nie hast du ihn an den Sepp verraten. Wo ihr immer zusammengehört habt, und was für ihn gut war, war für dich gut, was für dich gut ist, ist für ihn gut. Wo du ihm erlaubt hast, abends auszugehen, etwas zu erleben, die Schule zu schwänzen aus Angst vor dem Lehrer, wo er Geld verdient hat bei den Nachbarn, wo die Nachbarn sagten, er braucht nicht wiederzukommen zum Babysitten. Da habt ihr zusammengehalten. Du hast ihm den Rücken gedeckt, als er Arzt werden wollte – und nicht Soldat oder Polizist, wie der Sepp es gewollt hatte.

Und jetzt wo er Angst vor der Helen hat, kann er nicht mehr zu dir halten, obwohl du Verständnis hast, du hast ja selbst Angst vor dieser Helen, die noch immer aussieht wie ein Kind. Aber er könnte dir ein Zeichen geben, dass ihr noch zusammengehört, nur bleibt das Zeichen aus, ein *Marku* auf einer Ansichtskarte, das soll ein Zeichen sein? Du weißt, was ein Zeichen ist, wenn du etwas weißt, dann das.

Natürlich hat Helen ein anderes Druckmittel gegen ihn in der Hand, das ist dir auch klar, sie hat die Kinder, sie hat Luisa, sie hat Pierre, sie kann sie ihm wegnehmen: Mütter können Vätern ihre Kinder wegnehmen, man liest es jeden Tag in der Zeitung. Auch der Sohn der Frau Killinger hat keine Kinder mehr, seine Ex-Frau hat sie ihm weggenommen, entfremdet, das Jugendamt hat sich zwar auf seine Seite geschlagen, doch was soll er machen, wenn die Kinder schreien, in dem Moment, wo sie ihn sehen? Soll er mit ihnen Eis essen gehen, wenn sie weinen und das Eis auf den Fliesen im Eiscafé verschmieren und darauf herumtrampeln in einem Matsch aus Stracciatella, Erdbeer und Zitrone?

Da hätte auch jeder Verständnis, wenn er sich eine andere Frau suchen und andere Kinder mit ihr machen würde.

Du hast auch der Frau Killinger diesen Vorschlag gemacht, sie hat dich aber erschrocken angesehen. Es sind doch auch meine Enkelkinder. Dass sie es sich mit diesen Enkelkindern nicht verscherzen möchte, sagt sie, und auch nicht mit deren Mutter.

Du hast der Frau Killinger alles Gute gewünscht und bist weitergegangen. Sie weiß ja nicht, dass man über alles hinwegkommt, dass die Zeit alle Wunden und alle Fehler heilt. Gäbe es sonst eine Beichte und eine Absolution nach ein paar lächerlichen Gebeten?

Auch weiß sie nicht, wie sehr du den Pfarrer verachtest, schon lange verachtest du ihn. Du kannst ihm alles, wirklich alles erzählen, er hält dich für harmlos. Schon dem Pfarrer Berg hast du damals alles gebeichtet, deine Begierde und dann den Verrat, obwohl du das eine wie das andere nur unter Schmerzen und mit flüsternder Stimme und größter Angst und nach nächtelangen Albträumen erst Monate später beichten konntest. Der Pfarrer Berg hat das Ausmaß gar nicht erkannt. Keine Reaktion auf der anderen Seite des Gitters.

Er hat zugehört, er hat keine Fragen gestellt, er hat dich mit zwei Vaterunser abgespeist, als wäre nichts gewesen – da, wo du ein Riesendonnerwetter erwartet hast, da hast du nur das leise, wie geistesabwesende Gemurmel des Pfarrers Berg gehört, du warst dir nicht einmal sicher, ob er wirklich mit dir sprach oder mit einer anderen Person, einen Moment lang hattest du das Gefühl, dass der Pfarrer noch einen weiteren Büßer bediente, vielleicht auf der anderen Seite des Beichtstuhls, und später, als alle zu Ende gebeichtet hatten an jenem Samstagabend, hast du dich noch einmal zurückgeschlichen in die Kirche, um zu überprüfen, ob der Pfarrer Berg tatsächlich nur zu der Seite, auf der du gesessen warst, ein Sprechgitter hatte oder nicht doch vielleicht auch zur anderen Seite.

Dunkel war es im Beichtstuhl und muffig und auf der Seite des Pfarrers Berg hast du eine Socke gefunden, als du auf der Suche nach irgendeinem Hinweis die Fußbank abgetastet hast. In dem Moment, in dem du die Socke ertastet hattest, ist etwas über deinen Handrücken gelaufen, du hast die Socke gepackt und bist in wilder Panik aus dem Beichtstuhl und aus der Kirche gelaufen, am Friedhof vorbei, die Gasse entlang und über die kleine Brücke und erst als du zuhause warst, hast du die Hand geöffnet. Die Socke war schwarz, sie hatte da, wo der große Zeh sein sollte, ein Loch und war voll Staub und Spinnweben. Und der Beichtstuhl hat tatsächlich nur ein einziges Fenster gehabt.

Ich ehre meinen Vater nicht, ich wechsle die Straßenseite, wenn ich ihn sehe.

Zwei Vaterunser (wahrscheinlich, weil der Pfarrer Berg auch die Sünden deines Vaters kannte).

Ich bin nicht gehorsam gegen meine Mutter, ich habe mit meinem Vater gesprochen, obwohl sie es verboten hat.

Vier Vaterunser, ein Ave Maria.

Ich habe meinen Bruder verraten, ich habe meine Schwester verraten, ich habe ihr Leben zerstört.

Fünf Vater unser, zwei Ave Maria.

Ich verweigere die eheliche Pflicht, hast du später gebeichtet. Sieben Vaterunser, fünf Ave Maria.

Ich habe keine Lust zu beten und bin mehrmals ohne Abendgebet ins Bett gegangen.

Ein Vaterunser.

Das war deine letzte ehrliche Beichte gewesen. So lange ist das schon her, dass du aufgegeben hast. Immer und immer wieder hat er, der schon lange nicht mehr Berg hieß, sondern Wöhler, Meinerzhagen und Müller, dich nicht ernst genommen. Es würde keiner mehr kommen, der deine Schuld erkennt. Das war dir irgendwann klar. Er hätte toben und schimpfen, er hätte dich tadeln und rügen müssen, er hätte laut werden müssen, sodass es alle mitbekommen, sodass du mit hochrotem Kopf und eingezogenen Schultern vorbei an den Wartenden hättest schleichen müssen, während sein Donnerwetter dir auf dem Weg nach draußen gefolgt wäre und nicht nur dahin, immer weiter, solange, bis es eine Lösung gegeben hätte.

Du hast nur noch die harmlosen Sünden gebeichtet, du hast die Schwere deiner Sünden der Schwere der Buße angepasst. Du hast deine Sünden und dich selbst verleugnet. Du hast deine Schuld für dich behalten, bis du sie eines Tages nicht mehr gefunden hast, wie das Grab vom Martin, das eines Tages verschwunden war. Wie der kalte Stein, auf den du dich nicht setzen darfst, weil du Blasenentzündung bekommst, hat diese Schuld gewirkt, du bist von da an kränkelnd durchs Leben gegangen. Sie hat dich geschwächt, diese Schuld, die nicht ablaufen konnte, weil es keinen Ablauf gab, keinen Ausweg, keinen Weg nach draußen unter einem Donnerwetter, das sich gewaschen hätte. Dem Sepp hast du dich weiter verweigert. Er hat dir trotzdem zwei Kinder gemacht.

Karpfen

Kinderschreie dringen durch das gekippte Fenster, Elke, die eingenickt ist und, wenn alles friedlich geblieben wäre, in der Mittagsruhe ein paar Stunden am Stück geschlafen hätte, wacht auf. Sie steht auf und stellt sich hinter den Vorhang ans Fenster. Es ist Pierre, der auf dem Parkplatz steht und mit weit geöffnetem Mund weint, er sieht aus wie ein Karpfen, der nach Luft schnappt, der immer wieder nach Luft schnappen muss, seht her, schreit der Karpfen, ich muss immer wieder nach Luft schnappen.

Luisa hüpft ein paar Meter vor ihm unbeteiligt neben Markus her, nur Helen hat sich nach Pierre umgedreht, der sich jetzt auf den Kies setzt und sich nach mehrmaligem Luftschnappen nach hinten fallen lässt; und schließlich bleiben auch Markus und Luisa stehen und schauen dem strampelnden und schreienden Pierre zu, er hängt an ihrem Haken, sie müssen nur noch warten, bis er sich unter ihren Blicken wieder beruhigt hat. Und Pierre hört tatsächlich kurz darauf, unter den Augen der gesamten Familie inklusive der von Elke, abrupt auf zu weinen.

Aus einer Parklücke fährt langsam ein Auto heraus und über den Kies, an Markus, Luisa, Helen und auch an Pierre vorbei. Als das Motorengeräusch verklingt, ist es ganz still geworden, weil Pierre nicht mehr weint, und auch aus der Schreinerei dringt kein Laut. Schräg gegenüber steht ein Mann auf dem Hof und sieht durchs Fenster in die Gaststube. Es ist der Mann von der Burg, der gegrüßt hat und der Herr Prochazka heißt.

Superman

Der Bus mit der Nummer 378 ist pünktlich. Elke steigt ein, sie wirft zwei bronzene 10-Kronen-Münzen in den Ticketautomaten, auf dem zu lesen ist: *Prosím označte lístek.*[27] Sie entwertet die Karte im Entwerterkästchen.

Ein Mann mit breiten Schultern steht im Gang, obwohl die Hälfte der Sitzplätze frei ist, er steht in einem blauen Hemd da, das Hemd ist in die Jeans gestopft, am Jeanshintern sind die Hemdwülste zu sehen. Das Hemd plustert sich an Schultern und Kreuz auf, als habe der Mann versehentlich ein Superman-Kostüm angezogen und vergessen, es wieder auszuziehen. Elke geht an ihm vorbei und setzt sich auf eine der hinteren Bänke. Es sind Schulferien. Nur wer nicht Auto fahren kann oder keins hat, fährt während dieser Tage Bus. Das Fehlen der Schülerinnen und Schüler ist deutlich zu hören, jede Unregelmäßigkeit des Asphalts, jeder Fahrfehler, jedes Räuspern macht sich bemerkbar. Später hilft der Mann im blauen Hemd einem sehr alten Fahrgast beim Aussteigen. Er sieht dem Bus hinterher, als würden ihm alle zuwinken,

27 Bitte entwerten Sie Ihr Ticket.

wie im Film. Der alte Mann krallt seine Finger in den blauen Arm von Superman.

Boris wohnt kurz hinter dem Bahnhof. Als Elke überlegt, welche Hausnummer, steht sie schon vor Boris' Haus. Auf einem Schild, das dieselbe Farbe wie ein Zehnkronenstück hat, steht *Památka*[28]. Das Dach hat neue Ziegel, rot und frisch gewaschen, ein Schindeldach. Boris wohnt immer noch im ersten Stock, auf dem Klingelschild steht sein voller Name. Er öffnet mit einem Summer. Die Holztreppe gibt es ebenfalls noch, obwohl Boris immer gesagt hat, die meisten Menschen verbrennen wegen der verdammten Holztreppen in den Häusern. Sie glänzt wie gebohnert. Licht scheint durch ein kleines Fenster auf das Parkett, das Fenster ist neu.

Boris steht vor der Wohnungstür, mit ausgebreiteten Armen. Ehe Elke etwas sagen kann, wird sie umarmt und an seinen Riesenkörper gedrückt, er bebt und einen Moment lang glaubt sie, Boris weint; aber er weint gar nicht, er lacht. Auf Deutsch sagt er: *Herzlichen Willkommen, Elke.*

Die Wohnung ist viel größer als in Elkes Erinnerung, in der Boris nur eines der Zimmer bewohnt hat, das Zimmer neben dem Klo; denn im Rest der Wohnung wohnte eine Sekretärin aus dem Arbeitsministerium, mit ihrem Mann, der Ingenieur war. Elke fragt nicht, wo die beiden nun wohnen und wie Boris denn zu der kompletten Wohnung gekommen ist. In der Küche stehen Kaffee und Kuchen auf einem Tablett, *pojď se*[29], ruft Boris und trägt das Tablett vor sich her ins Wohnzimmer. An der Wand hängt zwischen Brünn-Fotografien ein überdimensionaler Fernseher über der Couchgarnitur, und wo früher der Balkon war, hat Boris einen Wintergarten angebaut, mit Schiebefenstern und Markise. Der Wintergarten ist weiß, wie ein Wintergarten sein muss. Die Wände sind weiß, der Tisch ist weiß, die Stühle sind weiß, auch das Sonnenlicht

28 Denkmal

29 komm mit

ist weiß, weil es keinen Halt an einer Fläche findet, die es reflektieren könnte.

Boris strahlt, gießt Kaffee ein, schwarz, ohne Milch, mit einem kleinen Löffel Zucker, das weiß er noch, dass Elke gerne Zucker im Kaffee hat, aber keine Milch, und kaum sitzt Elke, erzählt Boris, wie er das Haus umgebaut hat und warum und welcher Architekt mit welcher Idee, und wie er nach einem Streit dann weitergebaut hat mit einem zweiten Architekten und einer zweiten Idee, nur wie er zu dem ganzen Haus gekommen ist, erzählt er nicht. Und dann fällt Elke zum Glück wieder ein, dass Boris auch sie nicht fragen wird, nicht nach dem Was und dem Warum und dem Wohin und dem Wo und dem Woher, und sie entspannt sich und hört ihm zu und vergisst alles, was er sagt, noch während er es sagt.

Das Bett steht immerhin noch am selben Platz in Boris' ehemaligem Zimmer. Es ist natürlich ein anderes Bett, denn das alte Bett war selbst gebaut, das neue ist von Ikea. Da liegen sie und rauchen *Sparta*[30], und Boris singt ein russisches Lied. Elke summt leise mit, trifft aber keinen einzigen Ton, weil sie noch nie einen einzigen Ton in Boris' Liedern getroffen hat.

Kaffee

Duch[31], sagte Boris, *přízrak*[32], und irgendwann ergab das Ganze einen Sinn für Elke, die schnell verstand, dass es aussichtslos war, einzelne Wörter zu übersetzen. Es geht darum, das Ganze zu kapieren, es ist die einzige Möglichkeit, überhaupt etwas zu verstehen.

Das Wohnheim lag an einem Park, von dessen hohem Fenster sie auf den stillgelegten Barockbrunnen schauen konnte,

---

30 tschechische Zigarettenmarke
31 Geist
32 Trugbild

wenn die anderen in den großen Speisesaal hinuntergingen zum Frühstücken und ihr Brot und Marmelade und kleine Kuchen und Rohlíky mitbrachten. Der Park, soviel hatte sie verstanden, war auf einem ehemaligen Militärgelände angelegt und so kam Elke die ganze Stadt vor, aus dem Krieg hatte man einen Frieden gemacht, auf den Friedhöfen wuchsen seltene Pflanzen, als sei es nie anders gewesen.

Elke schlief da, wo gerade etwas frei war, und wenn nichts frei war, schlief sie in einem Bett, in dem schon jemand lag. Irgendwann lag Boris, der russische Austauschstudent, neben ihr, der eine zweite Nachttischlampe, einen zweiten Bettvorleger und eine zweite Bettdecke besorgte. Boris übte den ganzen Tag Tschechisch und Deutsch, lernte Wörterbücher auswendig, fing bei *A* an und hörte bei *Ž* auf und redete ununterbrochen. Eines Tages schleppte er Anita aus Zwickau an. Ihr seht aus wie Schwestern. Zwillinge, sagte Anita und lachte. Die eine blond, die andere rothaarig.

Im Halbschlaf nimmt Elke das Quietschen und Poltern eines Zuges wahr. Der Platz neben ihr ist leer, sie zieht Boris' verwaiste Bettdecke über ihre frierende Schulter. Die Vorhänge sind nicht ganz zugezogen, das Fenster steht auf Kipp, es riecht schon nach Sommer, doch die Luft ist noch kalt. Der Stuhl mit den Anziehsachen wird von der Sonne angestrahlt, als habe die Sonne diesen Stuhl ausgewählt, um an ihm etwas aufzuzeigen.

Auf dem Küchentisch stehen Thermoskanne und benutzte Kaffeetasse, die Tassen sind im Hängeschrank über der Spüle. In der Thermoskanne ist noch Kaffee, lauwarm und sehr stark. In der Tasche blinkt das Handy, eine Weiterleitung vom Festnetz. Und eine SMS von Helen: Treffen um vier im *Diana* am Marktplatz?

Die Wohnungstür ist von außen zugeschlossen. Langsame Schritte im Treppenhaus bewegen sich an der Wohnungstür vorbei, und von unten herauf ruft eine Stimme etwas durch den Flur. Im Schlafzimmer sucht Elke den Ersatzschlüssel in

Boris' Schrank. Boris bewahrte schon als Student Schlüssel, Dokumente und den Ehering seines toten Vaters in seinen Socken auf, früher in den ungewaschenen, heute in den sauberen. Elke denkt an das Wandbild im Bahnhofssaal, an glückliche Bauern mit Schweißfüßen. Tatsächlich findet sie in einem grün-blau-karierten Paar Socken den Ehering von Boris' Vater. Seine Mutter hat ihm den Ring gegeben, als Boris so alt war wie der Vater, als er starb. Er sieht aus, wie ein alter Ring aussieht, golden und abgegriffen, dabei hat der Vater ihn nicht lange getragen. Drei Jahre nur. Boris kann sich kaum an den Vater erinnern. Innen ist der Name der Mutter eingraviert und das Hochzeitsdatum: *Маща девятый февраль*[33]. In einem schwarzen Paar Socken ertastet Elke einen Schlüssel, es ist ein Generalschlüssel in der Farbe des Památkaschildes und der Zehnkronenstücke. Er dreht sich geschmeidig im Schloss der Wohnungstür.

Sie sperrt die Tür von außen zu und wirft den Schlüssel in den Briefkasten im Hausflur, der ebenfalls neu ist, aus Holz, wie die der Nachbarn, nur der Name unterscheidet sie voneinander, der alte Briefkasten war ohne Name, metallic-blau, an der Seite eingedrückt.

In der Bäckerei kauft Elke kalten Palatschinken. Gegenüber ist die Bushaltestelle. Früher war da ein Wartehäuschen, in dem die alten Frauen aßen und sich trotz Schatten frische Luft zufächelten, mit der Parteizeitung, die *Rudé právo*[34] hieß. Eine Wespe setzt sich auf den Palatschinken.

Elke versucht, die Wespe auf tschechisch zu vertreiben, aber sie hat vergessen, was *hau ab* heißt, und die Wespe hat keine Geduld. So isst Elke den Pfannkuchen schnell auf und wirft das Papier in den Mülleimer, die Wespe stürzt hinterher.

---

33 Mascha 9. Februar 1958
34 Rotes Recht

Ampel

Im Eiscafé *Diana* warten Helen und Pierre. Pierre spielt mit dem Handy. Helen sagt statt einer Begrüßung: Wir mussten Luisa mit Ponyreiten bestechen, damit sie es rausrückt. Pierres Beine sind zu kurz, um Kontakt mit dem Boden zu haben, sie hängen vom Stuhl herunter, als seien sie nass und müssten trocknen, manchmal zucken sie oder er setzt sie von sich aus in Bewegung. Er sagt, ohne aufzusehen: Ponyreiten ist was für Mädchen.

Helen lächelt, als ob sie etwas wüsste. Der Himmel zieht sich mit dunkelgrauen Wolken zu, unterbrochen von großen und kleinen Rissen. In Deutschland regnet es schon, na, wenigstens ist es hier warm, sagt sie und reibt sich mit den Händen über Kreuz die Oberarme.

An der Kreuzung hält ein Lastwagen, und als er losgefahren ist, stehen Markus und Luisa an der Fußgängerampel, Luisa sieht blass aus, ihre roten Haare hat sie zum Pferdeschwanz zusammengebunden.

Da kommen sie, sagt Helen und winkt. Die Ampel schaltet auf Grün, der Lastwagenfahrer raucht und schaut Luisa und Markus zu, wie sie über die Straße gehen.

Erwachsene sind blöd, sagt Luisa, zieht Pierre an der Hand von seinem Stuhl hoch und zerrt ihn hinter sich her, Pierre, glücklich über die unerwartete Zugehörigkeit, dreht sich um und grinst über das ganze Gesicht wie ein Sieger über einen unverhofften Triumph. Das Handy hält er in der freien Hand.

Helen lächelt nachsichtig, nur Markus trinkt missmutig von seinem Milchkaffee. Neben ihm steht eine Tüte von Kaufland mit der Aufschrift *Z lásky k Česku*[35]. Entschuldige, sagt er dann, ich gehe mit den Kindern schon mal vor. Sie müssen dringend in die Badewanne.

---

35 Aus Liebe zu Tschechien.

Er beugt sich, bevor er aufsteht, zu Helen herüber, sie küssen sich geräuschlos auf den Mund.

November

Elke hat deine Schwestern besucht und das Grab deines Bruders, sie hat es ausfindig gemacht, ohne dass du je davon erfahren hast. Der Friedhofsgärtner, der mit gespreizten Beinen auf dem Nachbargrab stand, in der Hand einen Spaten, hat ihr nahegelegt, einen Antrag auf Übernahme der Grabpflege zu stellen.

Ist er Ihr Großvater, fragte er, Onkel, sagte Elke, er hat sich umgebracht, ich war noch nicht auf der Welt. Der Gärtner sah sich erschrocken um. Es sei immer ein alter Mann gekommen und habe sich um das Grab gekümmert. Zuletzt vor über einem Jahr. Er sei wohl gestorben oder im Altersheim gelandet. Der Vorwurf in seiner Stimme war kaum zu überhören.

Der Frenzlhuber, dachte Elke. Der Gärtner wollte, dass Elke sich um das Grab kümmert, aber Elke war natürlich nicht die richtige Person für die Grabpflege. Der Gärtner, der noch immer auf dem Grab stand, als habe er den Toten darin selbst besiegt oder den Tod, die Würmer, das Leben, hielt plötzlich einen Vortrag über die Liebe, aber er meinte gar nicht die Liebe, er meinte die unerfüllte Liebe, die zu solchen Konstellationen führe, dass sich keiner mehr kümmere um die Gräber.

Da ist doch, sagte der Gärtner zornig, etwas schief gelaufen, schon ganz früh ist da ganz viel falsch gelaufen. Der Gärtner stach mit dem Spaten in die Erde, mit einer solchen Wut und Kraft, dass die Erde widerstandslos nachgab.

Ich werde es mir überlegen mit dem Grab, sagte Elke, und da wusste auch der Gärtner, dass sie nur höflich war, und zuckte mit den Schultern, wandte sich ab und wieder dem frischen Grab zu. So sieht Elke den Gärtner bis heute, den Spaten zwischen erdigen Boden und Handteller geklemmt, er steht aufrecht trotz seines Alters, er hat Ähnlichkeit mit einem Soldatenstandbild aus dem Ersten Weltkrieg, das noch immer am Rathausplatz aufgestellt ist: es soll vor einem neuen Krieg warnen, hatte der Sepp einmal erklärt und den Schuh des Soldaten gestreichelt.

Kleiderbügel

Was hast du in den ganzen Jahren gemacht, als du wieder in Deutschland warst?, fragt Helen, es ist logisch, dass sie das fragt. Nur hat Elke darauf keine Antwort, das Wissen ist in ihr verschollen wie ein einsamer Wanderer, der im Pumpspeicherwerk *Dlouhé Stráně*[36] ertrunken ist und nie wieder auftauchen wird.

Auch Tante Madla wusste vieles nicht mehr, manchmal hieß es auch nur, sie könne sich nicht genau erinnern. Es kann aber auch sein, dass sie es nie gewusst hatte. Zum Beispiel der Besuch vom Martin auf der Burg. Auf einmal, erzählte Tante Madla immer wieder, als sei es gestern passiert, sei da der Martin gestanden, es könne ein Zufall gewesen sein, dass ausgerechnet er auf die Burg eingeladen worden war, es könne aber auch Absicht gewesen sein, vielleicht habe der Hans damals den Martin eingeladen.

Der Martin habe sich mit dem Hans auf Anhieb verstanden, sagte Tante Madla, er hätte sich mit ihm langfristig wahrscheinlich nicht verstanden, sie waren zu unterschiedlich. Aber das Ganze war sowieso nicht auf Langfristigkeit ausgelegt. Auch wenn alle das Gegenteil behaupteten. Wer langfristig sagt, meint kurzfristig, sagte die Tante. Der Martin jedenfalls war nur eine Nacht geblieben.

Dein Bruder gefällt mir, hatte der Hans gesagt, er ist eine ehrliche deutsche Haut, und Tante Madla dachte in ihrer Küche über den Ausdruck nach, ehrliche Haut, denn bei Haut

---

36 Pumpspeicherwerk im Altvatergebirge

dachte sie an Abziehen bei lebendigem Leib, ob ehrlich oder nicht, doch nirgendwo zog man Martin die ehrliche Haut ab, er erhängte sich ganz einfach, zuhause in der Wehrgasse, mit einem Kleiderbügel im Kleiderschrank.

Dabei hatte er den Krieg überstanden, ohne jede Blessur, ohne Gefangenschaft, es hatte bei ihm alles nichts mit dem Krieg zu tun, sagte Tante Madla, man glaubt es kaum, die Zeiten waren ja so, dass alles mit dem Krieg zu tun hatte, nur bei Martin nicht. Und so ging es jeden Tag mit Tante Madla, die ununterbrochen redete, während sie den Ofen heizte, Wasser aufsetzte und Kaffee aufbrühte, während sie Zwiebeln schnitt und Gemüse putzte und einer zappelnden Gans auf dem Küchentisch den Kopf abhackte, das Federvieh rupfte, eine Suppe kochte, Wäsche im Zuber hinter dem Haus wusch und im Garten aufhängte, im Sommer und selbst im Winter, wenn es nicht regnete oder schneite. Immer hat Elke zugehört, hat sich alles angehört, das erste Mal oder vielleicht schon länger davon gewusst, ohne es zu wissen, so bekannt hörte sich das an, was Tante Madla erzählte und alles erzählte sie so, als fiele ihr das, was sie wusste, erst in allerletzter Minute ein.

Der Martin ist als einziger nicht am Krieg gestorben, er ist nicht eines Morgens aus der Burg geholt und weggebracht worden, von den wenigen Partisanen, die von den Jagdkommandos nicht hingerichtet worden waren. Wie viele sind denn wenige? Tante Madla sagte, wenige sind wenige, es waren nur ganz wenige, da war der Martin aber schon lange weg, er ist auch nicht mehr Richtung Front weitermarschiert, wohin er eigentlich sollte, sondern hat versucht, zurück ins Reich zu gelangen, es war ja klar, dass der Krieg vorbei war, er ist nach Brno, um dort per Güterzug nach Prag zu fahren; und plötzlich war er ein Deserteur und ist zurückgeschickt worden auf einem Marsch von Brno nach Hof, auf dem viele umgekommen sind. Nur der Martin ist nicht umgekommen, sie hat nichts mehr von ihm gehört, bis die Lene ihr geschrieben hat. Tante Madla sagte Brno und nicht Brünn, aber Prag und nicht Praha, und Reich und nicht Deutschland.

Und er ist auch nicht am 30. April aus der Burg geholt und an den zwei erschlagenen SS-Männern vorbeigeführt worden, deren Gesicht man nicht mehr erkennen konnte, und man schaut doch immer zuerst ins Gesicht, sagte Tante Madla, selbst wenn das Gesicht zu Brei geschlagen ist und der Kopf so weit zur Seite gedreht, wie man braucht, um ihn unschädlich zu machen, und deshalb hatte sie nicht auf den Körper geachtet, sie hatte überhaupt nie sehr auf den Körper geachtet oder auf die Haut, sie konnte nicht mehr sagen, ob der Hans zum Beispiel Leberflecken hatte oder Narben oder andere Auffälligkeiten, sie konnte nicht einmal mehr sagen, ob er eine helle Haut oder eine dunklere Hautfarbe hatte, mit oder ohne Sommersprossen, sie wusste nicht mehr, wie er sich angefühlt hatte, vielleicht hatte sie es noch nie gewusst, sie glaubte sogar, sie hatte es nie gewusst, weil man so was ja eigentlich nicht vergessen könne.

Am Anfang war er fesch gewesen, der Hans, aber später war es auf der Burg wie überall gewesen, als Burgmädel verkleidet musste sie die Männer beim Essen bedienen, die, wenn sie betrunken waren, ihr unter den Rock griffen und sie in die Brüste zwickten, weshalb sie sich Socken in den BH steckte und die Männer sie in die Socken, oft sogar in ihre eigenen Socken zwickten, sie kicherte, wenn sie von ihrer Sockenlist erzählte, SS-Männer, die sich in ihre eigenen Socken zwickten und sich dann auf die eigenen Schenkel klopften, und Tante Madla klopfte sich, wenn sie davon erzählte, selbst auf die Schenkel.

Aber im Nachhinein war sie sicher, dass einer der beiden, die da lagen und an denen sie vorbeigeführt wurden, der Hans gewesen war, wer sollte es denn sonst gewesen sein?

Gleich hinterm Haus sollte auch sie erschossen werden, der Pritschenwagen, der die Leichen abtransportieren und zum Friedhof bringen würde, stand schon bereit; zusammen mit dem Burgpersonal und mit den Tschechinnen, die eine Liebelei angefangen hatten, stand sie in Zweierreihen. *Spolupracovníci a kolaboranti.*[37] Eine Stunde lang standen sie auf ihrem Platz und warteten, wer weinte oder schrie und wer weglaufen wollte, wurde erschlagen wie der Hans, es weinte aber keiner oder schrie oder wollte weglaufen, es war ja ganz zwecklos.

Noch das letzte Stündlein, das einem geschlagen hatte, verbrachte man in Angst, sagte Tante Madla, danach hatte man nie wieder Angst, aber das kann man vorher nicht wissen, es würde nicht funktionieren, wenn man nicht sicher mit dem Leben schon abgeschlossen hätte, mit dem, was war und vor allem, mit dem, was noch kommen könnte. Und keiner weinte und keiner schrie und keiner wollte weglaufen, alle hatten sie mehr Angst vor dem Leben als vor dem Tod, sagte Tante Madla, zu Brei geschlagen werden, das kannst du nur zu Lebzeiten, einem Toten kannst du den Hals nicht mehr umdrehen.

Schinken

Helen hat sich *palačinky se skořicí a bez cukru*[38] bestellt, ich mag keinen Schinken, hat Luisa gestern gesagt und das Gesicht verzogen. Das ist doch kein Schinken, sondern ein Pfannkuchen, es heißt nur so. Aber Pfannkuchen mit Schinken mag Luisa noch weniger.

Twenty, sagt Helen zur Bedienung, die lächelt, verhalten oder melancholisch, vielleicht, weil es früher mehr Trinkgeld gab, vielleicht auch, weil es weniger gab.

Sie überqueren zusammen die Straße, wie gleichaltrige Schulmädchen, ein Mann, der zwei Fahrräder schiebt, kommt ihnen entgegen; als sie auf gleicher Höhe sind, bleibt er stehen, deutet auf seinen rechten Schuh, dann auf seinen linken

37 Engste Mitarbeiter und Kollaborateure
38 Palatschinken mit Zimt und ohne Zucker

Schuh, er sagt *kolo*[39] und *střevice*[40] deutet mit dem Kinn auf den Boden und auf die Fahrräder und auf den Boden und sagt noch einmal *střevice*, bis Elke kapiert, dass der Mann beide Schuhbänder aufhat, sie aber nicht selbst zubinden kann, weil er sonst die Lenker loslassen müsste. Sie geht in die Hocke und bindet dem Mann die Schnürsenkel des linken Fußes zu, während der Mann etwas sagt und zu gestikulieren versucht, was nicht gelingt, weil er mit den Händen die Lenker festhalten muss.

Rechtsabbiegende Autos bleiben stehen und hupen, doch Elke, Helen und der Mann mit den offenen Schuhbändern haben Vorfahrt, die Fußgängerampel zeigt Grün an. Helen sagt, ich glaube, er wollte nur, dass wir die Fahrräder festhalten. Als Elke den zweiten Schuh bindet, wechselt die Farbe der Fußgängerampel und springt auf Rot, der Mann schaut auf Elke, als habe er kein Vertrauen, dass sie die Schnürsenkel schnürt, wie sie geschnürt werden müssen.

Die Autos haben Grün, die Fahrer können nicht losfahren, einer hupt, dann ein zweiter, dann alle. Dann ist Elke mit den Schuhen fertig und richtet sich wieder auf; der Blick des Mannes drückt Ärger, Erstaunen und Verlegenheit aus. Auf Deutsch sagt er: Danke, Fräulein. Helen sieht den Mann und dann Elke an und kichert. Der Mann schiebt die Fahrräder weiter und verschwindet in der Fußgängerzone. Die Autofahrer hupen ihm wütend hinterher. Elke und Helen gehen die Straße hinunter, wo sich ein kleiner Stau gebildet hat, Helen freut sich schon darauf, Markus von dem Mann mit den Fahrrädern zu erzählen.

---

39 Fahrrad
40 Schuhe

Stola

Markus hatte dich zu der Reise eingeladen, doch Helen war es, die dich überredet hatte, sie wirklich anzutreten, und dann warst du den gesamten Urlaub über unglücklich, unzufrieden mit dir selbst, weil du den Sepp allein gelassen hattest, es erschien dir plötzlich nicht richtig, ihn alleine zu lassen. Wäre er tot gewesen, hättest du getrost fahren können, aber dass er im Koma lag, bereitete dir ein schlechtes Gewissen. Du brauchst auch mal Urlaub, Thea, hatte Helen gesagt, sie nennt dich Thea, sie hat dich natürlich gefragt, ob sie dich so nennen dürfe, weil der Name so gut zu dir passt, und du hast nichts dagegen gesagt, aber insgeheim grollst du ihr, wie kann man nur auf so eine Idee kommen, einen Menschen so verkürzt anzureden, denkst du, aber du sagst nichts, sagtest schon damals nichts, weil du nicht wusstest, wie du es sagen hättest sollen. Wenn du aussprichst, was du denkst, kommt immer etwas anderes heraus als das, was du meinst.

Du hattest dich dennoch darauf gefreut, etwas anderes zu sehen als Krankenhaus und Pflegepersonal und weiße Laken und sterile Reinigungsflüssigkeit und den dahinsiechenden Sepp natürlich, der auf nichts mehr reagierte, der nicht wie der Patient im Nachbarbett ab und zu lächelte oder zuckte, wenn seine Frau ihm etwas erzählte oder seine Hand streichelte oder ihn auf den Mund küsste. Du konntest machen, was du wolltest, der Sepp reagierte auf dich nicht mehr, du warst wütend auf ihn, dass er dich so auflaufen ließ, dass alle sehen konnten, dass dein Mann auf dich nicht mehr reagierte.

Du musstest dich damit abfinden, doch war das schwer, solange der Sepp noch am Leben war, wenn auch nur noch künstlich. Du warst froh, aus dem Kreislauf herauszukommen, mit Markus zusammen zu verreisen, du warst nicht mehr mit ihm verreist, seit er ein Kind war; nachdem Elke verschwunden war, seid ihr nie wieder in den Urlaub gefahren, da war der Markus 13, und der Sepp wollte nicht mehr.

Elke hatte dich seit vielen Jahren nicht mehr gesehen, es vergingen Monate, in denen sie nicht an euch dachte, Monate, in denen sie an gar nichts dachte, das war der Preis; dem Wiedersehen waren solche bewusstlosen Monate vorausgegangen, um so heftiger erschrak sie, als sie euch in Prag plötzlich erblickte unter den vielen anderen Touristen, die sich wie ein sattes, träges Tier durch die Innenstadt und über die Brücken schoben. Sie hat euch beobachtet, ist euch hinterhergegangen, bis zum Hotel in Karlín[41] und am nächsten Tag hat sie sich in ein Café gesetzt, einen Turecka bestellt und gewartet, bis ihr wieder auftaucht, einzeln oder zu dritt, sie ist euch tagelang gefolgt. Hat euch beobachtet, als habe sie euch erfunden, als würdet ihr nur solange existieren, wie ihr beobachtet werdet, bis sie am dritten Tag schließlich zu sich kam und beschloss damit aufzuhören, damit ihr wieder aufhören konntet mit dem Existieren.

In dem kleinen, etwas heruntergekommenen Hotel in Karlín hast du dich erst am dritten Tag allein auf die Straße getraut, nachdem Markus und Helen auf Entdeckungsreise, wie sie sagten, gegangen waren und dich zurückgelassen hatten, weil du nichts entdecken wolltest, sondern einfach nur schlafen, weil du dachtest, nur so könntest du dich erholen, was ein Trugschluss war. Den zweiten Tag hast du im Hotelzimmer verbracht und dich gleichzeitig ausgeliefert und eingeschlossen gefühlt, an Schlaf war nicht zu denken, du hast aus dem Fenster gesehen, du hast sogar das Café auf der gegenüberliegenden Straßenseite gesehen, hast gesehen, wie Gäste hinein- und Gäste herausgingen, aber du hast nicht gesehen, dass es der Ort war, an dem Elke darauf wartete, dass du das Hotel verlassen würdest.

Misstrauisch hast du die Menschen auf der Straße beobachtet, die fremd aussahen, weil sie andere Kleidung trugen und eine andere Sprache sprachen, die du zwar nicht hören

---

41 Stadtteil in Prag

konntest, von der du aber wusstest, dass du sie nicht verstehen und dich nicht verständigen konntest, aber gegen Abend hast du festgestellt, dass die Menschen eigentlich genauso aussahen wie bei dir zuhause, sie hatten dieselbe Haut- und dieselbe Haarfarbe, und kurz bevor Markus und Helen zurückkamen ins Hotelzimmer, um dir zu erzählen, was sie gesehen und erlebt, was und wo sie gegessen und getrunken hatten, hast du sogar an deine Schwester Magdalena gedacht, die irgendwo in der Tschechoslowakei gelebt hatte. Damals war sie schon seit zwei Jahren tot. Du hast an den Sepp gedacht, wie er auf der Intensivstation lag und kaum noch atmete, und hast gehofft, dass er es bald schaffen würde zu sterben, da du nicht mehr die Kraft haben würdest, ihn im Krankenhaus zu besuchen, hast zwei alte Frauen in schwarzer Stola gesehen und überlegt, ob du dir eine schwarze Stola und schwarze Strümpfe und ein schwarzes Kleid kaufen sollst, für den Fall, dass der Sepp kurz vor oder kurz nach deiner Rückkehr starb und du keine Zeit finden würdest, Trauerkleidung zu kaufen.

Und am nächsten Tag bist du in ein kleines Geschäft gegangen, das in der Nähe eures Hotels lag, Markus und Helen waren im Messepalast auf der anderen Seite der Moldau, du bist am Vormittag mit ihnen in einem Bus durch Prag gefahren, hast dann aber Kopfschmerzen vorgetäuscht und bist ins Hotel zurück und hast hinter dem Vorhang aus dem Fenster und auf das kleine Geschäft gegenüber dem Hotel gesehen.

Du hast eine Stunde lang gebraucht, bis du dich aufraffen konntest, aber schließlich hast du dir einen Ruck gegeben, hast ein Bündel Kronen aus deiner Geldbörse geholt und sie in deinen Brustbeutel gestopft, hast einen dunklen Rock und eine dunkle Strumpfhose und einen dunklen kurzärmligen Pullover angezogen, hast dein Hotelzimmer sorgfältig verschlossen, den Schlüssel dem Portier ausgehändigt und bist auf die andere Straßenseite gewechselt. Die Inhaberin schloss das Geschäft im selben Moment auf, als du vor der

Tür standst und die Klinke herunterdrücken wolltest, es war dir gar nicht in den Sinn gekommen, dass geschlossen sein könnte.

Die Inhaberin, eine freundlich aussehende, rundliche Dame mit glänzenden grauen Haaren, die sie zu einem Dutt hochgesteckt hatte, begrüßte dich: *dobré odpoledne, paní*[42], und du bist zusammengezuckt, weil diese fremde Sprache an dich gerichtet war, etwas von dir wollte, und du hast etwas gemurmelt und die Dame hat geduldig gelächelt. Sie wirkte so entspannt und erholt, als habe sie gerade geschlafen und danach eine Kleinigkeit gegessen, du zeigtest auf die Schaufensterpuppe und sie verstand sofort, sah dich mitfühlend an, entkleidete die Puppe und reichte dir die Stola, deren Material sich erstaunlich samtig anfühlte.

Aber die Stola passte nicht, sie passte nicht zu dir und zu deiner Trauer. Du schütteltest den Kopf. Die Verkäuferin versuchte nicht, dich zum Kauf zu überreden, wiegte nur bedauernd den Kopf, nahm fürsorglich die Stola, die du schnell wieder ausgezogen hattest, und warf sie in gekonntem Schwung auf die Schaufensterpuppe, die keine Beine und keinen Unterleib besaß und durch die Stola ihre Würde zurückgewann, du bedanktest dich mit zusammengepressten Lippen auf Englisch, die Dame sah dich neugierig an und sagte *děkuju*[43], *na shledanou*[44], und auch du sagtest *dee-koj*, weil du dachtest, das sei ein Gruß.

Sie hielt dir die Tür auf, die Sonne traf dich heftig im Gesicht, du schämtest dich für den Ausflug auf die andere Straßenseite, und als Markus und Helen am Abend zurückkehrten, erwähntest du deinen erfolglosen Kaufversuch mit keinem Wort.

---

42 Guten Nachmittag, (gnädige) Frau

43 Ich danke Ihnen

44 Auf Wiedersehen

Steine

Das nicht gemachte Bett fällt Elke als erstes auf, als sie in die Unterkunft zurückkehrt, auch das Handtuch liegt noch am Boden, vielleicht ist das Zimmermädchen krank geworden oder hat Liebeskummer oder das Zimmer wird generell nur jeden zweiten Tag gemacht. Im Zimmer ist es schwül, sie öffnet das Fenster, ein angenehmer Wind ist aufgekommen, der die Blätter im Garten gegenüber bewegt. Elke legt sich aufs Bett und sieht das Gesicht des Mannes mit den Fahrrädern vor sich und seine Schuhbänder, die, wie ihr jetzt erst bewusst wird, von unterschiedlicher Farbe waren, eines blau, eines schwarz, und dann dieser Blick, mit dem er sie und Helen angesehen hat.

Vom leisen Geprassel des Regens wacht sie auf. Sie schließt das Fenster und geht hinunter zum Abendessen. Die Kinder essen wieder Pommes frites, wollt ihr nicht wenigstens mal Nudeln probieren, fragt Helen, nein, sagt Luisa, nein, sagt Pierre und Markus schaut streng, aber die Kinder beachten ihn nicht, sondern geben sich mit großer Lust den Fritten hin.

Helen bestellt Salat. Luisa schaut zu Elke, schaut und schaut und schaut schnell wieder weg, einmal zittern ihre Lippen, als ob sie unter einer bestimmten Spannung stünde, als ob ein Teil von ihr das eine möchte und der andere Teil will etwas anderes, wie ein Marienkäfer, der nicht wegfliegt, obwohl er wegfliegen will, und das ist das Schönste an Marienkäfern, dass sie genau dann wegfliegen, wenn keiner damit rechnet. Und deshalb sitzt Luisa nach dem Dessert plötzlich auf Elkes Schoß, und obwohl Luisa auf Elkes Knien sitzt, so weit vorne, dass sie jederzeit herunterfallen könnte, riecht Elke, wie Luisas Haare nach Kokos riechen. Luisa sitzt da, kerzengerade, als müsse sie stillhalten, sonst passiert etwas, aber keiner weiß, was.

Pierre fängt plötzlich an zu weinen, ohne dass ein Grund oder Zusammenhang ersichtlich wird, Markus nimmt ihn an der Hand und geht mit ihm zu den Kieselsteinen vor dem

Haus, die entlang des Zaunes ausgelegt sind. Nehmt einen Regenschirm mit, sagt Helen.

Pierre mag Steine, sagt Helen, und Luisa rührt sich noch immer nicht, als ginge sie das alles nichts an. Sie sitzt auf Elkes Schoß wie bei einer Mutprobe. Später wird ihr Rücken krummer, Helen sieht ihr belustigt zu und streicht Luisa mit ihrem sehnigen Handrücken über die Wange.

Schnörkel

Du hast Karten bekommen, du hast nicht nur die eine Karte aus Mähren bekommen, mit der schiefen Birke von Pierre, du hast noch andere Karten bekommen. Lene hat dir geschrieben, nur hat sie dir mit einer anderen Schrift als ihrer eigenen geschrieben: *Liebe Theresa, ich wünsche dir alles gute zum Geburtstag – Gesundheit, Freude und Gottes Segen.*

Wieso hat sie denn *gute* kleingeschrieben, man schreibt es doch groß und auch steht nicht wie üblich dabei: Ich rufe dich an deinem Ehrentage an, deine Lene. Nichts als dein Name und der Glückwunsch zum 89. Geburtstag, und es ist auch nicht Lenes schnörkellose, kraftvolle Handschrift, stattdessen eine altmodische Kinderschrift, die unbekannterweise an dich geschrieben hat, die Großbuchstaben mit Schleifchen versehen, als würde die Schreiberin noch mit Puppen spielen; verärgert legst du die Karte zur Seite, du möchtest keine Karten mehr, die von unbekannter Hand geschrieben sind.

Von Sepps Bruder hast du zum Geburtstag auch eine Karte bekommen, unterschrieben *von deiner Nichte Katja* und *von deinem Neffen Martin*, bei dessen Erwähnung du immer noch zusammenzuckst, wie damals, als du erfahren hast, dass Sepps Bruder seinen Erstgeborenen so taufen ließ. So eine Unverschämtheit, hast du gesagt, du wolltest, dass der Sepp es verhindert, ihr könnt den Buben nicht so nennen, ihr dürft das nicht, aber alle haben dich nur ausgelacht, warum sollten wir ihn nicht so nennen dürfen, und du hast geweint und nicht gewusst, wie du es erklären sollst.

Liebe Resi, die besten Glückwünsche für dein neues Lebensjahr, schrieb die Familie vom Sepp, sie hatten als Motiv eine weiße Torte ausgewählt, auf der in bunten Kindergartenbuchstaben steht: *Wir gratulieren!*

Du hast auch diese Karte weggelegt, ein paar Tage später wirst du alle drei Karten wegwerfen, du wirst sie nicht wie üblich an der Magnetwand befestigen, die der Markus dir einmal geschenkt hat, damit du alle Karten, die du zum Geburtstag, zu Weihnachten, zu Ostern und aus dem Urlaub von ihm bekommst, aufhängen kannst. Und wo sie dann bis zum nächsten Fest ausharren, um immer und immer wieder betrachtet und schließlich gegen weitere Herzliche Grüße ausgetauscht zu werden. Du wirst an diesem Geburtstag die Osterwünsche, die dort seit April hängen, wegräumen, du wirst sie in die Kiste packen, in der sämtliche Karten der letzten Jahre und Jahrzehnte aufbewahrt sind. Doch als du die Kiste öffnest, überkommt dich ein seltsames Gefühl, das du kaum deuten kannst, sodass der Boden unter dir leicht schwankt, und von ferne meinst du dumpfe Schläge zu hören. Du machst die Kiste wieder zu, stellst sie in den Flur, ziehst Straßenschuhe und Jacke an, steckst die Schlüssel ein. Du wirst mit der Kiste zum Papiercontainer gehen, wirst sie nicht komplett in den Container werfen, sondern über dem Container umkippen und ausleeren und solange schütteln, bis auch die letzte Karte, die sich noch verzweifelt in einer Falte des Kartons festhalten will, ins Freie segeln, aber nicht in den Container segeln, sondern auf den Boden fallen wird.

Sofort wirst du wissen, dass die widerspenstige Karte nur von Elke sein kann, deren Schrift, wie dir nun bewusst wird, du gar nicht kennst und noch nie kanntest. Sie hatte noch nie eine Schrift. Und nur daran wirst du sie erkennen, als Nicht-Schrift, mit der an den Sepp geschrieben worden ist; denn die Karte ist an den Sepp adressiert, nur an ihn, und es ist weder Markus' Schrift noch die einer anderen Person, die du und der Sepp kanntet. Es sind keine Grüße ausgerichtet, weder herzliche noch viele noch schöne, es ist nicht einmal unterschrieben. Auf der Vorderseite ist eine Brücke abgebildet, die über ein großes Gewässer führt, Angler stehen vor dem Geländer und starren in die Ferne.

Du weißt nicht, warum, aber du wirst die Karte nicht wie die anderen in den blauen Container werfen, du wirst sie in deine Jackentasche stecken, nach Hause gehen, die Tür aufschließen, die Straßenschuhe wieder gegen die Hausschuhe tauschen, du wirst die Jacke an der Garderobe aufhängen und die Karte darin vergessen.

Frottee

Markus steht vor Elkes Zimmertür, er klopft und klopft, bis sie endlich aufmacht. Die Schnecken haben sich zurückgezogen an ihren geheimen Ort, den sie nur verlassen, wenn Elke schläft. Mit derselben Langsamkeit, mit der die Schnecken zurückweichen, öffnet Elke die Türe, vor der Markus steht. Seine weißen Brauen zucken nervös über den Augenlidern, als müsse er erst den richtigen Gesichtsausdruck für die Situation finden.

Hast du Pierre gesehen? Elke schüttelt den Kopf und gibt der Tür einen zaghaften Schubs, damit Markus sehen kann, dass sich kein Pierre im Zimmer aufhält.

Pierre hat zuletzt am Treppengeländer gespielt, ein Gast hat ihn gesehen, das war um halb vier. Jetzt ist es halb sechs. Helen sitzt in ihrem Zimmer und heult vor Sorge und schlechtem Gewissen. Die Aufsichtspflicht vernachlässigt, ich bin eine schlechte Mutter, warum habe ich nicht. Aufgepasst.

Markus hat beschlossen, die Polizei zu verständigen. Du musst übersetzen, sagt er. Auf keinen Fall, sagt Elke, sie würde ja nur das Falsche übersetzen. Markus sieht einen Moment lang so aus, als würde er die Fassung verlieren. Dann ruft er auf seinem Handy bei der Polizei an und stellt den Lautsprecher an, damit Elke notfalls doch eingreift, damit sie gar nicht anders kann.

Luisa läuft mehrmals durch das ganze Haus, sie läuft die Treppe in den ersten Stock, den Flur entlang, Pierre, wo bist du, wo hast du dich versteckt, sie läuft zurück zur Treppe, in den zweiten Stock, wo bist du, zurück zur Treppe, in den dritten Stock, den Flur entlang, wo hast du dich versteckt. Aber Pierre ist nicht zu finden.

Der diensthabende Wachmann spricht Englisch, er bittet Markus, vorbeizukommen, ein Foto mitzubringen, er hört sich sehr besorgt an. Er hört sich zu besorgt an, aber er versucht Markus zu beruhigen. Es sind in der Gegend schon öfter kleine Kinder verschwunden. Sie sind alle zurückgekehrt.

What happened to them?

Anfangs dachte die Polizei, die Kinder hätten sich nur versteckt und seien dann von selbst wiedergekommen, aber dazu waren es zu viele. An keinem anderen Ort verstecken sich soviel Kinder wie in dieser Stadt, also kann man nicht mehr von Versteckenspielen sprechen. Man weiß aber nicht, von was man sonst sprechen soll, denn es gibt keine Hinweise. Alle Kinder sind nach ein paar Tagen, manche sogar nach ein paar Stunden wieder aufgetaucht. Alle haben ihr Verschwinden unbeschadet überlebt – bis auf eins.

But that was a different case, sagt der Polizist, er ist noch ziemlich jung. Markus fragt nicht, was für ein Fall das gewesen sei. Sag das bloß nicht Helen, sagt er zu Elke, nachdem er aufgelegt hat.

Markus fährt zur Polizei mit einem Foto von Pierre. Helen bleibt im Hotel, falls Pierre zurückkommt, aber Helen sagt, ich weiß, dass er nicht einfach so zurückkommt, ich weiß es eben, ich kann es nicht erklären.

Auf der Treppe liegt ein Haargummi von Luisa, es ist aus lilafarbenem Frottee und es ist nass.

Privatbesitz

Der Bus mit der Nummer 378 ist auf die Minute pünktlich. Es ist derselbe Busfahrer wie der, der bei Elkes Ankunft am Bahnhof Schichtwechsel hatte. Sie fahren durch enge Straßen, vorbei an Vorgärten, vorbei an einem See. Hinterhöfe lugen aus Häuserlücken hervor. Es scheint viel mehr enge Straßen, Hinterhöfe und Vorgärten als früher zu geben. Der kleine Badesee ist mittlerweile eingezäunt, als müsse er beschützt werden.

Nachts lag Elke auf ihrer Matratze in Tante Madlas Dachkammer und träumte von der anderen Seite des Sees, wie sie plötzlich festen Boden unter sich spürte, und erschrocken vom Ankommen wachte sie auf; sie hörte die Kater über die Schindeln laufen und wie sie sich minutenlang anschrien, bevor sie aufeinander losgingen. Am Morgen kletterte sie durch das kleine Fenster aufs Dach und fand Blutspuren, Katzenblut, aber keine Toten, nur ein abgebissenes Katzenohr, das sich anfühlte, als sei noch Leben in ihm, als wolle es zeigen, dass es noch dazugehöre zur Welt.

Mit dem Ohr in der Hand wartete sie darauf, dass das Ohr zu pulsieren begann, wenn sie es nur lang genug in ihrer warmen Handhöhle halten würde; doch das Ohr wurde leblos und kalt. Sie wickelte es in ein Taschentuch und steckte es in die Hosentasche; ein paar Wochen später fand sie es auf dem Fußboden in der Küche.

Im Juni wurden die Katzen träge, die Jungen waren geboren, die Alten mit vollen Zitzen schleckten sie neurotisch ab und die Kater lagen schon am Morgen auf der von der Sonne gewärmten Mauer.

Im Juli wusste Elke noch immer nicht, an welche von Tante Madlas Geschichten sie glauben sollte, sie lief die Grenzen der Stadt ab, jeden Tag achtete sie darauf, nicht zweimal denselben Weg zu laufen, weder auf dem Hin- noch auf dem Rückweg, denn laut Vasil, der auf der anderen Seite der Mauer wohnte, brachte das nichts als Unglück. Am späten Nachmittag kehrte sie zu Tante Madla zurück und hörte sich die neueste Version ihrer Geschichten an.

Im August legte Tante Madla eine Zugfahrkarte nach Cheb[45] auf den Tisch: Du solltest nach Hause fahren und zusehen, dass aus dir etwas wird. Am Freitag fährst du.

Sie nahm Abschied von Tante Madla und Vasil und seiner Tochter, von Hühnern und Katzen und fuhr mit der Nummer 378 in die Stadt. Aber nur bis zum Busbahnhof, wo der Bus zum Studentenwohnheim abfuhr. Das Studentenwohnheim gibt es nicht mehr, dort ist jetzt ein Best-Western-Hotel. Aus Elke wurde Anita und statt München stand Jena in ihrem Pass, nur das Passbild war dasselbe geblieben, denn Elke und Anita sahen sich so ähnlich, als seien sie Zwillinge, die eine blond, die andere rothaarig. Anita war ihr ostdeutsches Spiegelbild. *Duch*[46], sagte Boris, *přízrak*[47], und irgendwann ergab das Ganze einen Sinn.

Auf dem Weg von der Uni zum Bahnhof ging Elke an der Pestsäule vorbei, und später ging auch Anita an der Pestsäule vorbei, und von der Bibliothek zum Einkaufen ebenfalls, auch der Weg vom Studentenwohnheim zur Post führte zur Pestsäule und entfernte sich von ihr. Die Säule, die vor sich hingammelte, als sei sie selbst von einer Krankheit befallen, war im Zentrum der Stadt, sie hatte vergessen, wie sie hierher geraten war, stand ratlos und bar ihrer Geschichte, als habe ein Kind sie an einer Schnur gezogen und sie einfach da stehen gelassen und niemand wusste, was man mit ihr anstellen sollte, also stellte man nichts mit ihr an.

Am Wochenende ging Elke zwischen Skulpturen und Plastiken aus Stahl und Bronze spazieren, die auf jeder noch so kleinen Grünfläche standen: ein Mann, eine Frau, ein Kind, zwei Kinder und alle hielten sich umarmt, denn es war die

---

45 Stadt an der bayerisch-böhmischen Grenze (deutscher Name: Eger)
46 Geist
47 Trugbild

einzige Möglichkeit zu überleben. Nicht die Liebe war zuerst da, sondern die Umarmung, die die Liebe hervorbrachte und den Wunsch nach Umarmung erzeugte.

Von Anita hat sie nie wieder etwas gehört, auch nicht nach ihrer Rückkehr in den Westen.

Pierre

Boris steht an der Tür und sieht aus, als habe er gewartet. Aber er hat nicht gewartet. Elke sagt, Pierre ist verschwunden, und Boris schaut entgeistert, dann seufzt er und schnauft und schüttelt ein paar mal den Kopf, zuerst langsam, dann schnell.

Diese Stadt sei schon immer mysteriös gewesen, es habe in dieser Stadt alles mit der Burg zu tun, sagt Boris, und er werde versuchen, etwas in Erfahrung zu bringen. Es ist übrigens nicht das erste Mal, sagt Boris, es sind schon öfter, sagt Boris, und immer waren es Buben, sind alle wiedergekommen, bis auf einen. Versprechen kann Boris aber nichts. Willst du nicht ein bisschen bleiben?, fragt er, ich mache etwas zu essen. Aber Elke will nicht bleiben. Sie geht zurück zur Bushaltestelle und wartet, auf den Bus und auf die Wespen, und es dauert ziemlich lange, bis die 378 kommt.

Auf der Rückfahrt läuft auf einem kleinen Bildschirm hinter der Fahrerkabine ein Werbetrailer mit Kuscheltieren. Elke schließt die Augen und Pierre hält einen großen Bären im Arm, Luisa sagt, du schläfst ja gar nicht, ich schlafe wohl, sagt Pierre.

Das Handy vibriert in der Jackentasche, Elke wacht auf, der Anrufer ist *Unbekannt.*

Holka modrooká

Die Rezeption ist nicht besetzt. Es riecht aufdringlich nach Rasierwasser, als wolle der Geruch darauf hinweisen, dass sich jemand unbemerkt im Raum aufhält. Doch niemand ist zu sehen. Das Telefon auf dem Tresen klingelt, fast gleichzeitig setzt ein Handy ein, ein Chor aus Kinderstimmen singt *Holka modrooká, nesedávej u potoka*[48]. Es ist ein tschechisches Volkslied, Tante Madla hat es oft gesungen. Es soll den Mädchen Angst machen. Es ist sehr beliebt, besonders bei den Mädchen.

Hinter der Rezeption hängen nur drei Schlüssel nicht am Häkchen, außer der 19 fehlen die 5 und die 7. Die Flure wirken ausgestorben, seit Tagen. Die Fenster sind weit aufgerissen, es riecht nach nassen Steinen. Es hat wieder zu regnen angefangen, die Regentropfen fallen auf die Autodächer wie Weinbergschnecken, deren Gehäuse unter schnellen Schritten knacken.

Elke läuft den Flur im Erdgeschoss entlang. In Zimmer 5 ist es leise, aus Zimmer 7 dringt eine Stimme, die etwas vorliest, es könnte Helens Stimme sein. Niemand ruft herein. Sie klopft noch einmal, etwas lauter diesmal, keine Reaktion.

Karla

Moje malička[49], die Suppe ist fertig, *malička,* zieh dir eine Jacke an, es ist kalt. Vasil, der Nachbar, hatte gelacht. Sie denkt, du bist ihr Kind, die Alte, sie wird verrückt, und er lachte, dass alles an ihm wackelte, zumindest oberhalb der dicken Beine. Vasils Ton wurde von Woche zu Woche gehässiger, aber er wollte nicht sagen, was ihn so verärgerte. Sie ist gaga in ihrem alten Kopf, sagte er verächtlich.

Und als das Blut seinen Körper vergiftet hatte und nichts mehr an ihm wackeln konnte, da flüsterte er: Frag sie doch nach der *Malička*, frag sie selbst. Elke versprach es ihm, hoch und heilig hat sie versprochen, die Tante zu fragen. Aber dann hat sie es doch nicht getan.

---

48 Kinderlied: Mädchen mit den blauen Augen, sitze nicht am Bach.
49 Meine Kleine

Vasils Tochter hieß Karla. Sie hatte ihn am Tag seines Todes gefunden und im ersten Schrecken nicht daran gedacht, ihm die Augen zu schließen; deshalb blitzten die Pupillen noch tagelang unter den halb geschlossenen Lidern aus dem toten Körper hervor. Vasil starrte, als wolle er fragen, ob die Tante endlich zur Rede gestellt worden sei.

Doch Elke hat Tante Madla nie nach ihrem Zwist mit Vasil gefragt, auch später nicht. Erst als Tante Madla viele Jahre später starb und die alten Geschichten schon fast vergessen waren, kehrte die Erinnerung an Vasil zurück und wie er mit offenen Augen beerdigt worden war; da war es zu spät für eine Antwort.

Bei Tante Madla war es nicht nötig gewesen, die Augen zuzudrücken, denn sie war im Schlaf gestorben. Als Karla – es war wieder Karla gewesen – sie fand, saß eine große Fliege auf ihren geschlossenen Lidern. Sie ließ sich einfach nicht verscheuchen, sagte Karla und machte Scheuchbewegungen, als sei die Fliege noch immer da. Wir haben sie neben Vasil beerdigt, sagte sie. Die haben sich immer gut verstanden. Vasil und Tante Madla kannten sich schon, bevor Karla auf die Welt gekommen war. Da muss mal was gewesen sein, zwischen den beiden. *Moje malička.* Karla hatte frech gegrinst und war ein bisschen rot geworden.

Im Testament stand, dass Elke das Haus erben würde. Und sie hat dir eine Kiste hinterlassen, sagte Karla, sie waren zusammen in den Keller gegangen und Karla hatte auf die Kiste gedeutet, die eine Truhe war. Sie ist ziemlich schwer, ich habe sie nicht geöffnet, sagte sie, fast ehrfurchtsvoll. Die Truhe war voll mit Goldtalern und außerdem fanden sie zwei Handgranaten, die sich später als Attrappen herausstellten. Ganz unten war ein Medaillon versteckt, eingewickelt in Zeitungspapier der *Svobodné slovo* von 1948. Ein Medaillon mit dem Schwarz-Weiß-Bild einer jungen Frau, die aussah wie Tante Madla – ohne Tante Madla zu sein.

Haargummi

Am Abend ist Pierre noch immer nicht aufgetaucht. Auch von Boris gibt es keine Nachricht. In der Jackentasche findet Elke das Haargummi von Luisa, das aussieht wie ein abgebissenes Katzenohr.

Milch

Später hast du angefangen zu weinen, wenn der Markus die Wohnung verließ, nicht vormittags, wenn er in die Schule ging, sondern nachmittags, wenn er zu seinen Freunden ging, die einen schlechten Einfluss hatten, und zu den Eltern der Freunde, die ihn ebenfalls beeinflussten. Nur vor den Lehrern hattest du Respekt.

Der Markus sah zunehmend dem Martin ähnlich, der lange Zeit, bevor der Markus auf die Welt kam, gestorben war; eigentlich sah er aus, als sei er Martins Sohn und nicht der vom Sepp. Vielleicht hätte die Beeinflussung von außen dazu führen können, dass die Ähnlichkeit verging. Das wolltest du verhindern, denn die Ähnlichkeit bestätigte, was du immer gefühlt hast: dass der Sepp nie und nimmer der wirkliche Vater sein konnte. Er war eine Vaterattrappe.

Du hast anfangs noch darüber nachgedacht, ob es eine Lösung gäbe, aber es gab keine Lösung, alles hatte sich verschworen, sogar deine Gedanken hatten sich gegen dich verschworen. Lene war im Kloster und buk Kuchen, Martin lag auf dem Friedhof der Selbstmörder. Wenn Martin nicht tot gewesen wäre, hätte er sich womöglich nächtelang mit Lene unterhalten, über alles, was passiert war und was nicht passiert war, was hätte passieren können. Vielleicht wäre am Ende Lene mit dem Sepp verheiratet gewesen und jeden Abend wäre der Martin zu Besuch gekommen. Vielleicht wärst auch du zu Besuch gekommen, vielleicht wärst du aber auch ins Kloster gegangen und hättest Kuchen gebacken für Lenes Kinder, von denen mindestens eins dem Martin wie aus dem Gesicht geschnitten gewesen wäre. Es hätte so viele Möglichkeiten gegeben. Es hat so viele Möglichkeiten gegeben.

Du hast bald aufgehört, über die Möglichkeiten nachzudenken. Anfangs hatten sie dir Hoffnung gegeben, dass sich dein Leben irgendwann besser anfühlen würde. Doch es fühlte sich nichts besser an, im Gegenteil, und die Möglichkeiten, die nicht Realität geworden waren und auch nie Realität sein würden, machten dich noch einsamer. Bald fühltest du dich zu schwach und zu müde, um überhaupt über irgendetwas nachzudenken.

Elke hatte damit begonnen, dir am Nachmittag eine warme Milch zu kochen. Um halb sechs kam der Sepp nach Hause. Du lagst auf dem Kanapee und hast die warme Milch getrunken aus einer Tasse, auf der Blumen aufgemalt waren. Die Kinder hatten sie dir zum Muttertag geschenkt. Eine Tasse für dich allein. Du sagtest mit matter Stimme Danke, du schautest dabei niemanden an, du schautest immer nach innen, aber was du sahst, war verschwommen. Du hattest rote Augen, weil du geweint hattest, der Markus hatte sich wieder heimlich davongestohlen, du hattest Angst, er könne die Klasse nicht schaffen, dabei hatte er nur Einsen und Zweien im Zeugnis stehen.

Der Bub muss Sport treiben, er muss sich durchsetzen, sagte der Sepp, aber du sagtest, er soll ja kein Soldat werden. Er ist klüger als die anderen, das Durchsetzen kommt von ganz allein.

Der Sepp sagte nichts mehr, er aß seine Pfälzer mit Sauerkraut und scharfem Senf, er schaufelte sie wütend in sich hinein, er trank von seinem Bier, er stand auf und setzte sich vor den Fernseher. Du räumtest den Tisch ab, die Schultern eingezogen, dein Blick besorgt und noch mehr als besorgt. Nichts daran war gespielt, du hast fest an deinen besorgten Blick geglaubt.

Auf der Couch, auf der du vor dem Abendessen gelegen warst und deine warme Milch getrunken hattest, lag später der Sepp und trank Bier und rülpste laut. Du gingst in die Waschküche und hast alle Sachen gewaschen, auch deine eigenen, die du erst ganz zum Schluss aufgehängt hast; während die zweite Maschine durchlief, hast du die Wäsche aufgehängt, so langsam wie es nur irgendwie möglich war, die Wäsche aufzuhängen.

Rohlíky

Im Frühstücksraum ist es leise. Personal und Gäste versuchen sich richtig zu verhalten, sie wissen, dass etwas passiert ist, nur nicht, was. Auch Helen, Markus und Luisa versuchen, sich richtig zu verhalten.

Am Büffet stehen zwei überdimensionale Kannen Kaffee. Luisa sitzt auf dem Stuhl, auf dem bisher Pierre beim Frühstück gesessen ist, am Kopfende gegenüber von Markus. Der Platz neben Helen bleibt frei. Helen und Luisa trinken schweigend aus ihren Tassen und schauen Markus zu, der Marmelade auf Luisas Hörnchen schmiert, und Luisa sagt, es wäre besser, wenn ich verschwunden wäre.

Helen und Markus sehen sich an wie ein Filmelternpaar, sie wissen nicht, wie sie sich ansehen sollen in einer Situation, in der ihre eigenen Kinder so etwas sagen. Luisa sagt mit einer Erklärstimme, die sie im Kinderfernsehen gehört hat: Ich bin schon größer, ich kann mich besser wehren.

Helen nimmt Luisas Hand. Luisa zieht ihre Hand weg, sagt: Und ich bin auch schlauer.

Der Frühstückstisch sieht aus, als habe das Frühstück noch gar nicht begonnen, die Teller sind sauber geblieben bis auf den von Luisa, auf dem Blätterteig-Reste liegen.

Findet ihr nicht, fragt Luisa und beißt, als niemand antwortet, in ihren Rohlík und Helen und Markus schauen sich wieder an, und dann nickt Markus, hilflos, überzeugt oder keins von beiden, und Helen sagt:

Schatz, es wäre am besten, wenn keiner von euch verschwinden würde. Luisa wischt sich die Marmelade vom Kinn.

Es muss immer ein Elternteil hier bleiben, als Ansprechpartner der tschechischen Polizei, hat der Polizist Markus erklärt. Sie haben noch am Abend ein paar Mal miteinander telefoniert, der Polizist hat gemeint, sagt Markus immer wieder, und dass dieser sehr gut Englisch spreche und sehr kompetent gewirkt habe. Er hält sich fest an der ruhigen Stimme dieses Mannes, der ihm sympathisch ist, immer wieder betont er, wie sympathisch, ruhig und kompetent dieser Polizist auf ihn wirke. Der Polizist hat Pierre zur Fahndung ausgeschrieben.

Nach dem Frühstück sammelt Elke das benutzte und unbenutzte Geschirr ein und stellt es auf den Geschirrwagen, im Aufstehen flüstert Luisa ihr zu: Er hat sich nur versteckt.

Helen schlägt vor, dass Markus mit Luisa zur Kartbahn geht, zur Ablenkung. Luisa fängt an zu weinen, sie will nicht abgelenkt werden.

Markus sagt, Luisa bitte.

Helen umarmt Luisa, aus deren Körper jede Spannung gewichen ist. Ihre Haare hängen wie gekämmt und drapiert auf Helens Ärmel. Markus steht betreten neben den beiden. Zwischen ihm und Luisa ist eine unsichtbare, aber flexible Wand eingezogen, die Scharniere sind beweglich und reagieren auf Veränderung, die Wand federt jede Annäherung elegant ab. Luisa beruhigt sich in den Armen ihrer Mutter, Helen gibt ihr ein Taschentuch, Luisa flüstert: Und wenn wir ihn suchen?

Das machen wir, sagt Markus erleichtert.

Luisa lächelt vorsichtig: Ich hole meine Jacke.

Hand in Hand gehen sie den Flur entlang, Markus und Luisa, zwischen ihnen die unsichtbare Wand, die sich im Takt ihrer Schritte wiegt.

Helen trägt ihr Sommerkleid wie am Tag der Ankunft. Sie geht neben Elke her, geht mit zu Elkes Zimmertür, und als Elke aufschließt, bleibt sie im Türrahmen stehen, als müsse sie erst etwas klären.

Kann ich mich bei dir hinlegen, bei uns im Zimmer kann ich nicht einschlafen.

Natürlich, sagt Elke, die erleichtert ist, dass Helen ihr vorschlägt, wie sie sich nützlich machen kann, dass sie ihr die Möglichkeit gibt, ihr ein Bett anzubieten. Selbst in einer solchen Situation denkt Helen noch daran, mit allen in Verbindung zu bleiben. Könntest du?, sagt Helen, falls die Polizei sich meldet, und streckt Elke den Zimmerschlüssel entgegen.

Das kann doch nicht sein, sagt Helen plötzlich, als sie schon in Elkes Bett mit der blauen Decke liegt, das kann doch gar nicht sein. Es ist wie ein Albtraum, nein, kein Albtraum, weil ein Albtraum läuft auf etwas hinaus, aber das hier, auf was soll das hinauslaufen, was soll das bedeuten.

Sie sieht vollkommen übernächtigt aus, ihre Augen sind schmal und ungeschminkt, sie hat Augenringe. Offenbar ist Helen bisher davon ausgegangen, dass alles seine natürliche Ordnung hat, eine Ordnung, auf die sie vertrauen kann.

Es hat aufgehört zu regnen, die Sonne wartet schon hinter den Wolken. Elke steht wieder am Fenster, das ist ihr Ort, ihre Position.

Helen will noch etwas sagen, aber sie sagt nichts mehr, sondern legt ihren Kopf auf das blaue Kissen und schließt die Augen. Sie wird gleich einschlafen.

Der Hof ist leer, aber der Lieferwagen steht mit geöffneter Seitentür vor der Werkstatt, er ist halbvoll, nach der Mittagspause ist der Rest der Lieferung dran. Es ist fast zwölf. Helen ist eingeschlafen.

Hausaufgaben

Es war ein normaler Tag gewesen, du hast Hausaufgaben gemacht, du warst froh über die Hausaufgaben, hast sie gerne gemacht, es gab wenig, das du in jener Zeit lieber gemacht hast als Hausaufgaben. Mathematik, Literatur, Erdkunde. Du hast auch immer gerne Religion gemacht, aber Religion gibt es schon seit einiger Zeit nicht mehr.

Auf der Gasse vor dem Fenster hast du einen Mann gesehen, der immer näher kam, gleichzeitig ging der Mann so langsam, dass du nicht sicher warst, ob er wirklich näher kam oder auf der Stelle trat.

Schon einmal hast du einen Mann gesehen, der in einem ähnlichen Zustand war, das war der Zwangsarbeiter von den Frenzlhubers gewesen. Er war vom Gestapo-Gefängnis am anderen Ende der Stadt zurückgekehrt, sie haben ihn nur gehen gelassen, weil die Frenzlhuber eine Eingabe gemacht hatte, in der sie forderte, den Zwangsarbeiter zurückzubekommen, weil sie sonst keinen hatte, der die Arbeit im Winter machen konnte. Kohlen, Holz, Bierträger, Biertische schleppen und in der Gastwirtschaft bis zur Sperrstunde bedienen. Das Pferd füttern. Die Frenzlhuber war im achten Monat, das erste Kind hatte sie verloren.

Der Zwangsarbeiter, der Frantischek hieß, lebte noch zwei Tage. Deine Mutter schüttelte traurig den Kopf darüber, dass die Frenzlhuber und ihre Schwägerin dem Frantischek noch nicht einmal einen Tag Ruhe gegönnt haben, dass sie ihm nicht einmal für eine Nacht das Kanapee am Ofen in der Küche überlassen haben. Nach zwei Nächten auf seiner Pritsche im verschlossenen Keller und einem Tag Arbeit in der Gastwirtschaft war der Frantischek nicht mehr aufgestanden. Der Arzt hatte gesagt, es sei ein Wunder gewesen, dass er die schweren Verletzungen überhaupt noch zwei Tage überlebt hatte.

Er hat aus den Ohren und der Nase geblutet, Schädelbasisbruch, hatte der Arzt vermutet, der drei Wochen später auch dabei gewesen ist, als die Frenzlhuber ihren Sohn Thomas zur Welt brachte.

Der Mann am Ende der Gasse schwankte. Er ist dir bekannt vorgekommen, du hast gleich an den Frantischek gedacht, den du heimlich gemocht hattest, auch wenn du gleichzeitig Angst vor ihm hattest, Angst davor, ihn zu mögen, weil er ja ein Zwangsarbeiter war und ein Zwangsarbeiter etwas Böses angestellt haben musste.

Du hast dich jahrelang geweigert, den Frenzlhuber Thomas zu grüßen, wenn er an eurem Haus vorbei in die Schule gegangen ist, obwohl da doch alles schon verjährt war und er immer Grüß Gott, Theresa, gesagt hat. Er kann doch nichts dafür, hat die Lene später gesagt, aber du hast noch jahrelang vom Thomas und vom Frantischek erzählt, als habe sich ein böser Gott das ausgedacht: dass der eine gestorben und der andere auf die Welt gekommen ist innerhalb von wenigen Wochen; und derselbe Arzt war dabei. Und die Frenzlhuber war nicht nur dabei, es war sie selbst, die den einen sterben und den anderen auf die Welt kommen ließ.

Zehn Minuten später ist der Mann auf der Straße plötzlich vor eurer Tür gestanden. Er war ganz abgemagert, die Augen in tiefen Höhlen, die Beine haben gezittert. Und erst als eure Blicke sich gekreuzt haben, du hinter dem Vorhang am Fenster und er vor eurer Haustür, da hast du ihn erkannt und hast die Tür aufgerissen, bist durch den Flur in die Küche gelaufen, in der niemand war, bist weiter zur Haustür gelaufen und hast noch im Öffnen gerufen.

Der Martin, der Martin ist da!

Du wärst ihm gerne um den Hals gefallen, aber er war so dürr und zersaust, eine Umarmung hätte ihn vielleicht zerdrückt. Er hat geseufzt und seine Hand auf deine Schulter gelegt, aber nicht, um dich zu begrüßen, sondern um sich auf dir abzustützen, und du hast ihn gerne gestützt und ihn in die Küche gebracht. Hast ihn geführt und ihm dabei geholfen, sich auf einen großen Sessel zu setzen, auf dem noch das Strickzeug eurer Mutter lag.

Es war ganz ruhig im Haus, der Martin hat nichts gesagt, und auch du hast keinen Laut mehr von dir gegeben, seit du seinen Namen gerufen hast. Er hat sofort die Augen zugemacht und du bist wieder durch das Haus gelaufen, in die Garage, wo die Mutter und die Lene gestanden sind und die Lieferungen gezählt haben und du hast den Finger auf den Mund gelegt und ihnen bedeutet mitzukommen; eine Weile seid ihr dann schweigend vor dem Martin gestanden, der in Mutters Sessel saß und schon ein Stück heruntergerutscht war, weil der Sessel zu groß für ihn geworden ist.

Zimmer 7

Zimmer 7 ist rot möbliert, die Bettwäsche rot und lila gestreift, ein goldener Drache räkelt sich in der Mitte der glatt gestrichenen Bettdecke. Auf dem roten Teppichboden stehen ein Schrank und ein Sessel, sie haben dieselbe Farbe wie der Boden, Möbel und Boden gehen konturlos ineinander über. Nur ein lilafarbener Tisch sorgt für Dreidimensionalität. Rot ist die Farbe der Verrückten, hatte Anita gesagt, beim Abschied. Und mit deutschem Rotkäppchensekt hatten sie auf Anitas Zukunft im Westen angestoßen. Das ganze Land ist rot, wer selbst verrückt ist, findet das beruhigend. Und wer es nicht beruhigend findet, wird verrückt, erklärte sie. Farben sind egal, hatte Elke gedacht, aber es nicht gesagt, und Anita lachte, als ob sie Gedanken lesen konnte: Wer so rote Haare hat, denkt wahrscheinlich anders darüber. Von der Slowakei zog ein Gewitter auf. Nach der halben Flasche goss es aus allen Wolken, ein Zeichen, sagte Boris, ein Zeichen.

In Markus' und Helens Zimmer gibt es keinen Stuhl, und es sich im Sessel gemütlich zu machen, kommt Elke unangemessen vor, deshalb stöbert sie ein bisschen in den Schränken, schaut sich alles an, sie weiß gar nicht, warum. Im großen Kleiderschrank neben dem Bett sind zwei gleichgroße silberfarbene Koffer verstaut. Socken, Unterwäsche, T-Shirts, Shorts, bequeme Reisekleidung in dem einen, ganz unten liegt ein Buch, es ist noch eingeschweißt, ein Geburtstagsgeschenk wahrscheinlich, denn die Preisangabe ist mit einem dicken Edding durchgestrichen. *Die 120 Tage in Tulúm.* In Helens

Koffer liegt ebenfalls ein Buch. *Induction of Pluripotent Stem Cells from Mouse Embryonic and Adult Fibroblast Cultures by Defined Factors*, geschrieben von zwei Japanern. Ein medizinisches Fachbuch über Stammzellenforschung. Ansonsten ist der Koffer leer bis auf eine Packung Damenbinden, eine Schachtel Tampons super und eine Familienpackung Tempotaschentücher. Kleider, Blusen, Jacken hängen ordentlich im Schrank, sortiert nach Farbe. Sie fühlen sich so muskulös an wie Helens Oberarme. Die Kleider duften nach irgendeinem schweren Parfüm, die Röcke und Hosen nach Lavendel. Markus' Sachen riechen nach Deo. In einem schicken roten Kabinentrolley findet Elke Kinderbücher, ein Kochbuch und außerdem ein Fotoalbum. Auf dem schwarzen Leineneinband steht in einem etwas verwelkt wirkenden Schriftzug *unsere Familie*. Es riecht nach dir. Bevor Elke es öffnen kann, hört sie im Flur Geräusche. Die Schranktür steht weit offen, der Koffer liegt auf dem Boden.

Im Zimmer nebenan wird die Tür aufgeschlossen, jemand zieht etwas Schweres hinter sich her, wahrscheinlich einen Staubsauger. Eine Frauenstimme sagt grantig: *Pospichej, dawei dawei.*[50]

Der Staubsauger knallt gegen den Türrahmen, der Motor röhrt. Die Putzkolonne entfernt sich nur langsam. Offenbar wird noch ein weiterer Gast in der Pension erwartet und das seit Wochen unbenutzte Zimmer muss fertig gemacht werden.

Gespenst

Du hast den Martin aufopfernd gepflegt, auch die Lene und die Mutter haben ihn gepflegt, aber nicht so aufopfernd wie du. Jeden Morgen bist du als erste aufgestanden, du bist in die Küche gelaufen, die noch leer war, du hast das nasse

---

50 Mach voran, beeil dich.

Zeitungspapier angezündet, ein paar Scheite Holz in den Ofen geworfen, du hast Wasser aufgesetzt, Brot geschnitten und wenn Äpfel oder Birnen da waren, dann hast du das Obst für den Martin zubereitet, anfangs als Brei, später in kleinen appetitlichen Stücken. Du bist mit dem Tablett die engen Stiegen hoch zu seinem Zimmer gelaufen, hast, ohne zu klopfen, seine Tür geöffnet, bist leise über den Teppich auf sein Bett zugegangen, wo der Martin blass und schmal in seinem Kissen lag und meistens noch schlief. Du hast ihm über die Wange gestreichelt, wovon er anfangs noch aufgeschreckt ist, später dann ruhiger die Augen aufgeschlagen hat, seine Lippen zu einem schmalen Lächeln verzogen und die Augen gleich wieder geschlossen hat. Dann hast du das Tablett auf seinen Nachttisch gestellt und bist wieder aus dem Zimmer geschlichen, im glücklichen Bewusstsein, dass du es bist, die ihn versorgt, dass er sein Frühstück von dir bekommen und dass er dies zur Kenntnis genommen hat.

Er hat nicht viel gesprochen. Du hast gedacht, das kommt wieder, es wird wieder wie zuvor, dass er dir Geschichten erzählen wird abends vorm Schlafengehen, dass er dir morgens einen Kuss auf die Stirn drücken wird, dass du von ihm träumst nachts, mit den Händen zwischen den Beinen. Es hat lange gedauert, bis er wieder aufstehen konnte, bis deine Mutter dich beiseite genommen hat und gesagt, du musst kein Frühstück mehr morgens machen, der Martin ist wieder kräftig genug, er kann in die Küche kommen, aber dann hast du ihn morgens gar nicht mehr gesehen, weil er ja nicht mehr ins Gymnasium gegangen ist und deshalb auch nicht mehr so früh aufstehen musste wie die Lene und du.

Und als du nicht mehr so müde warst wegen des frühen Aufstehens, bist du manchmal um fünf Uhr früh wach geworden. Wo warst du?, hast du die Lene gefragt, auf dem Klo, hat sie geantwortet, und du hast es ihr geglaubt, du hast es ihr noch eine ganze Zeit lang geglaubt, wenn sie morgens um fünf von der Toilette kam; du bist an manchen Tagen ja selbst so früh zur Toilette gelaufen, um die blutige Stoffwindel auszutauschen gegen eine saubere, und hast die blutige noch ausgewaschen in kalter Seifenlauge, bis deine Hände aufgesprungen waren, vom kalten Wasser und der Seife, und bist sauber und kalt wieder in dein Bett zurückgegangen, obwohl es schon hell war, hast dich nochmal in die warmen Decken gewickelt und bist wieder eingeschlafen. Nur kam das höchstens an drei Tagen im Monat vor, dann war der Spuk wieder vorbei, dann hat es ausgereicht, die Binden vor dem Frühstück und in der Schule und vor dem Schlafen auszutauschen.

Obwohl du es nicht wolltest, obwohl du dich dagegen gewehrt hast, bist du misstrauisch geworden und eine ganze Woche lang absichtlich so früh aufgewacht, du hast dir vorgenommen, ich werde um fünf wach und dann bist du um fünf wach geworden und an sieben von sieben Tagen ist die Lene in ihrem weißen Nachthemd ins Zimmer gekommen, wie ein Gespenst, hat leise die Türe geschlossen und ist in ihr Bett gehuscht. Und einmal bist du, noch bevor sie zurückgekommen ist, aufgestanden und hast unter ihre Bettdecke gelangt.

Dein Bett ist ganz kalt, hast du laut gesagt, als sie endlich kam und unter die Decke schlüpfte, und sie hat sich aufgesetzt, dich angesehen, du hast in der Dämmerung ihre großen Augen gesehen, die erschrocken zu dir herüber geblickt haben. Da war sie dir so fremd, wie eine Schwester eigentlich gar nicht sein kann. Es war, als wäre sie eine andere, eine, die nicht deine Schwester ist, eine, mit der du nicht seit siebzehn Jahren das Zimmer teilst. Und dann drehte sie sich zur Wand und du hast ihre gleichmäßigen Atemzüge gehört, die sich glücklich anhörten zwischen den asthmatischen Schnarchern von Magdalena am anderen Ende des Mädchenzimmers, die wie ein Bär schlief, wenn sie sich endlich weit nach Mitternacht ins Bett gelegt hatte.

Da hast du es natürlich schon geahnt, und da hast du auch angefangen, eine Wut zu bekommen, und hast angefangen, einen Plan zu ersinnen, weil du gewusst hast, dass es verboten ist, was da passiert, bei euch im Haus.

Schlafanzug

Markus war gerade dreizehn geworden, sein Schlafanzug war an den Beinen und das Oberteil über dem Bauch zu kurz, sodass sie seine weiße Haut sehen konnte, die über die Hüfte quoll. Es war Sommer, die großen Ferien hatten gerade begonnen. Verschlafen lehnte er an der Tür, sah Elkes übereinandergestapelte T-Shirts auf dem gemachten Bett liegen und rieb sich Augenbutter aus den Augen. Dann entdeckte er den Rucksack. Elke hatte ihn in einer heruntergekommenen Garage gekauft, in der Nähe des Fischmarktes bei einem alten Mann, der nicht mehr über die Lippen gebracht hatte als den Preis. Er lispelte stark. Auf seinen Lippen hatten sich kleine gelbliche Blasen gebildet. Sein Rücken war gebeugt, als würde ihn jemand mit Gewalt nach unten drücken, dennoch stieg er auf die Leiterstaffelei, um den Rucksack aus einem der verstaubten Regale zu hieven. Seine Hand berührte kurz Elkes Hand, als er ihr den Rucksack herunterreichte; sie sah, dass sich auch auf den Fingergelenken kleine Beulen gebildet hatten.

Der Rucksack war von einem kraftlosen Rot. Elke hatte dem Mann eine Mark mehr gegeben, als er verlangt hatte, er hatte vor Erstaunen den Mund geöffnet, dann gelächelt. Sie schüttelte seine ausgestreckte Hand und spürte seine andere Hand auf der Schulter.

Wo willst du hin, fragte Markus und streckte den Finger aus, als wolle er eine Anklage formulieren. Elke schickte ihn wieder zurück ins Bett. Doch Markus stand vor ihr und schlang seine Arme um sie. Dabei schlief er ein, er schlief oft einfach ein, mitten in der Bewegung. Elke spürte seinen Atem im Schlüsselbein, bugsierte ihn, ohne ihn zu wecken, auf ihr Bett. Wie eine Puppe aus Stoffwülsten ließ er sich von ihr zu Bett bringen. Sie deckte ihn bis zum Hals zu und platzierte neben seinen Kopf ihr großes Kissen mit orangefarbenem Bezug. Du würdest die Markus-Puppe für Elke halten und den Morgen damit verbringen, Markus zu suchen.

Der Sepp war auf Geschäftsreise. Zeit genug für Elke, um abzuhauen, bevor er zurück war; niemand käme ausgerechnet auf die Tschechoslowakei. Tante Lene würde sie nicht verraten.

Hastrmanek

Elke ist in Helens Bett sofort eingeschlafen, wie Helen auch in Elkes Bett einfach und sofort eingeschlafen ist. Als Elke aufwacht, ist jemand im Raum. Sie öffnet die Augen einen Spalt, das orangefarbene Kopfkissen sieht aus wie eine bunte Wand, die sich vor die Welt schiebt. Der Reißverschluss des Kissenüberzuges ist golden. Im Zimmer bewegt sich jemand, leise, nicht absichtlich leise, sondern wie jemand, der keinen Grund hat, laut zu sein, weil er alleine im Zimmer ist. Jemand zieht Schubladen auf und schließt sie wieder. Öffnet einen Koffer, schließt ihn wieder.

Es ist Luisa, die vor sich hinsummt, ein tschechisches Kinderlied summt. Das Lied vom blauäugigen Mädchen, das nicht am Bach sitzen soll, wo der Hastrmanek wohnt. *Modrooká--tam*, singt Luisa. Tante Madlas Lied. Wie kann es sein, dass Luisa das Lied kennt? Vielleicht hast du im Beisein der Kinder die Platte mit den tschechischen Volksliedern aufgelegt und den Kindern vorgespielt.

Oma, wie funktioniert das, ein Plattenspieler?, hat Pierre gefragt und du hast den Plattenschrank geöffnet, die erstbeste aus dem Stapel der Langspielplatten herausgezogen und sie auf den Plattenteller gelegt für Pierre und Luisa. Zuerst müssen wir die Platte saubermachen, bevor wir sie auflegen können, hast du gesagt und die Schallplattenbürste genommen und Pierre und Luisa über den weichen Samtstreifen streichen lassen, du hast den Plattenspieler eingeschaltet, der Teller mit der Schlagerplatte drehte sich und du hast die Bürste ganz leicht auf die Platte gedrückt, bis der Staub von der Oberfläche verschwunden ist, du hast die Nadel mit dem Nadelreiniger gereinigt und erst dann hast du den Plattenarm bewegt, genau über der ersten Rille am Plattenrand, man muss ganz vorsichtig sein und den Hebel ganz langsam nach unten drücken, damit die Platte keinen Kratzer bekommt. Du hast Nadel gesagt und Pierre hat ein Gesicht gezogen. Kann man sich mit der stechen?, hat er geflüstert. Aber Luisa hat Pierre in die Seite gehauen, sodass Pierre das Gesicht verzogen hat, und der Chor aus schüchternen Mädchenstimmen wiederholte den Refrain *Holka modrooká nesedávej tam* und wiederholte ihn. *Modrooká--tam*. Und wiederholte ihn, weil die Platte einen Sprung hatte. *Modrooká--tam*. Du hast Luisa streng angesehen und gesagt, wenn sie nicht brav ist, dann hörst du dir die Platte ganz alleine mit dem Pierre an, während sie das Geschirr abspülen muss. Und Luisa hat dich komisch angesehen und Pierre ist erschrocken, denn in den hellen Mädchenstimmen des Chores hatte sich ein drohender Unterton versteckt, den nur die hören, die den Text nicht verstehen, und Pierre verstand den Text nicht. Er fürchtete sich vor den Stimmen, die er sich nicht ohne Luisa anhören wollte, und am Dienstag darauf hat Helen angerufen, die Kinder kommen heute nicht, Pierre ist krank und Luisa ist bei einer Geburtstagsfeier.

Elke versucht möglichst in Helens orangefarbenes Kissen zu atmen, während Luisa das Bad inspiziert. Gegenstände klackern aneinander, sie hat aufgehört zu summen, vielleicht ist sie mit Helens Schminksachen beschäftigt, die auf der Spiegelkonsole liegen, und vergleicht Omas Reinigungsbürste für den Plattenspieler mit Helens Wimpernbürste.

Elkes Handy liegt auf dem Nachttisch und beginnt zu vibrieren, und weil der Nachttisch aus hellrotem Glas ist, hört Luisa den Ton, den das Vibrieren erzeugt. Und als sie in die Richtung schaut, in die sie die ganze Zeit nicht geschaut hat, sieht sie Elkes Nase aus der Bettdecke hervorlugen und sie sieht auch, wie ihre Hand nach dem Handy greift. Boris ist dran.

Jsem tady, sagt Boris, *v ubytovány u paní Ulove.*[51]

---

51 Ich bin hier, in der Pension bei Frau Ulova.

Koteletten

Boris' Haare an der Stirn sind dünn und ausgefranst, die Koteletten glitzern im künstlichen Licht der Rezeption. Frau Ulova nickt Elke freundlich zu.

Boris weiß nicht, was mit den Buben passiert, es stimmt, dass manche verschwunden sind, aber verschwinden ist das falsche Wort, sie sind ja wiedergekommen. In der Stadt gibt es welche, die sagen, sie seien ausgetauscht worden. Wie heißt das auf Deutsch? Verschwörungsfanatiker?

Elke weiß es nicht. Was sagen die Kinder denn, wo sie waren?

Sie sagen, dass sie geträumt haben, sie wissen, dass sie geträumt haben, aber sie wissen nicht, was.

Auf dem Tisch liegt der Prospekt mit den Burgen und Höhlen und Kartbahnen, Elke hat ihre Hand auf dem Prospekt liegen. Boris deutet darauf und sagt: Vielleicht hat er sich ja in den Höhlen versteckt, dein Neffe.

Dann schaut er plötzlich Richtung Fenster, als habe er jemanden gesehen, aber dort ist niemand. Er werde sich darum kümmern, sagt Boris, dass Pierre wieder auftaucht, aber sie solle sich bitte nicht wundern. Und Elke weiß schon jetzt, dass sie sich nicht wundern wird.

Arme

Im Restaurant läuft der Fernseher, Frankreich spielt gegen Kanada; es steht 1:2, drei Spieler schlagen mit ihren Eishockeyschlägern aufeinander ein.

Ein Kind ist wie ein Körperteil von dir. Wie ein Arm, sagt Helen, doch ihr *Arm* hört sich an wie *Mmng*. Luisa schaut Helen mit großen Augen an, als würde sie sich schämen, andere Mütter verschlucken sich nicht an Wörtern, weil sie weinen müssen, sie verlieren ihre Kinder erst gar nicht, dann müssen sie auch nicht weinen, und dann schaut Luisa ihre Nudeln an, es ist klar, dass sie denkt, sie sei nun der andere Arm, jedes Kind ein Mmng, denkt Luisa.

Eine Träne ist langsam über Helens glattes Gesicht gerutscht und auf den Tisch gefallen. Sie hinterlässt eine birnenförmige Schliere auf der glatten Oberfläche.

Helen schiebt den Teller mit dem Endiviensalat über die nasse Stelle.

Luisa isst mit gesenktem Kopf an ihren Nudeln herum, Helen hat nur noch Pierre im Kopf, Pierre muss so schnell wie möglich gefunden werden, damit Helen wieder an etwas anderes als Pierre denken kann. Markus setzt sich an den Tisch, seine rechte Wange ist gerötet, als habe er geschlafen, in Wirklichkeit aber hat er mit der Polizei telefoniert, die behauptet, eine Spur zu haben, aber über diese Spur nichts verraten zu können.

Wie in einem scheiß beschissenen Fernseh-Krimi, sagt Markus. Luisa versucht, sich nicht anmerken zu lassen, dass sie den Satz mit dem *scheiß beschissen* gut findet, und als die Kellnerin kommt, bestellt Markus wieder nichts zu essen, nur ein Bier.

Jeden Staropramen, prosím,[52] er betont die letzte Silbe von *prosím*, als würde er seit Wochen jeden Abend tschechisches Bier bestellen.

Möchtet ihr auch?, fragt er und Helen nickt.

Dva Staroprameny a jedna kofola,[53] bestellt Elke für sich, Helen und Luisa – Helen und Markus bemerken die Kofola nicht, nur Luisa hört das Wort sofort heraus und lächelt Elke an. Auch die Kellnerin grinst verschwörerisch, wie nur Kellnerinnen verschwörerisch grinsen. Einen Moment gehören die drei zusammen, Elke und Luisa und die Kellnerin. Helen und Markus gehören auch zusammen, nur Pierre gehört zu niemandem, er ist ja nicht da.

Frankreich verliert 3:4.

---

52 Ein Staropramen (tschechische Biermarke), bitte!

53 Zwei Staropramen und eine Kola

Knöchel

Du hast dich immer wieder am Knöchel gekratzt. Bis es wehgetan hat. Der Schmerz war erträglicher als das Kratzen. Du kratzt mit beiden Händen, bis du nichts mehr spürst. Dieser Moment, in dem du nichts mehr spürst, das ist dein Nullpunkt, da möchtest du hin. Denn kurz vor dem Nullpunkt, da stellt sich ein sonderbares, nicht unangenehmes Gefühl ein. Wie ein kleiner Luxus, den du dir leistest. Kurz, aber intensiv. Manchmal gehst du auf die Toilette und kratzt dich, bis es da ist und wie eine Katze mit ihrer nassen Nase an deine Hand stößt, heftig und weich zugleich. Danach bürstest du Hautschuppen aus deinen Fingernägeln, die einen braunen Rand aus getrocknetem Blut haben.

Die Strafe folgt auf dem Fuß, die Striemen am Knöchel ziehen sich das Bein entlang, es sieht unappetitlich aus. Ist das Bein wenigstens dazu gut, dich abstoßend zu machen, denkst du. Als da eines Tages nur noch eine große eitrige Fläche ist, fährt der Sepp dich zum ersten Mal zum Arzt, gegen deinen Willen, mal wieder gegen deinen Willen. Der Arzt hat dich angesehen, er hat nachsichtig den Kopf geschüttelt, als wisse er über alles Bescheid. Als seist du kein Einzelfall. Als habe er schon Millionen aufgekratzter Knöchel behandelt. Das hat dich gestört, und beim nächsten Mal hast du dem Sepp gesagt, er solle dich zu einem anderen Arzt fahren. Zu irgendeinem. Der Sepp fuhr dich beim nächsten Mal zu irgendeinem anderen Arzt.

Der hatte einen Vollbart und dunkle Augen, er sah dich nicht an bei der Behandlung, und später auch nicht. Über deinen Knöchel und den Verband, den auch dieser Arzt eng um die aufgekratzte eiternde Wunde legte, sprach er ausschließlich mit dem Sepp.

Bringen Sie sie zweimal die Woche zu mir zum Verbandwechseln, sagte er, und an seinem Bart über der Oberlippe blieben kleine Tropfen hängen, als hätten sich die Worte verflüssigt und könnten nun nicht mehr zurückkehren in die warme Mundhöhle. Als seien sie verbannt in die Welt. Du hast auf die Tropfen im Bart des Arztes gestarrt und dir gewünscht, dass seiner Familie etwas zustößt.

Später bist du alleine zu ihm gefahren, der Sepp konnte nicht jedes Mal freinehmen, wenn du wieder deine Anfälle hattest, du bist mit dem Bus in die Stadt gefahren, wenn die Kinder in der Schule waren, du hast dich ins Wartezimmer gesetzt, bis du von der Sprechstundenhilfe in das Behandlungszimmer gerufen worden bist.

Unter dem Verband hat es gejuckt und gejuckt, Erleichterung hat dir nur der Arzt verschaffen können, indem er den Verband abgemacht hat, an manchen Stellen mit einem Ruck. Es blieben Hautfetzen und Heilkruste dran hängen.

Tuts weh, sagte er, und du hast den Kopf geschüttelt, und einmal griff er dir an die linke Brust, er umklammerte deine Brust mit der einen Hand und mit der anderen riss er den Verband ab.

Später hast du gewartet, vielleicht fasst er dich noch einmal an, aber er hat es nie wieder gemacht, du bist zu diesem Arzt noch hingegangen, als er schon ein alter Mann war, du hast ihm auch deine Kinder anvertraut, wenn sie sich beim Spielen das Knie aufgeschlagen hatten oder mit dem Kopf gegen eine Wand gestoßen waren.

Gehirnerschütterung, Blutvergiftung, Platzwunde, diagnostizierte der Arzt, die Worte blieben wie dickflüssige Tropfen an seinem Bart kleben, der mittlerweile grau geworden war, und nach wie vor schaute der Arzt dir nicht in die Augen, auch wenn der Sepp schon lange nicht mehr mitkam zur Untersuchung. Wärt ihr euch auf der Straße begegnet, hätte er dich vermutlich nicht erkannt. Du weißt nicht warum, aber irgendetwas an diesem Arzt hat dich in eine Aufregung versetzt.

Tapete

Boris' Wimpern flattern, als wären sie winzige Finkenflügel. Dann verschwindet er im Bad, putzt sich mit Elkes Zahnbürste die Zähne und läuft damit durchs Zimmer, ein dünner weißer Faden hängt an seinem Kinn. Während er mit der einen Hand seine Zähne schrubbt, zieht er mit der anderen die Vorhänge auf und öffnet das Fenster. Im selben Moment setzt aus der Schreinerei gegenüber der Lärm einer Kreissäge ein.

Boris lässt das Fenster offen und geht wieder ins Bad. Die Sonne wirft Schatten auf das grüne Bettzeug. Als er zurückkommt, trägt er wieder seinen schwarzen Rollkragenpullover und eine braune Stoffhose, die ihm sehr gut steht. Er setzt sich aufs Bett und zieht seine Schuhe an, es sind abgetragene Arbeiterschuhe, Elke hat noch nie andere Schuhe an ihm gesehen. Erstaunlich, dass ein Paar Schuhe solange halten kann.

Nové[54], schreit Boris und zeigt auf seine Schuhe. Elke nickt. Der weiße Zahnpastaschaumfaden an seinem Kinn ist weg. Er verlässt das Zimmer ohne ein Wort.

Sie werden übrigens erwartet, sagt Frau Ulova, die mit Elke zusammen den Frühstücksraum betritt. Frühstück gibt es nur bis zehn Uhr, benutzte Teller und Tassen stehen noch auf einem der Tische. Frau Ulova führt Elke zu einer Tür am anderen Ende des Raumes. Weil die Tür dieselbe Tapete wie der ganze Raum hat, hat Elke nicht gesehen, dass da eine Tür ist. Frau Ulova bemerkt Elkes Überraschung und sagt, Sie können sie nicht sehen, wenn Sie nicht wissen, dass sie da ist.

Frau Ulova sperrt mit ihrem Generalschlüssel auf, merkt aber beim Aufsperren, dass schon offen ist, ach ja, sagt sie.

In einem kargen fensterlosen Raum sitzen zwei Männer an einem Tisch, einer davon ist Boris in seinem schwarzen Rollkragenpullover. Und neben ihm sitzt der Herr Prochazka. Elke reicht Herrn Prochazka über den Tisch hinweg die Hand,

---

54 Neu

er schüttelt ihre Hand kräftig, fast übertrieben, wie in einem Spiel, dessen Spielregeln allen, nur ihm selbst nicht klar sind.

Elke hat gehofft, dass Pierre hier sein würde, dass er irgendwo in diesem kleinen Zimmer außerhalb des Neonlicht-Pegels zu finden wäre, in einer Ecke im Schatten oder auf der ziemlich neuen Couch, die gegenüber dem Tisch steht, an dem Boris und Herr Prochazka sitzen.

Sie hat gehofft, er würde auf die gleiche selbstverständliche Art und Weise in diesem Raum sein, wie er am Samstag Wo ist die Katze? gefragt und ihre Hand geschüttelt hatte, damit die Katze aus ihrem Ärmel fallen würde. Herr Prochazka folgt ihrem Blick und sagt: Es ist nie gut, die Dinge zu überstürzen.

Sehe ich auch so, sagt Boris.

Tagesausflug

Du hast es Tagesausflug genannt. Weil alle Nachbarn plötzlich wandern gingen mit den Kindern, seid auch ihr, der Sepp und du und die Kinder in den Osterferien in die Berge gefahren, schon Tage vorher hast du vom Tagesausflug gesprochen. Das Wort hörte sich an, als habest du es aufgeschnappt, in einer Zeitung oder im Radio oder bei den Nachbarn. Das Wandern war beliebt geworden, dem Wandern konnte man sich nicht entziehen. Mit dem Auto ging es bis zum Parkplatz, an dem schon die schattigsten Plätze besetzt waren. Der Sepp fuhr zweimal über den Platz, doch am Ende blieb es bei den wenigen Stellplätzen, die in der Sonne lagen, und der Sepp hat geflucht, als habe man ihn um etwas betrogen, was man ihm seit Langem versprochen hatte. Du hast Brote und vier Caprisonnen und zwei Literflaschen Wasser in die Kühltasche gepackt, aber der Sepp hat gesagt, die trag ich nicht, deshalb hast du die Brote und die Caprisonnen in den Rucksäcken verstaut, und das Wasser hast du in deine Umhängetasche getan.

Im Jahr zuvor wart ihr mit der Seilbahn nur bis zur Mittelstation gefahren. Der Rest wird zu Fuß gegangen, habt ihr gesagt, das ist gesund und außerdem Heimat.

Der Mann an der Talstation hat die Leute in die Gondeln eingewiesen, er hat sofort gesehen, wer zusammengehört und wer nicht, und als der Sepp als Erster in die silberfarbene Kabine eingestiegen ist, hat der Mann den Markus Richtung Sepp geschoben, obwohl der so weit wie möglich Abstand gehalten hat, und vor lauter Angst, der Markus könne mit dem Sepp allein in der Gondel sitzen müssen, hast du den Markus an den Schultern gepackt und bist mit ihm in die nächste Gondel gestiegen, die hinter dem Sepp herschaukelte. Der Mann wusste nicht, wohin mit dem übriggebliebenen Kind, dem die Haare rötlich und wirr ins blasse Gesicht fielen; in jeder Gondel war nur Platz für zwei Personen, und so schubste der Mann das Kind in die nächste freie Kabine und sagte: Brauchst keine Angst haben, ist bisher noch jeder wieder runtergekommen.

Die Tür schloss sich mit einem Knall. Der Markus winkte und winkte aus der Gondel vor ihr, und Elke hat zurückgewunken und zurückgewunken, und weil der Markus nicht aufhörte zu winken, hast du auch gewunken, nur der Sepp hat nicht gewunken.

Im Jahr davor hatte der Markus so lange gequengelt, bis du den Sepp überredet hast, ihn zu tragen. Er ist doch erst fünf, jetzt trag ihn halt, hast du gesagt, und der Sepp hat den Markus getragen, und du bist hinter den beiden her und hast abwechselnd auf den Markus und den Sepp eingeredet.

Mit jedem Schritt wurden die Bäume, die Geräusche, die schmalen Wege über Wurzeln, Moos und Felsen und der Abstand zu euch immer größer, bis ihr immer wieder zwischen den Bäumen verschwunden seid und Elke deine Stimme nur noch von Weitem gehört hat, und das Gehen wurde leichter, alles wurde leicht und schön und richtig.

Das Gehen und das Denken, das Versinken in Gedanken wurden zu einer einzigen Bewegung, alles gehörte zusammen,

Elke und die Gedanken. Allein im Wald und auf dem Berg, stellte sie sich vor, ganz allein auf der Welt zu sein, ohne euch, sie würde Beeren und Früchte essen, Honig finden, sie erfand sich einen leeren Bienenstock, der von den Bienen verlassen worden war, in dem sich aber noch triefende Honigwaben befanden. Den Honig würde sie mit den Fingern schlecken, sie würde Wurzeln essen, Kohlrabi, wieso bloß Kohlrabi? Auch Spinat, Erdbeeren und Äpfel und am Ende würde sie Moos essen, den dunkelgrünen Pelz, und mit ihm das Geheimnisvolle, das unter dem Moos liegt, das Zauberkräfte freisetzt. Und hin und wieder würde sie einen Jäger treffen, der schon mit gegrilltem Fleisch wartet, das er vorbereitet hat an einem Lagerfeuer.

An Brandgefahr dachte sie nicht, sie konnte nicht an alles denken. Im Wald aber würde sie auf andere Kinder treffen, die beim Wandern ebenfalls ihre Eltern verloren hatten oder ausgesetzt wurden oder freiwillig gegangen waren, Hans und Grete waren darunter, aber auch die Gänsemagd, eine Prinzessin, ein Zwergenkönig.

Nichts würde fehlen, dachte sie, als plötzlich der Sepp da stand, rot vor Zorn im Gesicht und auf dem Haar, und schrie, wo sie denn bleibe, warum sie sich absondere, ob sie glaube, etwas Besseres zu sein.

Und Elke hat Ja gesagt, ohne zu wissen, was absondern eigentlich ist.

Hunger

Frau Ulova trägt ein grünes Kostüm, sie sieht darin aus, wie Elisabeth von Pommern ausgesehen haben muss. Das Kostüm trägt sie mit einer Selbstverständlichkeit, die nichts mit persönlichen Vorlieben zu tun hat. Ihre Augen sind grau, ihre Nase ragt zwischen den hohen Wangenknochen hervor, ihre Lippen sind zu einem lässig-loyalen Lächeln gebogen. Privat sieht Frau Ulova übrigens ganz anders aus, möglicherweise wäre sie auf der Straße ohne Kostüm und Lächeln nicht zu erkennen.

Frau Ulova sagt mit einer Stimme, mit der sie diese Geschichte schon oft erzählt hat, dass in diesem Zimmer einmal ein Kind gefunden wurde, das verhungert ist. Das Kind ist verhungert, während alle nach dem Kind suchten, aber keiner auf die Idee kam, in diesem Raum zu suchen. Dabei war die Existenz des Raumes nicht geheim, sie war sogar allgemein bekannt, in jedem Fremdenführer steht etwas über diesen schauerlichen Raum, der während der Besetzung von der Gestapo genutzt wurde. Niemand konnte sich vorstellen, dass ein Kind in dieses verborgene Zimmer geraten könnte, und weil man es sich nicht vorstellen konnte, hatte man auch nicht dort gesucht.

Das Zimmer wurde, sagt Frau Ulova, ignoriert, wer aber das Zimmer nicht ignoriert hat, war das Kind, weil Kinder gar nicht in der Lage sind, irgendetwas zu ignorieren, und gerade deshalb hat es sich dort versteckt, und als es genug hatte vom Verstecken, war das Zimmer abgeschlossen. Zuvor hatte das Zimmermädchen wie jeden Vormittag geprüft, ob die Tür ordnungsgemäß abgeschlossen war, und, da sie es nicht war, routinemäßig abgesperrt. Sie hatte sich nichts dabei gedacht, erst als sie erfuhr, auf welche Weise das Kind umgekommen war, hat sie etwas gedacht.

Jahre später, sagt Frau Ulova, hat das Zimmermädchen sich umgebracht, man weiß nicht, ob deswegen. Ein paar Monate vor dem Suizid kündigte sich an, dass etwas nicht stimmte, die Zimmer, für die das Zimmermädchen verantwortlich war, verwahrlosten zusehends, die Betten wurden nicht mehr gemacht, die Bettwäsche und Handtücher nicht ausgewechselt, Teppiche nicht gesaugt, auch der Staub wurde nicht mehr gewischt.

Die Finger des verschwundenen Kindes waren braun vom eingetrockneten Blut, es hatte keine Fingernägel mehr, sagt Frau Ulova mit ihrer loyalen Stimme.

Elke bittet Frau Ulova, das Zimmer noch einmal aufzuschließen, da ihr Neffe vermisst wird. Aber Sie haben doch gesehen, sagt Frau Ulova freundlich, dass er nicht drin ist. Sie waren doch gerade noch selbst da. In dem Moment ertönt das Lied vom *Holka modrooká*, dem Mädchen, das unvorsichtigerweise am Bach sitzt. *Nesedávej tam.* Pani Ulova drückt mit dem Zeigefinger auf ihr Handy, macht ein Zeichen und verschwindet telefonierend im Gang.

Pierre! Bist du da drin? Niemand antwortet. Niemand kratzt an der Tür. Noch ein paar Mal klopft Elke, nichts rührt sich im verborgenen Zimmer.

Gondel

Markus aß die Kekse, die du ihm angeboten hattest, und hörte auf zu winken, und Elke saß in ihrer Gondel und war allein und nur die Figuren auf den Warnschildern leisteten ihr Gesellschaft. Sie starrte auf die Schilder und durch das Fenster und wieder auf die Schilder. Sie flüsterten: *Du sollst nicht schaukeln, du sollst nicht werfen. Nimm deinen Fuß aus der Tür.* Sonst würde es ihr ergehen wie der Person auf dem Schild, die sich aus dem Fenster lehnte und hinausfiel, und diese Person war einfach durchgestrichen. Auf keinen Fall wollte Elke zu diesen durchgestrichenen Menschen gehören.

An der Mittelstation stiegen Leute aus und manche nicht, und als der Mann an der Station fragend mit dem Finger auf Elke zeigte, nickte sie und er öffnete die Tür und hielt die Gondel fest, und Elke stieg aus, während ihr weiter nach oben gegondelt seid. Der Sepp hatte in diesem Jahr keine Lust gehabt, den Markus wieder auf den Berg hochzutragen, deshalb hatte er beschlossen, ganz hinauf zu fahren, und der Markus und du wart froh darüber, froh über die Gondel und über die Kekse und froh über den Wind, der euch vom Sepp und von Elke und vom Rest der Welt trennte.

Als ihr gesehen habt, dass der Sepp an der Mittelstation nicht ausgestiegen ist, seid ihr sitzen geblieben und du hast die zweite

Packung mit den Keksen herausgeholt und der Markus hat sich noch einen Keks genommen und sich triumphierend zur Gondel hinter ihm umgedreht, aber da ist die Gondel schon leer gewesen. Und Elke ist, wie ein Jahr zuvor schon, ganz alleine den Berg hochgelaufen, den Weg gegangen, der auf den Gipfel führen musste, es gab nur einen, und tatsächlich führte der Weg nach oben. Wozu sollte es zwei Wege geben, wenn es nur ein Ziel gibt? Sie hatte keine Angst, wie sie schon das Jahr zuvor keine Angst gehabt hatte. Sie würde sich von Bienenhonig und Obst und Kohlrabi ernähren und ab und zu einen Jäger treffen, der seine Beute mit ihr teilen würde, und als die ersten nackten Felsen erschienen, kam auch wieder der Sepp, packte wortlos ihre Hand, rau und doch etwas sanfter als das Jahr zuvor.

Markus rannte ihr entgegen, roch nach Keksen und nach Angst. Lauwarmer Malventee und ein halbes Brot mit Hartwurst und Käse war noch übrig vom eingepackten Proviant. In einer Tupperdose hattest du den Kohlrabi aufbewahrt. Enttäuscht, den Kohlrabi aus ihrer Phantasie in deiner Tupperdose wiederzufinden, aß Elke nur das Brot.

Sie hatte eine Ahnung davon bekommen, was absondern bedeutete.

Höhlen

Helen hat eine rote Strickjacke an, die sie in diesem Urlaub noch kein einziges Mal getragen hat, noch nicht einmal in den ersten Tagen, als die Luft vom Regen kühl war.

Ich habe sie gerade gekauft, sagt Helen, es gibt hier einen kleinen Laden, ich meine, sagt Helen, manchmal muss es einen Impuls von außen geben, damit es weitergehen kann. Irgendeinen, sagt sie. Ich weiß auch nicht.

Ihr Mund sieht aus wie ein verbogenes Herz, sie zieht die rote Strickjacke mit beiden Händen über die Brust und setzt sich gerade hin.

Elke und Helen fahren mit dem Familienauto in die Stadt, es kann sein, dass Pierre in einer der Höhlen ist. Sie wollen Boris dort treffen. Findest du alleine hin?, hat Boris gefragt und Elke muss sich zwingen, nicht an die durchgestrichenen Figuren aus der Gondel zu denken.

Helen friert, sie hat die Fenster geschlossen und sogar die Heizung angestellt. Du musst mir sagen, wie ich fahren soll, sagt sie, die Stadt ist ja viel größer, als ich auf den ersten Blick gedacht habe. Helen kann sich nicht rechts halten, denn rechts ist jetzt eine Einbahnstraße, wo früher keine war. Dann fahr links bei der nächsten Gelegenheit oder Richtung Stadtmitte und dann Richtung Bahnhof, der ist ausgeschildert, sagt Elke. *Nádraží* heißt Bahnhof. Das lange *A* liegt auf Elkes Zunge wie ein Stück warme Sahne auf einem Apfelstrudel.

Am Bahnhof fragt Helen: Und jetzt?

Vom Bahnhof aus geht es nur zu Fuß weiter. Sie ziehen eine Parkkarte, zwei Stunden parken für fünf Kronen. Helen hat glitzernde Sandalen an, die Riemen schneiden in eine Ader, die geweitet ist, eine Vene schimmert blau durch die braungebrannte Haut. Helens Waden sind wie immer glatt rasiert. Die Mittagssonne knallt vom Himmel, als sei ihr wieder eingefallen, dass Urlaubszeit ist.

Vom Bahnhof aus gehen sie stadtauswärts, die Schienen entlang. Hier sollen Höhlen sein? In einem Neubaugebiet? Helen deutet auf eins der Schaubilder, die vor den Brachen an der Straße aufgestellt sind. Häuser und Bäume und weiße Konturen, die Menschen darstellen.

Ein Wohngebiet für Familien mit Kindern soll laut Schaubild hier entstehen, die Konturen auf dem Plakat könnten Pierre und Luisa füllen, weißflächige Kinderkonturen sitzen auf einer Schaukel, während weißflächige Mütterkonturen mit ihren Kinderwagenkonturen in der Nähe stehen. Die Mütterkonturen stehen nicht zusammen in einer Kinderwagenkonturengruppe, sondern schieben ihre Wagenkonturen aneinander vorbei.

Die Fabrikschlote der Zuckerrübenfabrik, die einmal bedrohlich und eigensinnig wirkten, wie dunkle Diktatoren, sind schon lange stillgelegt. Der Rauch, der aus ihnen zog, war meistens schwarz, und die Kinder saßen auf ihren Schaukeln und schaukelten, bis sie im Rauch verschwanden. Der Himmel über der Stadt blieb wochenlang düster, die Luft roch nach Zuckerrüben, wenn der Wind ungünstig stand. Die Kinder schaukelten und atmeten den Zuckerrübengestank ein, und im Sommer wurden sie aufs Land geschickt und vermissten ihre Schaukeln, denn am See gab es nur Gras und Bäume und Wasser und Mücken. Sie vermissten auch die Höhlen, in denen sie Verstecken spielten und in denen sie im Sommer Schutz vor Hitze und Regen suchten.

Statt der Fabrikhallen stehen jetzt Bagger vor Baugruben und auf einer ungemähten Wiese sprießt Löwenzahn zwischen wilden Baustellengewächsen. Bald wird auch die Wiese den Vorgärten weichen, werden die Gruben den Einfamilien- und Reihenhäusern, werden die Bagger den Buggies, Fahrrädern und Kleinwagen weichen.

Eine grün-weiß gestreifte Straßenbahn rattert an Elke und Helen vorbei. Helens Handy klingelt. Sie holt hastig das Telefon aus der Tasche, das in diesem Moment aufhört zu klingeln. *Unbekannter Anrufer* steht auf dem Display.

Mist, sagt Helen.

Mütze

Du hast dem Kind eine Mütze aufgesetzt. Du hast das Kind zum ersten Mal deiner Mutter gezeigt, nur die roten Haare hast du ihr nicht gezeigt, ein ganzes Kind aber kann eine Tochter ihrer Mutter nicht vorenthalten. Auch später musste Elke die Mütze immer aufsetzen, wenn ihr das Haus verlassen habt. Sie hat geweint, aber du hast ihr die Mütze nicht abnehmen wollen.

Sie ist erkältet, hast du gesagt.

Du musstest aufs Klo, aber du bist nicht aufs Klo gegangen, lieber hast du Schmerzen in der Blase und im Unterleib bekommen, als das unter der Mütze rote Kind mit der Mutter allein zu lassen. Als alles überstanden und Elke wieder im Auto verstaut war, hat deine Mutter gesagt: Sie sieht aus wie der Sepp.

Der Sepp hat ihr die Hand geschüttelt wie einer Fremden, und sie waren ja auch Fremde, deine Mutter und der Sepp, obwohl schon der junge Sepp jahrelang bei euch ein und aus gegangen war. Deine Mutter hat nie verstanden, warum es der Martin war, der gestorben ist, und nicht der Sepp. Der Martin hat nichts gemacht, hat sie gesagt.

Sie hat dich angesehen und gesagt: Es ist gar nicht erkältet, dein Kind.

Wolke

Helen hält das Telefon in der Hand, damit sie keinen Anruf mehr verpasst, und als es tatsächlich in ihrer Hand zu läuten und zu vibrieren anfängt, lässt sie es vor Schreck fallen.

Es ist auf eine lila blühende Wegwarte gefallen, wo es dröhnt und sich schüttelt wie ein kleines Tier, das aus dem Nest gefallen ist. *Markus* steht riesengroß im blinkenden Display.

Helen weiß nicht, wie sie das Telefon aufheben soll, es sieht so schwer aus. Elke könnte sich bücken und ihr helfen, aber sie sind beide zu blühenden Wegwarten geworden, die nur der Wind bewegen würde, wenn der Wind wehen würde. Dann hört das Vibrieren auf, das Telefon liegt da wie ein totes Insekt, die Geräusche der Stadt dringen gedämpft herüber. Die Sonne blinzelt hinter einer Wolke hervor.

Schließlich hebt Elke das Handy doch auf und drückt es Helen in die Hand, die den Entsperrungscode eingibt und auf *Letzter Anrufer* tippt. Am andere Ende klingt Markus' laute Stimme aufgeregt und eindringlich, als würde er ein wichtiges Rezept ausstellen wollen.

Helen reißt die Augen auf: Pierre ist wieder da. Die Strecke zum Bahnhof laufen sie zu Fuß zurück, denn die grün-weiß gestreifte Bahn steht an der Endhaltestelle, der Fahrer raucht eine Zigarette und telefoniert.

Ende

Der Krieg war zu Ende, aber in dir da hatte der Krieg erst begonnen, als er vorbei war. Martins Verwundung war geheilt, doch deine Verwundung war nicht geheilt, die Heilung war in weiter Ferne. Es fand eine Verwüstung statt, die durch nichts zu stoppen war, du wusstest nicht, wer den Krieg erklärt hat und wann er wieder enden würde. Du hast Leid gesehen, aber dir hat nichts leid getan. Außer Martin war dir alles egal. Du hast all deine Hoffnung in ihn gesetzt, er hat all seine Hoffnung nicht in dich gesetzt.

Martin war wieder gesund, aber er hatte sich nicht als der zu erkennen gegeben, der er einmal war. Wann wird das sein, hast du dich gefragt. Es kann doch nicht so bleiben, wie es ist, hast du gedacht. Aber statt wieder der Alte zu sein, dir morgens einen Kuss zu geben, dir jeden Morgen über den Kopf zu streicheln, die Mutter anzulächeln und Magdalena auch, mit seiner sanften Stimme guten Morgen zu sagen und sich neben Lene zu setzen – hat er gefehlt, schon beim Frühstück, er hat nicht das Morgengebet mitgesprochen, er ist nicht zur Schule gegangen, er war abends nicht da. Du hast dir zu dieser Zeit noch nicht die Beine aufgekratzt. Du bist einfach am Frühstückstisch gesessen, hast auf den Martin gewartet, der nicht kam, hast an Magdalena gedacht, deren Apfelkompott dir nie geschmeckt hat, und dich gefragt, ob es gemein von dir war, sie nicht zu vermissen.

Und dann kam doch noch deine Stunde. Deine Stunde, deine Minute, eigentlich waren es nur ein paar Sekunden, in denen du etwas gespürt hast, etwas, das du selbst warst, es begann in dem Moment, in dem du Lene im Morgengrauen gefolgt bist, sie ist aufgestanden, wenn die Nacht grau wurde und durchlässig, dann hast du eine Viertelstunde lang gewartet, bist ihr hinterhergegangen, du hast nicht raten müssen, wohin sie gegangen ist. Du hast es gewusst, so wie alle Menschen voneinander wissen, die eng beieinander leben und sich miteinander verbunden fühlen, auch wenn sie es gar nicht mehr sind. Vorbei waren die Zeiten, in denen sie dir gezeigt hat, wie man einen Bindengürtel anlegt, wie man einen perfekten Augenaufschlag hinbekommt. Die Zeiten, in denen ihr euch Gedichte vorgelesen habt, in denen ihr über Lehrerinnen und Nachbarsbuben, über eure strenge Mutter und euren empfindlichen Vater gelästert und dann eure Beichtzettel verglichen habt.

Ich habe nicht gut über andere gesprochen.

Ich auch nicht.

Die Zeiten, in denen ihr morgens zusammen aufgestanden seid. Vorbei. Lene war in diesen drei Jahren die Ältere geworden, du bist die Jüngere geblieben.

Du hast ein paar Minuten gewartet, dann hast du die Tür geöffnet, du bist eine wirkungsvolle Sekunde lang dagestanden, du hast gar nicht hingeschaut, hast nichts, eigentlich gar nichts gedacht, es war ein fast träger Moment, in welchem du dir selbst ganz und gar vertraut hast, noch ein letztes Mal, und dann hast du hingeschaut, du hast deine Schwester und deinen Bruder in inniger Umarmung gefunden, du hast geschrien und einfach weitergeschrien, du bist im Türrahmen stehen geblieben, du bist nicht näher gekommen. Du hast, ohne weggehen zu müssen, den größtmöglichen Abstand zwischen dir und dem Bett gewahrt, auf dem die beiden, nur verhüllt von der weißen Decke, lagen, als wären sie nicht zwei, sondern nur ein Geschwister, eine Aphrodite, die in den Spiegel schaut, und du hast so lange geschrien, bis deine Mutter hinter dir in der Tür stand, dir den Mund zuhielt und dich zurück in dein Zimmer brachte. Du hast aufgehört zu schreien, du hast dich auf deinem Bett sitzend wiedergefunden, du bist in eurem Mädchenzimmer geblieben und hast gewartet, bis etwas passiert, bis du erfährst, was nun passieren würde, aber es passierte nichts. Du bist in deinem Zimmer geblieben, du hast Gemurmel gehört, gemeint, Lenes Stimme zu hören, aber dann war es nur die deiner Mutter und die deines Vaters, die leise miteinander sprachen, und sogar durch die geschlossene Tür und durch die Mauern hindurch hast du den Ton gehört, der zwischen den beiden herrschte, hast du gehört, dass sie sich nicht einigen konnten und nicht einigen wollten. Sie müssen sich dann aber doch geeinigt haben.

Du hast gedacht, dass Lene in euer Mädchenzimmer zurückkehren würde, aber sie kehrte nicht zurück, sie kehrte nie wieder in das Mädchenzimmer zurück.

Am nächsten Morgen bist du zur Schule gegangen, ohne Lene, und als du am Nachmittag durch das dicke Schneetreiben nach Hause liefst, halb hoffend, halb bangend, da hast du Fußspuren im Schnee gesehen vor eurer Haustür, aber ob darunter auch die von Lene waren, das konntest du nicht erkennen. Du hast dich gefragt, wer ihre Sachen gepackt hat, deine Mutter oder Lene selbst, oder ob dein Vater sie einfach verbrannt hat hinter dem Haus, so wie er Martins Sachen einmal verbrannt hat, als der Brief gekommen war, ihr Sohn ist für Deutschland gefallen, und noch niemand wissen konnte, dass es sich um eine Verwechslung gehandelt hatte.

Blaulicht

Helen sagt, es scheint ihm gut zu gehen, er ist nicht verletzt, er ist gesund und munter. Und er fragt ständig nach mir. Nach seiner Mutter, sagt Helen, als sei ihr soeben die Information überbracht worden, dass sie seine Mutter ist.

Sie wollen so schnell wie möglich zurück, und der Wagen gleitet elegant dahin auf der staubigen Landstraße, wie ein

Verbündeter, vorbei an Industriehalden und bunten Wiesen, doch Elke, die fährt, sieht schon von Weitem an den Blinklichtern der anderen Autos: Stau, mitten auf der Landstraße. Nichts geht mehr, nicht vor und nicht zurück. Helen ist kurz davor auszusteigen und zu Fuß weiterzugehen.

Er fragt nach mir, sagt Helen, und ich bin nicht da.

Was glaubst du, was passiert sein könnte, fragt Helen, ohne eine Antwort zu erwarten, ich verstehe es einfach nicht, wie kann so etwas passieren. Die Polizei war überhaupt keine Hilfe, denen ist doch alles scheißegal.

Dann schweigt sie so abrupt, als habe ihr jemand den Mund verboten. Ihre Stimme ist vorausgestolpert und Helen hinterher. Im Rückspiegel taucht eine Polizeistreife mit Blaulicht auf, Elke fährt mit den Vorderrädern über den Bordstein auf den Grünstreifen neben der Straße.

Ich sage dir etwas, sagt Helen plötzlich, sie hat vergessen, wie sie über ihre eigene Stimme gestolpert ist, sie ist gleich aufgestanden und redet weiter, als sei nichts passiert, ich sage dir etwas, sagt Helen, ich gehe nach Frankreich zurück. Die Streife fährt vorbei, ohne Sirene, das Blaulicht im Glas dreht sich um sich selbst. Dort gibt es vernünftige Kindertagesstätten, außerdem kann ich die Kinder auch mal bei meinen Eltern lassen, ohne dass es danach Tränen gibt, sagt sie.

Märchen

Du hast noch immer *Märchen* verstanden, wenn Magdalenas Briefe aus Mähren kamen, in denen sie schrieb, es ist schön hier, mir geht es gut, und dass es Berge gebe und Flüsse, die Mädchennamen trugen, Hana und Branna und Krupa und Zaya, und verfallene Burgen und Brunnen, auf denen Männer mit Drachen kämpften. Und die Frauen arbeiten auf dem Feld und fahren die Ernte ein, sie bringen die Post mit dem Fahrrad zur Burg, und im Winter stricken sie Socken und im

Sommer reiten sie barfuß auf ihren Pferden. Zuhause waren sie überrascht über diese ausführlichen Berichte, denn Magdalena hatte sonst nie mehr als einen Satz auf einmal gesprochen.

Und dennoch schrieb Magdalena nicht, was mit den Höhlen war, dass darin die Fledermäuse wohnten, die sich an den glitschigen Wänden festhielten und ihr mit ihren sanften schwarzen Augen folgten. Dass sie die Fledermäuse mochte, weil sie aussahen wie die Totenköpfe, die die Männer an ihren Uniformen trugen, und dass sie das abgestandene Wasser und die Spinnen mochte, die feste Netze bauten und geduldig auf ihre Beute warteten und die Netze wieder aufbauten, wenn Magdalena in sie hineingelaufen war.

Dass sie vor allem den Hans mochte, der ein Mädel brauchte, das er vor dem Feind beschützen konnte, und der ihr verbot, sich auf der Burg nützlich zu machen und zu putzen und zu waschen, weil nur minderwertige Menschen den Dreck anderer Menschen wegputzen, sagte der Hans.

Und sie schrieb auch nicht, wie sie einmal über eine Wurzel stolperte, wie sie keinen Halt fand und stürzte und mit dem Gesicht auf dem Boden aufschlug. Wie ihre Kleidung beim Fallen und Aufprallen zerriss, wie sie das Zerreißen ihrer Kleidung mit eigenen Ohren hörte, wie sie sich das Gesicht blutig schlug an einer Steinkante, wie die Haut am Knie aufplatzte beim Aufprall auf der Erde, wie der linke Arm nicht mehr zu gebrauchen war und sie nicht wusste, wie lange der Arm nicht zu gebrauchen sein würde. Wie sie, während sie darauf wartete, wohin der Schmerz sich entwickeln würde, auf den Eingang einer Höhle starrte, die ihr vorher nie aufgefallen war. Wie die Höhle ihr Angst machte, weil sie dachte, sie sei vielleicht durch den Sturz gestorben und dies sei der Eingang zum Jenseits, dies sei der Eingang zur Hölle, wie sie die Wörter plötzlich nicht mehr auseinanderhalten konnte, die Höhle und die Hölle, nur dass die Hölle schneller zu Ende gesprochen ist als die Höhle, in der man schon beim Sprechen Halt sucht an den kalten Wänden.

Lkw

Der Stau hat sich aufgelöst, die Gasse zwischen den Fahrstreifen schließt sich. Ein Lkw ist in eine Leitplanke gefahren, ein Bus hat sich in den Lkw geschoben, an dessen Seitenspiegel ein Wimpel in den tschechischen Nationalfarben hängt, er flattert im Wind. Mehr als Blechschaden ist nicht entstanden, auf dem Standstreifen ist ein Krankenwagen diskret hinter den ramponierten Fahrzeugen geparkt, er ist leer, und alle, die sich um den Unfall herum bewegen, sehen gelassen aus, auch die Sanitäter.

Ein dicker Mann im Blaumann raucht eine Zigarette, wahrscheinlich der Fahrer, dicht neben ihm ein zweiter Mann in graublauer Uniform. Auf dem Lkw steht *Dopravní podnik*[55]. Die Verunfallten sehen entspannter aus als alle anderen, die keinen Unfall hatten. Sie haben es hinter sich.

Frau Ulova

Helen und Markus packen.

An der Rezeption sitzt eine ältere Frau mit Brille und rot geschminkten Lippen, die tschechisch und russisch spricht. Im Fernseher, der an der Wand direkt über den Schlüsselhaken befestigt ist, läuft Eishockey. Belarus spielt.

Kde je Paní Ulová?[56], fragt Elke, aber die Frau zuckt mit den Schultern: *Promiňte, kdo je Paní Ulová?*[57]

Du musst uns besuchen, sagt Helen. Sie bückt sich zu ihrer Tasche und holt das Fotoalbum mit dem schwarzen Einband heraus. Auf dem Album steht *Unsere Familie*. Markus sieht Helen erstaunt an.

---

55 Städtisches Verkehrsunternehmen

56 Wo ist Frau Ulova?

57 Entschuldigen Sie, wer ist Frau Ulova?

Warum hast du Mutters Fotos mitgenommen?

Helen legt das Album auf den Tisch.

Es ist auch ihre Mutter, sagt sie, in einem Tonfall, in dem man mit Hinterbliebenen spricht.

Wir waren, sagt Luisa, gar nicht mehr auf der Burg.

Welche Burg?, fragt Helen.

Mama, sagt Luisa streng, als habe Helen eine schlechte Note geschrieben, die Burg, auf der unsere Tante gewohnt hat.

Helen sieht ertappt aus. Sie hat die Burg vollkommen vergessen. Die Burg ist Vergangenheit, Pierre und Luisa sind die Gegenwart.

Wir kommen wieder und dann schauen wir uns zusammen die Burg an, sagt Helen.

Piraten

Pierre versteckt sich gerne, dann muss Luisa ihn suchen. Meistens hat sie keine Lust, ihn zu suchen, denn sie weiß ja schon, wo Pierre sich versteckt, noch bevor er selbst es weiß, sie setzt sich auf einen Stuhl und beginnt zu lesen, ruft hin und wieder, wo ist denn der Pierre, wo hat er sich versteckt, und liest weiter. Manchmal vergisst Luisa zu rufen und Pierre schläft in seinem Versteck ein. Es wird ganz still. Eine Stunde später wacht Pierre auf. Dann kriecht er aus seinem Versteck, läuft in Helens Arbeitszimmer und lässt sich von ihr in den Armen wiegen.

Doch in der Pension ist alles aus dem Ruder gelaufen. Luisa weiß, dass Pierre sich in dem Geheimzimmer verstecken wird, das sie kurz vorher zusammen entdeckt haben. Die fast unsichtbare Tür in der Wand ist ihnen nur aufgefallen, weil der Schlüssel steckte. Luisa nimmt den Schlüssel an sich, setzt sich im Frühstücksraum aufs Sofa, mit dem Kopf zur Wand, und beginnt laut zu zählen, Pierre versteckt sich, Luisa ruft ein paar Mal nach ihm, wo ist der Pierre, wo hat er sich denn versteckt. Dann liest sie weiter in ihrem Piratenbuch, das Helens Schwester ihr für den Urlaub mitgegeben hat. Es handelt von einem Mädchen, das Pirat geworden ist, das war vor langer Zeit, als es noch mehr Spaß machte, Pirat zu sein als Mädchen, obwohl es gefährlich war und man gefangen genommen und hingerichtet werden konnte. Luisa denkt lange über das Wort hingerichtet nach. Es kommt ihr so harmlos vor, sie fragt sich, wie ein so harmloses Wort etwas so Schlimmes meinen kann. Später geht sie in das unsichtbare Zimmer. Pierre ist nicht mehr da. Sie schließt die Tür ab und lässt den Schlüssel stecken.

Pierres Weg führt schnurstracks in das Zimmer, das er und Luisa entdeckt haben, er öffnet leise die Türe, die Luisa nur angelehnt hat, doch in dem Moment, in dem er sich hineinschleichen möchte, schmiegt sich eine Katze an sein Bein und spaziert erhobenen Hauptes aus dem Zimmer. Pierre möchte die Katze streicheln, er geht ihr hinterher und immer, wenn er sich bückt, um sie zu berühren, ist die Katze schon ein Stück weiter und Pierre richtet sich auf und folgt der Katze, die Treppe hinauf, den Hotelflur entlang. Irgendwann ist die Katze weg und Pierre ist müde. Er legt sich auf ein Bett und schläft ein. Als er wach wird, streiten sich ein Mann und eine Frau. Sie tragen Bundhosen und bemerken ihn nicht. Sie schreien sich an und als sie sich genug angeschrien haben, gehen sie ins Bad und putzen sich die Zähne. Pierre hat Angst und gibt keinen Mucks von sich. Von Luisa und Helen ist nichts zu sehen. Der Mann und die Frau legen sich wortlos in das Doppelbett am anderen Ende des Zimmers, löschen das Licht und schlafen ein. Der Mann schnarcht, aber Pierre glaubt, dass ein Tier im Zimmer ist. Er hat fürchterliche Angst. Er könnte aufstehen und an dem großen Bett vorbeischleichen, aber er hat Angst, dass das große Tier nach ihm schnappen könnte.

Als er wieder aufwacht, liegt er in einem Auto auf der Rückbank. Er beginnt zu weinen. Ruhe, sagt der Mann, er sitzt am Steuer und fährt sehr schnell. Die Frau sieht grimmig aus. Nichts als Scherereien, sagt sie. Sie halten vor einem großen Haus, der Mann öffnet die Tür und reicht Pierre die Hand.

Komm schon, sagt er, wir haben nicht ewig Zeit.

Im Haus sind viele Kinder. In einem Zimmer sitzt eine nette Frau, die ein bisschen aussieht wie Elke, zuerst denkt Pierre, es sei Elke, aber die Frau spricht in einer komischen Sprache mit ihm. Pierre versteht kein Wort, die Frau gibt ihm ein Spielzeug und später spielt er Fußball mit den anderen Kindern im Hof. Danach gibt es Pfannkuchen. Pierre weint, weil er zu Helen und Markus und Luisa möchte. Luisa sucht ihn bestimmt schon und wenn sie ihn nicht findet, wird sie nie wieder mit ihm Verstecken spielen. Die Pfannkuchen schmecken gut, die Frau, die aussieht wie Elke, streichelt ihn, bis er einschläft.

Wegen einer schlampig verlaufenen Übergabe von Nacht- und Frühdienst im Kinderheim dauert es zwei Tage, bis die Leiterin die Polizei verständigt und die Polizei sich fast gleichzeitig an das Kinderheim wendet, niemand weiß, wie es zu solchen Missverständnissen kommen konnte.

Der nette Polizist liefert Pierre höchstpersönlich in der Pension ab, er entschuldigt sich, ohne sagen zu können, wofür. Markus drückt ihm die Hand und will ihn umarmen. Der Polizist wehrt die Umarmung ab und tippt sich an die Mütze. Pierre läuft dem Polizisten hinterher, um ihm ebenfalls die Hand zu schütteln, der Polizist lacht und beugt sich zu Pierre herunter und schüttelt ihm die Hand.

Als Helen und Elke zurückkommen, liegt Pierre mit Luisa vor dem Fernseher, sie schauen *Simpsonovi*, Die Simpsons, auf Tschechisch an.

Fotoalbum

Die Kinder steigen in das riesige Familienauto und schnallen sich an.

Pierre legt seine kleinen Hände nebeneinander an die Scheibe, er zieht dabei Fratzen, Luisas rote Haare schimmern hinter

Pierres Kopf, wie ein Schein, der ihn umgibt. *Jako duch*[58], würde Boris jetzt sagen, aber Elke hat von ihm nichts mehr gehört, seit Pierre wieder da ist.

Helen setzt sich ans Steuer und schließt die Tür. Neben ihr sitzt Markus, er hat sich ebenfalls angeschnallt. Als Helen losfährt, hupt sie zweimal. Luisa hat Kopfhörer über den Ohren, wiegt sich auf ihrem Sitz und lächelt und winkt.

Auch der Sepp hat nach den Besuchen bei Lene immer zweimal gehupt, Lene hat gelacht und du hast geweint. Lene hat nie geweint, ihr war immer leicht ums Herz.

Sie fahren los mit ihren winkenden Händen im Heckfenster. Wie in einem Bild aus dem Fotoalbum.

Wintergarten

Elke steht mit ihrem Koffer vor Boris' Haus, schaut durch das Fenster ins Treppenhaus. Boris macht nicht auf. Im Blumentopf vor dem Fenster wachsen Katzenpfötchen, und natürlich liegt unter dem Blumentopf ein Schlüsselbund.

Elke trägt ihren Koffer in den ersten Stock. Der weiße Wintergarten und die Glastür machen die Wohnung unnatürlich hell. Das Küchenfenster ist frisch gestrichen. Von der Küche geht eine Stille aus, als habe sie freigenommen. Boris kommt heute nicht mehr, sagt das Haus, sagt die Küche.

Elke geht früh zu Bett, und ohne Schlaflied. Am Morgen wabert beigefarbener Dunst vor dem Fenster wie ein unruhiger Geist, noch ist kein Mensch auf der Straße, keine Autos fahren, noch nicht einmal Züge. Elke wacht davon auf, dass ihr Fuß juckt, komische kleine Blasen haben sich oberhalb des Knöchels gebildet.

Der Zug nach Prag geht erst um 19 Uhr. Elke sitzt den ganzen Tag in Boris' Wintergarten und versucht sich nicht

58 Wie ein Geist

am Knöchel zu kratzen. Sonntag heißt *Neděle,* den ganzen Tag nichts getan.

Am Abend wirft sie die Schlüssel in Boris' Briefkasten neben der Haustüre, er fällt weich auf die Post, die niemand herausgeholt hat. Auch aus den Briefkastenschlitzen der Nachbarn ragen zwei Zeitungen, *Blesk*[59] und *Právo*[60]. Eine weiß-gelb gestreifte Katze sitzt vor dem Haus und schaut schnell weg, als Elke auf die Straße tritt.

Die Bäckerei hat zu und im Wartehäuschen sitzt eine junge Frau und hält einen Trolley fest, die Frau ist ohne jeden Ausdruck im Gesicht, selbst der Trolley-Stoff ist in sich zusammengefallen, als trauere er um etwas, das es nie geben wird.

Die Tür zur Bahnhofshalle ist geschlossen. Auf der anderen Seite der Glastür steht ein Mann, er steht da, ohne auf etwas zu warten, einen Moment lang starrt er Elke an und Elke starrt ihn an, starrt in sein Gesicht, das ganz nah ist, zusammengepresste, schmale Lippen, eine kurze Nase. Die Tür schwingt auf, die Tür schwingt zu, Elke betritt die Bahnhofshalle, der Zug ist laut Anzeigetafel pünktlich.

Gleis vier, Bahnsteig zwei. Elke wartet mit zwei erschöpften Familien und drei Soldaten, die über ihrer Uniform Kindergesichter tragen. Der Zug kommt schnaufend zum Stehen, Elke, die Soldaten und die Familien steigen an derselben Tür ein. Die anderen Türen bleiben zu, als wollten sie nicht, dass jemand mitfährt. Der Schaffner pfeift, doch der Zug fährt nicht los. Fast alle Abteile sind leer. Alle machen das gleiche Geräusch beim Türaufziehen. In Elkes Abteil hat jemand gelüftet, und es riecht noch nach diesem Jemand, ganz schwach. Der Zug setzt sich vorsichtig in Bewegung.

Elke holt das Fotoalbum aus dem Koffer und schlägt die erste Seite auf. Auf dem ersten Gruppenbild bist du ganz vorne zu sehen. Doch schon auf den nächsten Seiten ist kein Foto mehr

---

59 Tschechische Boulevardzeitung
60 Tschechische Tageszeitung

von dir. Es gibt im ganzen Album keine weiteren Fotos von dir. Elke blättert zurück zum Gruppenbild auf der ersten Seite, es sind die Familien deiner beiden Eltern abgelichtet, alle Kinder, Lene, Martin, Magdalena und du, Theresa, es sind Onkel und Tante abgelichtet, die ihr später besuchen werdet, um den Luftangriffen zu entgehen, alle sind im Sonntagsstaat, mit Hut und Handtasche, mit Rüschen und Riemen, mit großen, ernsten Gesichtern, die auf etwas zu warten scheinen, nichts Konkretes, etwas Großen, etwas, das zu groß für sie ist. Bis auf wenige Ausnahmen sind alle Abzüge schwarz-weiß, über manchem Bild stehen Namen, Jahreszahlen, Orte, Hedwig 1930, Friedrich 1946 in München, Anneliese in Burghausen, ein Farbfoto, auf dem ein gewisser Heiner abgebildet ist, im Jahr 1978 in Obing am Chiemsee.

Vor dem Fenster zieht mit einem Rauschen Boris' Haus vorbei, das mit den roten Ziegeln, ein Fenster ist auf und gleich wieder weg, das war das Fenster im zweiten Stock, oder war es das Fenster im dritten?

Auf vielen Bildern ist Lene zu sehen, die, egal, welchen Alters, lächelt unter den braven blonden Locken, die adretten Kleidchen, die sie trägt, sind wie für ihr Lächeln gemacht. Und neben ihr der Martin mit seinem symmetrischen Gesicht, alles ist exakt am richtigen Platz bei ihm. Die markante Falte, die schon in seinem Jugendgesicht von der Nase zum Kinn verläuft, wirkt ausgeprägter als nötig, wie ein nachbearbeitetes Bild, um zu rechtfertigen, dass alle in ihn verliebt waren.

Lene und Martin haben einander die Arme um die Schultern gelegt wie Eiskunstläufer, die jeden Pokal gewinnen, den es zu gewinnen gibt. Und auch der Sepp mit dem bleichen Gesicht unter den dünnen roten Strähnen ist ein paar Mal zusammen mit dem Martin auf dem Bild, jedes Mal schaut er ihn bewundernd an. Und dann ist da noch ein anderer Blick. Elke hat diesen Blick nie an ihm gesehen, sie weiß nicht, ob sie es bedauert, sie kann sich nur mit Mühe an ihn erinnern. Als Vater war er blass wie sein Gesicht.

Die Landschaft draußen wird mutwillig von Strommasten unterbrochen, jeder Baum, jede Wiese, jedes Haus will auf sich aufmerksam machen, doch es bleibt kaum etwas hängen. Kuh, Fenster, Pferd, Schranke, Blume, Wiese, Baum. Die Sitzbänke sind mit dunkelrotem Kunstleder überzogen, mit schwarzem Stift hat sich ein Liebespaar verewigt: *Eva a Jaroslav. Vedno.*[61]

Elke zieht Schuhe und Strümpfe aus. Die Bläschen haben schon fast den ganzen Knöchel umrundet.

Fettfleck

Den Fuß hochlagern, hatte der Arzt dir geraten, er darf nicht durchblutet sein. Er hatte an dir vorbeigeschaut, an die Wand hinter dir, an der ein Bild hing. Du kannst dich nicht erinnern, was auf diesem Bild zu sehen war, nur dass der Arzt dieses Bild angesehen hat, wenn er mit dir gesprochen und deinen Fuß verbunden hat. Elke hat dir fasziniert dabei zugesehen, wenn du den Verband zuhause abgenommen und dich blutig gekratzt hast.

Die Schiebetür geht auf, der Schaffner betritt das Abteil. *Jizdenky prosím*[62], er betrachtet und prüft das Ticket, zwickt es in die Seite und nickt ernsthaft wie ein Kind, das Eisenbahnschaffner spielt. Die dünnen Beine tragen einen langen schmalen Körper mit Bierbauch unter dem Anzug. Sein Gesicht strahlt Gutmütigkeit aus, die zur Berufskleidung gehört. Am Gang zieht eine Reihe junger Frauen hinter ihm vorbei, eine dreht sich um, zwei flüstern, alle lachen, eine andere schaut Elke an und schnell wieder weg, ein Körper nach dem anderen quetscht sich an der Schaffner-Uniform vorbei, sie tragen Mannschafts-Trikots.

Ahoj, sagt der Schaffner, schiebt die Abteiltür wieder zu und kurz darauf ist seine melancholische Stimme im nächsten Abteil

61 Eva und Jaroslaw. Für immer und ewig.

62 Die Fahrkarten, bitte.

zu hören: *Dobrý den, jízdenky prosím.* Er ist dazu verdammt, bis an sein Lebensende diesen Satz zu sagen, immer und immer wieder, der Satz ist ihm angewachsen wie ein fremdes Organ, er träumt von diesem Satz, vielleicht wird er mit diesem Satz auf den Lippen aufhören zu atmen, eines Tages.

Das Jucken am Knöchel hat plötzlich aufgehört, und kaum hört etwas auf, fehlt es schon, doch das ist nur ein vages Gefühl, fast so, als gehöre es noch gar nicht zu Elke, vielleicht sitzt es am Fenster und schaut zu, wie der Zug in Bohumin einfährt.

Die Sonne wirft lange Schatten auf den Bahnsteig und auf die große Uhr in der Mitte des Bahnsteigs. Die Uhr ist stehen geblieben und zeigt auf Punkt zwölf. Viele Fahrgäste steigen aus, sie tragen ihre Koffer, Rucksäcke und Reisetaschen; wer kein Gepäck hat, wirkt verlassen. Zwei alte Leute gehen langsam am Abteilfenster vorbei, nach der langen Zugfahrt müssen sie sich darauf konzentrieren, festen Boden unter den Füßen zu bekommen und wieder selbstständig zu gehen. Die Eishockeymannschaft steigt auch aus, alle siebzehn Frauen hintereinander, alle tragen eine bunte Tasche auf der *Z lásky k Česku*[63] steht. Elke zählt jeden einzelnen Passagier. Auch die Einsteigenden zählt sie, es steigen seltsamerweise genauso viele Leute ein wie ausgestiegen sind, vielleicht gibt es eine geheime Abmachung, es müssen immer gleich viele mitfahren in den Zügen von Mähren nach Prag. Am Bahnsteig fünf stehen zwei kräftige große Männer in teuren Anzügen und in weißen Hemden. Sie tragen rosafarbene Krawatten und machen einen besorgten Gesichtsausdruck.

Das Fotoalbum hat einen Fettfleck im Jahr 1984.

Am Fenster ziehen mährische Seen vorbei, auf denen zeitlose kleine Boote fahren, Wiesen, Wälder, Felder, der Raps hat sie gelb gefärbt, sie leuchten, als würde die Sonne von der Erde aus scheinen, aus Millionen von Bodenstrahlern. Kurz darauf taucht sie die Wiesen in blutiges Rot. Elke hat ihren Knöchel

---

63 Aus Liebe zu Tschechien

aufgekratzt, der sich heiß anfühlt, ihr Körper fröstelt wie bei ansteigendem Fieber.

Der Zug fährt in eine größere Stadt ein, das Schild am Bahnsteig ist unleserlich. Über einem vorbeiziehenden Bahnsteig hängen der Bahnsteignebel und die Bahnsteignacht. Elke schiebt das Abteilfenster herunter, doch sie kann den Namen der Stadt nicht entziffern.

Die Blasen kriechen ihr Schienbein hoch, sie leuchten im warmen Licht des Abteils.

Lene

An den Feiertagen habt ihr Lene besucht, habt mit ihr in der kargen Klosterküche gegessen, habt einen dünnen Kaffee und ein schmales Stück Kuchen zum Nachtisch gegessen, seid spazieren gegangen im Park hinter dem Kloster. Du hattest immer ein schlechtes Gewissen bei diesen Besuchen. Lene lebte in einem Gefängnis, ob freiwillig oder unfreiwillig, ist unklar geblieben, bis heute.

Manchmal ging sie neben Elke her, die robusten schwarzen Schwesternschuhe neben Elkes blauen Halbschuhen im Gleichtakt, die Schwesterntracht raschelte beim Gehen, als müsse sie auf etwas Wichtiges aufmerksam machen.

Einmal, als Lene bei euch zuhause anrief, wollte sie nicht dich sprechen, sondern Elke und lud sie zu sich ins Kloster ein, und Elke besuchte sie, sie konnte es sich nicht leisten, Einladungen auszuschlagen. An der Pforte musste sie sich anmelden, musste ein Formular ausfüllen, wen sie besuchen wollte und warum und ob sie mit dieser Person verwandt sei, sie kreuzte Ja an und schrieb *Tante* dahinter. Die Schwester Pförtnerin sah aus wie Pförtnerinnen im Fernsehen aussehen, auf ihrer Oberlippe spross dunkelgrauer Flaum wie bei einem jungen Schwan.

Es war still im Raum, Elke wagte es nicht, die Schwester Pförtnerin anzusehen, aus Angst, diese würde den Blick erwidern. An der Wand hing ein Kalender, es war März und der März zeigte das Innere einer Marienkapelle im Schwarzwald, in der Mitte hing ein Strick, der an der Decke befestigt sein musste; auf dem Fenstersims lag Schnee und auch auf dem Dach lag Schnee. Elke meinte diese Kapelle schon hundertmal auf einem Kalender gesehen zu haben.

Die Pförtnerin drückte auf einen grauen Knopf in einer Einfaserung an der Wand, eine schwere Türe mit Holzverkleidung gab den Weg frei ins Kloster.

Tante Lene lächelte bei der Begrüßung weniger distanziert als üblich, sie wirkte entspannt und tätschelte Elkes Schulter wie die einer Freundin. Sie gingen über den Hof in die Küche, auf dem eine Blumenvase ohne Blumen stand. Die Limonade schmeckte auf eine nachlässige Weise selbstgemacht.

Wer sich Gott verschrieben hat, ist den Toten näher als den Lebenden, sagte Tante Lene, sie sagte den Satz, als sei er zerbrechlich, als ob sie ihn auswendig gelernt oder nach vielen schlaflosen Nächten mühsam formuliert habe. Das Geistliche, fuhr sie fort, muss nicht im organischen Sinne lebendig sein. In Gott sei alles verbunden miteinander, Gott unterscheide nicht zwischen lebend und tot. Mein Körper, sagte Tante Lene, ist an dem Tag gestorben, an dem ich ins Kloster ging, aber der Tod, sagte sie, ist ewiges Leben und ewiges Leben ist ewige Wandlung.

Du hast, fuhr Tante Lene, noch eine andere Tante, von der du bisher nichts weißt. Eine Schwester deiner Mutter und von mir. Sie wohnt auf der anderen Seite, sie zeigte nach draußen und Elke schaute auf die weißen Gardinen im Schwesternzimmer, des Eisernen Vorhangs. So hat Elke von Tante Magdalena erfahren, zum ersten Mal überhaupt von ihr gehört: dass sie ins Protektorat gegangen war, um Funkerin zu werden, und von der Burg, auf der sie dann gewohnt hatte. Sie war noch so jung und dann gleich mit einem SS-Mann, das sei schwer zu verzeihen, sagte Tante Lene und lächelte, als sie das Wort *verzeihen* aussprach. Sie lächelte auf eine angemessene Art und Weise. Dein Onkel Martin hat sie einmal dort besucht auf der Burg, als Wehrmachtssoldat hat er die Erlaubnis dazu bekommen, wahrscheinlich hat dein Vater ihm geholfen.

Dann sagte Tante Lene ein paar Minuten lang nichts mehr, obwohl ihre Lippen sich leicht bewegten, als spreche sie ein Gebet. Ich muss dir etwas geben, sagte sie schließlich.

Es dauerte lange, bis sie zurückkam. Sie legte eine abgewetzte Lederbörse auf den Tisch und eine Zigarrenkiste, auf der *Magdalena* stand, geschrieben von Tante Lene in ihrer schnörkellosen Handschrift, einer Handschrift wie die einer Dichterin. Sie nahm einen Brief aus der Zigarrenkiste, fingerte den Inhalt aus dem Kuvert, den sie Elke gab. Den Brief und die Börse legte sie zurück. Auf dem Kuvert stand ein Absender, eine Adresse in der Tschechoslowakei.

Lucerna

Der Zug bremst ab, wird langsamer und kommt zum Halten. Eine Zugtür wird heftig zugeschlagen, dann Stille. Die Tür ist schon seit sehr vielen Jahren zugeschlagen.

In weißer Schrift auf blauem Schild steht Pardubice[64]. Eine Person in dunklem Parka schläft auf einer großzügig gestalteten Sitzbank. Der Bahnsteig ist ansonsten leer. Eine Geisterstadt. Elke sieht sich selbst am Fenster stehen und hinausschauen und etwas steht auf der anderen Seite und sieht hinein.

Der Zug endet hier. Elke schaut auf ihr Ticket, auf dem der Name einer unbekannten Stadt steht. Der Pendolino ist seit 20.32 Uhr auf dem Weg nach Prag. Die unleserliche Stadt im Nebel. Dort hätte sie aussteigen müssen.

Bahnhofshalle, Anzeigentafel, der Zug nach Brno wird eine Sekunde lang angezeigt und verschwindet dann. Der andere

64 Stadt in Ostböhmen

hat zwei Minuten Verspätung. Zudem fährt er nach Katowice[65], die falsche Richtung. Die nächste Verbindung geht erst um dreiviertel fünf Uhr morgens. Der Bahnhof ist groß und zugig, das McDonalds-Restaurant leuchtet wie eine schöne, alte Kirche. Ein Taxifahrer hupt. Elke steigt ein, um Zeit zu gewinnen.

Sie lässt sich in ein Restaurant fahren, das der Taxifahrer empfiehlt. Es heißt *Lucerna.* Nach einer Viertelstunde hält das Taxi vor einem orangefarbenen Haus. Trotz der Dunkelheit strahlt es. *Hezký večer*[66], wünscht der Taxifahrer.

Ein Platz ist noch frei im *Lucerna*, der Kellner führt sie an den einzigen Tisch, an dem nur eine Person sitzt, eine junge Frau mit wasserstoffblonden Haaren, die verzweifelt hochsieht von ihrem Mobiltelefon. Ob es bitte etwas ausmacht, bei einem anderen Gast am Tisch zu sitzen?, fragt der Kellner auf Deutsch. Seine Hosen sind eine Handbreit zu kurz. Elke schüttelt den Kopf und nickt der jungen Frau zu, die sich beruhigt und wieder in ihrem Telefon versinkt.

Paul

Dein Vater kam eines Abends nicht mehr nach Hause, ihr habt das Schlimmste schon befürchtet, als ihr die Fliegerangriffe gehört habt, die Stunde um Stunde andauerten, ihr habt Angst gehabt vor den Angriffen und gleichzeitig habt ihr sie erhofft, habt gehofft, der Krieg wäre bald vorbei, ihr hattet nichts zu befürchten, wenn der Krieg vorbei wäre, ihr wart euch sicher, dass ihr nichts zu befürchten hattet, weder von den einen noch von den anderen.

Ihr habt jeden Tag nach dem Aufstehen, dreimal vor dem Essen und vor dem Schlafengehen gebetet, ihr habt euch darauf gefreut, sonntags wieder in die Kirche gehen zu können. Du warst froh, wenn die Eltern und das Fräulein, das jetzt immer

---

65 Stadt in Polen (Kattowitz)

66 Einen schönen Abend noch.

öfter bei euch in der Stube saß, von der Zeit danach sprachen, die umso schöner werde, je disziplinierter man sich jetzt verhalte, und schon lange war die Angst alltäglich geworden, sie war wie Hunger oder Durst, wie Müdigkeit oder Groll, heimliche Sorge oder wie ein hartnäckiges Gerücht. Sie war unsichtbar geworden.

Als dein Vater nicht um sieben Uhr nach Hause kam, und auch nicht um acht, um neun und nicht um zehn, als es still blieb vor der Haustür und auf der Straße und selbst die Bomber wegblieben, da brach es aus dem Fräulein heraus und es weinte und weinte und weinte. Es weinte, wie deine Mutter hätte weinen sollen, doch es war deine Mutter, die dem Fräulein über den Kopf strich, hilflos und fast schuldbewusst, und die dich und Lene ins Bett schickte, und ihr folgtet gehorsam ihrem Wunsch, du ein bisschen ergebener noch als Lene.

Ihr habt nichts mehr gesprochen, ihr habt euch ins Bett gelegt, Lene hat das Licht gelöscht, ihr habt nie wieder darüber gesprochen.

Das Fräulein war am nächsten Tag weg und es kam auch nie wieder. Dein Vater kam Tage später zurück. Er hatte sich in jener Nacht retten können, er war aus dem fahrenden Lkw gesprungen, als er den Flieger auf sich zukommen sah, raus hier, wir müssen springen, spring doch, schrie er den Paul an, der wie gelähmt auf dem Beifahrersitz hockte, und dann sprang er selbst und noch im Abrollen hörte er die Explosion, er wälzte sich im nassen Laub, bis seine Jacke aufhörte zu brennen und wie ein alter Lappen, mit dem man Kohlenstaub vom Fußboden geputzt hat, an ihm herunterhing. Er hat die ganze Nacht im Laub zugebracht, unfähig, sich von der Stelle wegzubewegen, von wo aus er im Mondlicht den ausgebrannten Lkw sah und in dessen verkohltem Führerhaus er noch immer Paul wusste, seinen Beifahrer. Er hat stundenlang auf das Wrack gestarrt, er ist darüber selbst zum ausgebrannten Wrack geworden.

Er hat daran gedacht, dass Paul keine Familie hatte, die ihn erwartete, und er hat sich vorgestellt, selbst an Pauls Stelle zu sein. Er hat sich sogar gewünscht, an Pauls Stelle zu sein, dann könnte Paul jetzt einfach zurückkehren ins Leben, in ein Leben ohne Kinder und ohne Ehefrau, er könnte zurückkehren, als sei nichts geschehen. Dein Vater hat nie nachgeschaut. Es war nicht mehr sein Leben, er geisterte eine Zeitlang in einer Zwischenwelt umher, und kurz darauf, nach deinem Unfall dann und nach Martins Tod, ist er ein zweites Mal über Nacht weggeblieben und dieses zweite Mal ist er an Pauls Statt zurückgekehrt.

Mit dem Fräulein lebte er wieder am anderen Ende der Stadt, in dem Viertel, in dem auch Magdalena mit ihren Eltern gelebt hatte und in dem vielleicht alles angefangen hatte. Er hat dort gelebt, bis du ihn endgültig aus den Augen verloren hast, und das hat nicht lange gedauert, du hast ihn bald aus den Augen verloren, denn deine Mutter befahl dir, ihn und das Fräulein unter allen Umständen zu ignorieren, solltest du die beiden jemals sehen, zusammen oder einzeln, ganz egal. Und sowieso verbot sie dir, in jenes Viertel zu gehen, welches das Herbstviertel genannt wurde.

Später hast du den Sepp geheiratet und bist weggezogen. Was mit deinem Vater passiert ist, weißt du bis heute nicht. Dass er tot sei, schon lange, hieß es. Vielleicht aber, denkst du in letzter Zeit immer öfter, vielleicht lebt er ja noch, er wäre jetzt einhundertunddreizehn Jahre alt, ein stolzes Alter für einen, der aus einem fahrenden Lkw gesprungen ist und sich brennend im feuchten Laub gewälzt hat, für einen, der nicht mehr nachgeschaut hat, was wirklich passiert ist.

Eishockey

Am Nebentisch fliegen die Karten, fliegen einzeln und durcheinander, geübte Hände mischen und schreien durcheinander und lachen. An anderen Tischen sitzen Gäste, die in die

Luft starren oder vor sich auf den Tisch wie in ein Buch oder in ihre Telefone hinein, das Paar am Zweiertisch bewegt die Lippen, zuerst die Frau, dann der Mann, dann beide.

Dann betritt eine Gruppe Eishockey-Fans das Restaurant, alle tragen Trikots wie die Frauen im Zug, nur die bunten Taschen fehlen; sie winken und klatschen, kaum sind sie zur Tür herein, singen laut und schief und aus vollem Munde, sie übertrumpfen die Kartenspieler mühelos. Sie schieben Tische zusammen, in unmittelbarer Nähe zu Elkes Platz, sie umrunden ihren Dreiertisch, als wollten sie ihn kaufen, kaum kann sich einer entscheiden, wo er sitzen möchte, sie warten auf einen kollektiven Impuls, der ihnen befiehlt: alle setzen!

Chutnalo vám[67], fragt der Kellner und räumt Elkes Teller weg, aber es hört sich wie eine Feststellung an. Er ist sehr schlank, fast schon schlaksig, sein Körper hat einen seltsamen Rhythmus, alles an ihm ist zu schnell, und schon bringt er die Rechnung. Noch drei Stunden, bis Elkes Zug fährt. Sie fragt, wo sie übernachten könne in Bahnhofsnähe.

Seine Augenbrauen schießen nach oben. *Ubytování je tadý*[68], sagt er und zieht das *ý* mährisch in die Länge. Ohne ihre Antwort abzuwarten, greift er nach Elkes Koffer, ihr bleibt nichts anderes übrig, als mit ihm durch die Rauchschwaden hindurch den Gastraum zu queren. Die Eishockeyfans übernehmen Elkes Tisch, als hätten sie nur darauf gewartet, innerhalb von wenigen Sekunden ist es ihr Platz geworden.

Schritte

Elke läuft dem Kellner mit den zu kurzen Hosen hinterher, im ersten Stock geht es durch eine Privatwohnung und am Ende des Flurs in ein einzelnes Schlafzimmer mit Doppelbett,

---

67 Hat es Ihnen geschmeckt?

68 Sie können hier übernachten.

Kommode und Waschbecken, unbewohnt und sehr aufgeräumt. Und so günstig, als wäre die Zeit stehen geblieben.

Der Kellner steckt die Kronen ein, die Elke ihm gegeben hat, dann fällt ihm noch etwas ein und er öffnet die Nebentür, die Toilette, *prosím*, schnell schließt er sie wieder. *Dobrý večer!*[69]

Elke hört seine schweren Schritte den Flur entlanghasten, die Wohnungstür knallt ins Schloss. Gedämpft, als wäre es nicht die Lautstärke, sondern der Optimismus, der nachgelassen hat, singen die Eishockey-Fans ihre Lieder.

Die Bläschen haben sich ausgebreitet, die Haut ist ganz dünn geworden und spannt über dem Gelenk. Die Bläschen schimmern im Licht der Nachttischlampe, als wären sie etwas sehr Wertvolles. Sie vermehren sich in einer Geschwindigkeit, als müssten sie mit irgendetwas mithalten. Und dann ist es schon egal, Elke liegt im Dunklen und zieht das Bein heran und beginnt hemmungslos zu kratzen.

Aphrodite

Einmal warst du betrunken und hast freiwillig mit dem Sepp geschlafen. Einfach so, du kannst dir gar nicht erklären, wie das passiert ist. Ihr habt zusammen gelacht und gekichert, der Sepp kam dir plötzlich ganz verändert vor. Du hast ihn geküsst und ihm gesagt, was er machen soll, und an den Martin hast du gedacht, ein einziges Mal hast du dir erlaubt, an den Martin zu denken, und der Sepp hat es nicht gemerkt, natürlich nicht. Und dann war da auch das Gefühl wieder, das Luxusgefühl, das du schon kanntest, von früher und vom Kratzen her, nur war es viel stärker, so stark, dass du Angst bekommen hast.

Auch der Sepp war überrascht, fast erschrocken, er schüttelte den Kopf über dich. Seite an Seite seid ihr dagelegen, der Sepp ist eingeschlafen, er hat ein bisschen gegrunzt, du bist aufge-

69 Guten Abend!

standen, hast dich gewaschen und einen frischen Schlüpfer angezogen, dir war flau ums Herz, es war wie ein Schulterzucken, das nicht mehr aufhören wollte, bis du eingeschlafen bist. Am nächsten Tag brachte er dir Kaffee ans Bett, und eine Woche später standen wie aus dem Nichts Blumen auf dem Tisch. Fast hättest du ihm die roten Haare verziehen und wie er dir die Kinder gemacht hat.

Der Knöchel hatte sich in jenen Wochen gut erholt, die Haut schien dir kräftiger geworden zu sein, als habe sie eine zweite Schicht gebildet, eine Schutzschicht, es war das erste Mal seit fünfzehn Jahren, dass du dich selbst in Ruhe gelassen hast. Doch es dauerte nicht lange und du hattest auch diese Schutzschicht weggekratzt. Der Sepp ist wieder mürrisch geworden und es bis zum Ende seines Lebens geblieben.

Labe

Um kurz nach neun hat *McDonalds* hat noch zu, in vielen Jahren wird hier vielleicht einmal ein *McDonalds*-Museum stehen. Auf Gleis 2 wartet schon der *Slovenská strěla*[70], der ICE nach Prag. Die Zugmöbel sind blau wie die Möbel der Pension, blaue Sitzbezüge, blaue Vorhänge, und gäbe es Bettwäsche, wäre sie ebenfalls blau.

Schräg gegenüber auf dem Vierertisch hat sich eine ältere Dame mit ihrer Enkeltochter hingesetzt, das Mädchen liebt die Blumen und die Bäume und die Pflanzen. Es zählt alle Pflanzennamen auf, die es kennt, und es kennt sehr viele, Katzenpfötchen, Teufelskralle, Läusekraut, Sumpf-Blutauge.

Über den Abteiltüren steht in Leuchtschrift: *Zapomněl jsi nic?*[71]

---

70 Slowakischer Blitz (Zugname)
71 Haben Sie auch nichts vergessen?

Dr. Kralova

Elke mochte den dunklen, stillen Aufenthaltsraum im Studentenwohneim, in dem abends der Fernseher lief. Es war die Zeit der ersten TV-Serien *Létající Čestmír*[72] und *Nemocnice na kraji města*[73]. Eingeschrieben als Anita, besuchte sie vor allem Medizin- und Biologie-Seminare; die weißhaarige Professorin, die lange Röcke trug und ungarische Zigaretten rauchte, hieß Professor Zuzana Kralova, in Elkes Vorstellung war sie die Mutter der Serienärztin Dr. Dana Kralova. Dr. Kralova war Anästhesistin und ihre Mutter sprach am liebsten über Pflanzen, die wie Drogen wirkten.

Elke lernte alle Pflanzennamen auswendig, die sie im Pflanzenseminar durchnahmen, die mit und die ohne berauschende Wirkung. Die weißen Haare der rauchenden Professorin bewegten sich im Nachmittagswind, der durch das geöffnete Fenster hereinwehte.

Katzenpfötchen

In Kolin steigen sie aus, Großmutter und Enkelin. Und Katzenpfötchen, Teufelskralle, Läusekraut und Sumpf-Blutauge steigen auch aus.

Die Bläschen auf Elkes Knöchel sind in sich zusammengefallen wie der Stoff eines leeren Trolleys, die Luft ist ihnen ausgegangen, platt und blass kleben sie an der Haut.

Das kleine Mädchen hüpft an der Hand der Großmutter über das Bahngleis, zur Treppe, zur Unterführung, vielleicht steigen sie in einen Bus ein, vielleicht werden sie abgeholt, von einer Mutter, die gleichzeitig eine Tochter ist, immer ist die Mutter auch Tochter. Vielleicht werden sie von einer

72 Der Fliegende Ferdinand
73 Das Krankenhaus am Rande der Stadt

tochternen Mutter mit dem Auto abgeholt oder sie wohnen direkt neben dem Bahnhof wie Boris, in einem renovierten Haus neben dem Bahnhof mit einer Holztreppe, die schön aussieht, aber nicht feuerfest ist.

Plopp

Es war das erste Mal, seit Lene nicht mehr bei euch wohnte, dass der Martin wieder mit dir gesprochen hat – es ist erst ein paar Wochen her, dass er wieder sein Zimmer verlässt, seit Lene ihn verführt hat, wie du deine Mutter sagen gehört hast, und du bist froh, weil du jetzt ein Wort hast, für das, was geschehen ist. Verführt also. Deine Mutter schläft seit dieser Zeit wieder in der Küche neben dem Ofen, Martin hat sich verkrochen in seinem Zimmer, er wollte deine Gesellschaft nicht mehr, dein Frühstück nicht mehr und keinen Gutenmorgengruß, von einem Kuss ganz zu schweigen, deine Mutter hat ihm jeden Morgen das Frühstück in sein Zimmer gestellt, er hat es wortlos gegessen, hat das Tablett vor die Tür gestellt, alles war wortlos geschehen, auch dein Leben war wortlos geworden, keiner war übrig geblieben, mit dem du reden konntest. Lene nicht, die im Kloster war, und auch Magdalena nicht, die in Mähren geblieben war und aufgehört hatte, Briefe zu schreiben.

Auch du hast dich von deinen Freundinnen zurückgezogen, die immer nur nach Lene fragten und die anzulügen du einfach nicht mehr die Kraft hattest, vor allem seit die Franziska gefragt hatte, im Flüsterton: Ist es wahr, dass sie ein Kind bekommen hat?

Nein, hast du entsetzt, aber immerhin wahrheitsgetreu geantwortet, und vor lauter Empörung hast du der Franziska einen Schlag auf den Hinterkopf gegeben, so wie es die Schwester manchmal bei besonders dummen Fragen mit den Schülerinnen macht, zum Glück nie mit dir, weil du keine besonders dummen Fragen stellst, lieber stellst du gar keine Fragen, und seitdem du die Franziska auf den Hinterkopf gehauen hast, ist sie nicht mehr deine richtige Freundin, sie ist jetzt nur mehr deine Schulfreundin, denn in der Schule brauchst du Freundinnen, du musst dich zwingen, Schulfreundinnen zu haben, auch wenn du keine Lust hast, mit ihnen zu sprechen.

Obwohl zwei volle Jahre ausgefallen waren, warst du schon nach sechs Monaten fertig mit der Schule, lange hättest du das mit den Freundinnen und den Fragereien nicht mehr durchgehalten. Du hast das Abschlusszeugnis mit einer Eins-bis-Zwei deiner Mutter auf den Küchentisch gelegt, sie hat es dir nach ein paar Tagen zurückgegeben, ohne eine weitere Bemerkung, kurz danach hat der Martin dich gefragt, ob du mitkommen willst.

Dass der Martin dich mitnehmen wollte, auf eine kleine Reise, hat dich so gefreut, du hast auf einmal wieder Hoffnung geschöpft, dir dein schönstes Kleid angezogen, deine Haare hochgesteckt, von der Mutter den Lippenstift stibitzt.

Du hast dir den Ausflug verdient, hat der Martin gesagt, weil man sich, wenn man die Schule abgeschlossen hat, eine Belohnung verdient hat, und sofort hat dir das Herz wehgetan, vor Mitgefühl, denn das hat der Martin alles nie gehabt, keinen Schulabschluss, geschweige denn einen schönen Ausflug, im Gegenteil hat der Martin ein paar Monate, bevor er den Abschluss gemacht hätte, eine Reise bekommen, ohne diese Reise je gewollt zu haben.

Drei Jahre war er weg gewesen und ein halbes hat er gebraucht, um wieder gesund zu werden, und nicht lange hat es gedauert, da war er wieder krank, aber diesmal war es nicht der Krieg, sondern die Lene gewesen, die ihn verführt hat. Und trotzdem wollte er dich mitnehmen auf die kleine Reise mit dem Hanomag zur Burg, die in Österreich lag, und wenn der Auftrag ausgeführt wäre, dann würdet ihr euch die Burganlage anschauen und auf der Burg eine Brotzeit essen und er würde dir herzlich gratulieren zu deinem Abschluss und dir vielleicht etwas sagen, was er dir schon immer sagen wollte und was man am besten auf einer Burg in Österreich sagt, von wo aus man einen erhabenen Blick auf alles hat.

Wenigstens haben sie die Burg ganz gelassen, hat der Sepp gesagt, nachher im Lastwagen, er ist neben dir gesessen, rechts von dir, Bein an Bein, und hat den Arm auf deine Rückenlehne gelegt, sodass er mit seiner Hand so nah an deinem Haar war, dass du sie zu spüren geglaubt hast, und du hast Angst bekommen, dass sich deine Haare bewegen und zum Feind überlaufen könnten. Du hast schlecht etwas gegen den Sepp und seine Hand auf der Rückenlehne sagen können, weil es doch auch sein Hanomag war, seiner und der vom Martin, da konntest du ihm schlecht verbieten, seinen Arm über die Rückenlehne hinter deinem Haar zu legen. Deshalb hast du deine Arme auf die Knie gestützt und zusammen mit dem Martin stier nach vorne auf die Landstraße geschaut, als hätten der Sitz, auf dem du sitzt, der Arm vom Sepp auf der Rückenlehne und du selbst auf dem Sitz überhaupt nichts miteinander zu tun. Endlich wart ihr da. Der Martin hat den Hanomag am Berg geparkt, die restlichen Meter zur Burg musstet ihr zu Fuß gehen.

Es war ein sehr kalter Tag, ihr habt euch die wärmsten Sachen angezogen, die ihr hattet, habt nicht nur eine warme Sache, sondern viele warme Sachen übereinander angezogen, so viel, wie übereinander passten und ihr euch trotzdem noch bewegen konntet, so war das damals.

Vielleicht hättest du dich schneller bewegt, wenn du weniger angehabt hättest, vielleicht hättest du schneller bemerkt, dass der Lastwagen nicht richtig fest war, dass sich der Lkw mitsamt der festgezogenen Bremse löste, weil der Stein, der unter dem rechten Reifen gegen die Rutschgefahr befestigt war, mit einem undefinierbaren Laut unter der Last des Wagens zerbarst und die siebeneinhalb Tonnen seitlich wegrutschten, auf dich zurutschten, während du arglos auf der Straße standst und dem Martin etwas zugerufen hast. Er drehte sich um und sah dich entgeistert an, und als du noch überlegtest, warum er dich so anstarrte, hat es mit einem Schlag deine Schulter weggerissen und du bist auf die Seite geflogen und auf dem Boden aufgekommen, direkt auf den Sepp drauf, der deinen Arm gepackt hielt, während der Lastwagen auf euch zu rutschte und schon fast an euch vorbeigeschlittert war, als der hintere Reifen noch deinen Fuß erwischte, und du von dem Geräusch, das dabei entstand, in Ohnmacht fielst.

Sepp

Als du wieder zu dir kamst, deinen Kopf auf Martins Beine gebettet, hast du nur den heftigen Schmerz in deiner Schulter gespürt, die ausgekugelt war, und die Kälte und den Wind, der durch deine Kleidung pfiff, obwohl Martins und Sepps Sachen über dir ausgebreitet waren; die Schulter schmerzte, als ob ein Bleistift sich in dein Schlüsselbein bohrte, unaufhörlich und mit Präzision, und von dem unaufhörlichem Einstechen ging ein dumpfes Rumoren aus, das sich auf deinen ganzen Körper ausbreitete, nur betäubt von der Kälte dieses Wintertags. Du hast alles gespürt, das warst alles du, du hast sogar gespürt, dass unterhalb deines rechten Knies kein Gefühl mehr war, dass da nur noch ein beunruhigendes Etwas hing, dass du nicht weiter als bis zum Knie denken konntest. Unterhalb des Knies war Schluss. Du hast die Augen aufgemacht, du hast das weiche Kinn mit den blonden Bartstoppeln gesehen, das du aus dieser Perspektive noch nie gesehen hattest, Martins Kinn.

Du hast in einem kleinen Abstand zu den blonden Bartstoppeln die dünnen roten Haare vom Sepp gesehen, dessen wild entschlossenes Gesicht immer wieder auftauchte und verschwand, auftauchte und verschwand, fahr doch vorsichtiger, hat der Martin gesagt, je schneller, desto besser, hat der Sepp gesagt und ist noch schneller und wilder über die Felder gefahren, und der Bleistift hat sich noch tiefer in dein Schulterblatt hineingegraben und das, was da von deinem Knie herunterhing, entfernte sich mit jeder Bodenwelle weiter von deinem Körper. Eine Viertelstunde später und du wärst verblutet, haben die Ärzte später gesagt, eine Viertelstunde später und der Sepp, der nur im Unterhemd auf dem Traktorbock gesessen hatte, wäre erfroren, denn alles, was der Sepp am Körper getragen hatte, das trugst nun du, denn das hat der Sepp im Krieg gelernt: dass die meisten Verletzten nicht an ihren Verletzungen starben, sondern weil sie auskühlten; der Schmerz kühlt den Körper aus, hat der Sepp auch später noch oft gesagt, und der Blutverlust sowieso.

Das Vernünftigste, was ich im Krieg gelernt habe, hat er gesagt.

Und wenn die Kinder sich verletzt haben beim Spielen, kam der Sepp immer als erstes mit einer Decke an, und erst wenn der Sepp außer Sichtweite war, hast du den Kindern erlaubt, die Decke von den Schultern zu nehmen.

Am nächsten Tag bist du wach geworden, deine Mutter und der Martin saßen da, an deinem Krankenbett. Das Bein, hat deine Mutter gesagt, muss ab, das hat euren Ausflug nicht überlebt. Der Martin hat gesagt, er kennt viele, die im Krieg ein Körperteil verloren haben, da wirst du gar nicht auffallen.

Und du hast genickt, dich gefügt, wie der Martin sich gefügt hat, und die Lene und die Magdalena, als sie nach Mähren ging, um sich im Protektorat nützlich zu machen, so wie sie sich zuvor bei euch nützlich gemacht hatte. Nur der Sepp hat sich weiter Vorwürfe gemacht, weil er zugelassen hat, dass überhaupt etwas passiert war. Warum der Martin an dieser Stelle überhaupt angehalten hat, daran konnte der Sepp sich beim besten Willen nicht mehr erinnern, und der Martin hat nie etwas zu dem Vorfall gesagt. Du selbst hast später behauptet, ihr seid den Hang nicht hochgekommen, er war zu steil und zu rutschig, damals gab es keinen Streudienst, da ist man den Berg entweder hinaufgekommen oder halt nicht.

Der Sepp hat dich in seine Hemden und Pullis und in seine und Martins Jacke gewickelt und um deinen Fuß einen Druckverband mit seinem Gürtel angelegt. Und nachdem der Martin den Lastwagen in einen Graben lenken konnte, bevor dieser den Berg weiter hinunterrutschte und noch mehr Schaden anrichten konnte, kam ein Bauer vorbei und hat euch seinen Traktor überlassen, mit dem der Sepp und der Martin dich ins Krankenhaus gebracht haben, fünfzehn Kilometer entfernt.

Der Sepp musste ebenfalls im Krankenhaus bleiben, er war so unterkühlt und erschöpft, dass er fast zwei Wochen lang schlief, dass er eine Infusion bekommen musste, damit er nicht im Schlaf verdurstete, deshalb besuchte er dich erst, als du ihn schon fast vergessen hattest. Weil der Sepp alle Schuld auf sich genommen hatte, war er für alle Zeiten schuld an dem Unfall, und die einzige, an die er sich wenden konnte, warst du und du tatest ihm den Gefallen, ihm diese Schuld nicht auszureden. Und am Ende hast du sogar deinen Fuß behalten können, nur das Jucken ist geblieben, als würde der Fuß sich immer wieder in Erinnerung rufen, als müsse er sich selbst vergewissern, dass er überlebt hat. Denn das weiß auch dein Fuß, dass du ihn mit Freuden geopfert hättest, wenn der Martin dafür am Leben geblieben wäre.

Hanna

In Prager Hauptbahnhof hat der Zug zehn Minuten Aufenthalt. Einem plötzlichen Impuls folgend beschließt Elke auszusteigen. Sie schleppt ihren Koffer vorbei an den Passagieren, die am Hauptbahnhof bereits zugestiegen sind. Ein kleines Kind versperrt ihr den Weg.

Hanna, geh bitte zur Seite, sagt eine Frau auf Deutsch, das Kind dreht sich einmal um die eigene Achse, grüne Marienkäfer-Spangen sind auf dem kleinen Kopf befestigt, es hat einen rosafarbenen Pullover an, der mit Essen bekleckert ist, es schaut mit großen Augen und geöffnetem Mund in die falsche Richtung. Elke quetscht sich vorbei, streift das Kind aber mit dem Koffer und bleibt in der Marienkäfer-Spange hängen. Hanna fängt an zu weinen, also, hören Sie mal, sagt Hannas Mutter.

Elke versucht ihren Kofferanhänger von Hannas Marienkäfer zu lösen, der Zug fährt gleich los, Hanna weint, die Mutter kommt immer näher; endlich löst sich die Spange. Ich gebe Ihnen gleich ein *Promiňte*[74], ruft die Mutter ihr hinterher, doch da ist es schon zu spät, das Signal zur Weiterfahrt ertönt, die Türen schließen.

Příští stanice: Praha-Holešovice. Nächster Aufenthalt Prag-Holešovice. Next stop: Prague-Holešovice. Elke flüchtet weiter Richtung Ausgang, an einem prallen Männerbauch im weißen Hemd vorbei, dann an einem verknitterten Jackett, das an einem behaarten Männerarm hängt, und an zwei Jugendlichen, die den Gang blockieren, schlaksige Jungs mit hängenden Jeanshosen, sie riechen nach Zigaretten und machen seufzend Platz.

In Holešovice steigt sie aus, sie ist die einzige. *Zapomněl jsi nic?*[75], steht über der Tür.

Elke hat nichts vergessen, außer dass sie Prag sehen möchte; sie möchte Prag einmal ohne euch sehen, denn damals hat sie nur euch gesehen und nicht die Brücke, nicht die Kleinseite, nicht den Messepalast, noch nicht einmal das kleine Café gegenüber dem Hotel, in dem ihr gewohnt habt. Sie hat nur den Tisch gesehen und das Fenster, durch das sie euch beobachtet hat.

Sie steigt in die nächstbeste Tram ein, die vor dem Bahnhofsgebäude hält. Sie fährt durch ein Industriegebiet, sieht vor einer Bierhalle Leue stehen, die *Gambrinus*[76] trinken, fährt auf der Libensky-Brücke über die Moldau, einen Augenblick lang denkt sie, *libeňsky* heiße Freiheit, bis ihr wieder einfällt, dass

---

74 Entschuldigen Sie.

75 Haben Sie auch nichts vergessen?

76 Tschechische Biermarke

Freiheit *svoboda* heißt und die *Libeňsky most* Holešovice mit dem Stadtteil Libeň verbindet. Mitten auf der Brücke joggt ein älteres Paar neben der Tram her. Eine Familie mit zwei Kindern schleppt Luftmatratzen, ein großer lustiger Wassermann auf einem Schild weist auf das Strandbad am Fluss hin. Die Moldau liegt da wie ein großes, geduldiges Tier.

Die Straßenbahn lässt die Haltestelle Vltava hinter sich und fährt nach Palmovka, wo die Leute aus- und umsteigen, und wenn sie vergessen, in Palmovka auszusteigen, können sie eine Station weiterfahren und sind noch einmal in Palmovka, denn es gibt zwei Stationen gleichen Namens hintereinander.

Elke sitzt in der Linie 8 und fährt von Palmovka nach Palmovka und von dort aus nach Žižkov[77], die Gleise verlassen die Straße, trennen sich für ein paar Stationen von der Stadt, halten am höchsten Punkt an einer verlassenen Haltestelle, an der niemand aussteigt. Eine Frau sitzt Elke gegenüber, sie trägt eine Tasche, auf der steht: *A láska*[78].

Am Horizont ziehen die Plattenbauten vorbei und das freistehende Hochhaus mit den anmutig geschwungenen Linien tanzt im böhmischen Nordwind.

Unfall

Über den Unfall hast du oft geredet. Du hast deine Version vom Unfall überliefert, solange, bis es keine andere Version mehr gab. Bis der Unfall ein Unfall war und nichts anderes. Bis jeder Gedanke an Absicht erloschen war, ausgemerzt die Möglichkeit, dass der Martin sich noch einmal hinter das Steuer gesetzt hat, vom Sepp unbemerkt und auch von dir, weil du damit beschäftigt warst, dir den Sepp vom Leib zu halten, der, nachdem er während der ganzen Fahrt den Geruch

---

77 Stadtteil von Prag
78 Und die Liebe.

deines Haares eingeatmet hatte, weiteratmen wollte. Du hast dich auf die Straße gestellt, mitten auf die Straße, mit deinem Blick hast du ihn auf Distanz gehalten und diesen Blick hast du seit diesem Tag nicht mehr abgesetzt.

Du hast nicht gesehen, ob der Martin in den Wagen gestiegen ist, die Bremse gelöst hat und aus dem rollenden Wagen gesprungen ist oder ob sich die Bremse von selbst gelöst hat. Auch der Sepp hat die schaukelnde Wagentür nicht wahrgenommen, hat nicht bemerkt, wie das Fahrzeug langsam auf dich zugerollt ist. Und als er es gesehen hat, war es zu spät, er hat dich gepackt und zu Boden gerissen. Nur dein Bein konnte er nicht in Sicherheit bringen. Ein Leben lang ist dein Bein an dir drangehangen, wie eine Verbindung, die dir aufgedrängt worden ist.

III.

Muttertag

Warum willst du denn nicht bei uns wohnen, fragt Helen. Wir haben ein Gästezimmer. Mit Balkon. Wir werden dein Kommen groß inszenieren. Es wird eine große Überraschung für alle sein. Wir werden, sagt Helen und erklärt, wie es gemacht wird.

Nach dem Gottesdienst, da willst du ja nicht mit, sagt Helen, nach der Kirche gehen wir zur Oma, sagt sie, also zu Thea, meine ich, da gibt es dann Kaffee und Kuchen. Ich schlage vor, du tauchst kurz vor der Geschenkübergabe auf. Die machen wir so gegen drei.

Oder besser nicht um Punkt drei, ich schreibe dir eine SMS, sagt Helen, oder noch besser Markus schreibt dir eine SMS, das ist eigentlich am besten. Wenn alle da sind, wenn es den Kuchen gibt, dann. Die Kinder wissen nicht, dass du da bist, die verplappern sich ja nur.

Gut, sagt Elke. Der Markus, sagt Helen, schickt dir dann eine SMS.

Und als Elke vor dem Haus in Helens Auto auf die Geschenkübergabe wartet, zu der sie im richtigen Moment erscheinen soll, schickt Markus keine SMS. Stattdessen sieht Elke, wie er im Toreingang auf der anderen Straßenseite verschwindet. Im Nachbarhaus. Da ist es halb drei. Und an der Bushaltestelle an der Ecke warten Leute auf den Bus.

Brummen

Du bist, als sich nach dem Unfall die schlimmsten Schmerzen gelegt hatten, monatelang im Bett gelegen und hast dich gekratzt. Hast geschlafen, dich gekratzt, gegessen, getrunken, dich gekratzt, bist wieder eingeschlafen. Die Tage bestanden aus

Schmerzen und Warten und darauf, dass es etwas zu essen gibt, dass es Morgen wird, dass es Abend wird, dass es besser wird. Besuch kam, Besuch ging und kam wieder – wie der Käfer, der seine Bahnen durch das Zimmer zog, um den Lampenschirm und in den Lampenschirm hinein und wieder heraus. Wenn du ihn nicht gesehen hast, hast du ihn vermisst, kaum hast du sein Brummen gehört, ist er dir auf die Nerven gegangen. Du hast die Schwester gebeten, ihn zu erschlagen, aber der Käfer hat es geahnt und sich knapp unter der Decke niedergelassen.

Besuch für Sie, sagte die Schwester und strahlte dich an und du solltest auch strahlen, nicht jeder bekommt Besuch, du könntest dankbar sein, aber du bist es nicht. Du hättest deinem Besuch gerne erzählt, dass Kriegsgefangenschaft weniger schlimm ist, dass du gerne getauscht hättest, weil sich Kriegsgefangene auf das Ende der Gefangenschaft freuen, dass du dich aber auf nichts mehr freuen konntest. Doch der Besuch blieb dir fremd, wie du dem Besuch fremd warst.

In den ersten Wochen nach dem Unfall sind noch einige aus der Schule gekommen, selbst dein Vater war einmal da, aber ihr habt euch nicht mehr viel zu sagen gehabt, er war schüchterner als üblich, er hat dich angesehen, als sei er es, der Schmerzen hatte und nicht du. Du hast keine Kraft gehabt, ihn zu bedauern, du hast alle Kraft, die du hattest, dafür aufwenden müssen, dich selbst zu bedauern. Da hast du noch nicht gewusst, dass er bereits ausgezogen war, aus eurem Haus in der Wehrgasse, dass er mit dem Fräulein, das gar kein Fräulein war, sondern eine Witwe, in deren Haus in der Herbststraße wohnte. Du hast es nicht gewusst, aber du hast gespürt, dass dein Vater nur noch auf Besuch in der Familie war, so wie er auch im Krankenhaus nur ein Besucher war.

Der Martin war ein paar Mal da, aber nie allein, immer brachte er den Sepp mit, der mit zerknirschtem Gesicht vor dir saß. Du konntest mit seiner Schuld nicht viel anfangen, du wusstest noch nicht, wie man mit Schuld umzugehen hat. Du hattest keine Ahnung, woher diese Schuld gekommen war, du wusstest nichts über seine Schuld und du würdest dein Leben lang nichts davon erfahren. Wie mit so einer Schuld zu verfahren sei, wusstest du nicht, du verstehst nichts von Absolution, du verstehst nur, was der Pfarrer dir beigebracht hat: dass du dir Mühe geben sollst beim Aussprechen der Sünde und bei der detaillierten Beschreibung der Sünde, so wie auch die Deutschlehrerin erwartet, dass du dir Mühe gibst, beim Aufsatzschreiben, beim Rechtschreiben, und die Mathelehrerin, dass du die Formeln auswendig kannst, dass du sie anwenden kannst, dass du genügend Konzentration mitbringst, um die Aufgabe anhand der Formel zu lösen.

Dass du keine Angst vor der Situation haben darfst. Dass du keine Angst vor der Dunkelheit im Beichtstuhl, vor dem Atem des Pfarrers, vor dem Geruch haben darfst, den Tausende und Millionen und Milliarden frischer und alter Sünden ausströmen, dass du diesen Geruch ignorieren sollst, damit du deine Schuld objektiv und sachlich hervorbringen kannst.

Dass du aber nicht zu objektiv und sachlich und daher gleichgültig erscheinen darfst, dass du vielleicht sogar deine Stimme ein bisschen zittern lässt, damit der Pfarrer, der sich Zeit nimmt für dich und deine Sünden, etwas spürt, damit er ein Gefühl für deine Schuld bekommt, damit er sie nachempfinden kann. Damit er die richtige Buße für dich herausfinden kann. Du aber hast nichts gespürt beim Sepp und seiner Sünde, und auch der Sepp hat nichts gespürt, außer vielleicht der dumpfen Ahnung, dass der Beichtstuhl, in dem er sitzt, voll ist mit löchrigen schwarzen Socken, die keiner dort verloren haben will.

Markus

Es ist ja nichts Kriminelles, und dennoch bist du froh, dass der Sepp das nicht mehr erlebt hat, du willst dir gar nicht ausmalen, wie der Sepp geschimpft hätte. Das Nachbarsmädchen heißt Tonka und ist noch keine neunzehn, aber immerhin volljährig.

Lene war noch nicht volljährig, ihr wart mit 21 Jahren erst erwachsen, und das ist lange her, aber wenn die Mädchen aussehen wie erwachsene Frauen, sich verhalten wie Frauen, dann sind sie auch Frauen. Wer A sagt, muss auch B sagen, du weißt nicht genau, wie du das meinst, aber der Satz fühlt sich gut an, du sagst ihn, wann immer sich die Gelegenheit bietet, er fühlt sich an, als würdest du mit eiskalten Händen in warme Handschuhe schlüpfen.

Helen ist ja kein Mädchen mehr, sagst du dir, sie ist die Mutter deiner Enkelkinder, und während sie dir über die feuchte Stirn streicht, krallst du dich in ihren Arm hinein, als wäre sie deine letzte Rettung. Du krallst dich an Helens Arm fest, überall ist Blut auf der Straße, das kannst du aber nicht sehen, denn du schaust nach oben in den wolkenlosen Himmel. Es ist Muttertag, ein Tag mit wolkenlosem Himmel, das ist selten im Mai. Helen kann das Blut sehen, weiß aber nicht, woher es kommt, sie müsste sich umdrehen, um es zu sehen, sie weiß auch nicht, warum du dich in ihren Arm krallst, du hast dich doch sonst nicht so in ihren Arm gekrallt. Dass du dich so an ihr festkrallst, macht sie glücklich, sie schämt sich dafür, dass deine Angst und deine Hilflosigkeit sie glücklich machen, aber sie kann nichts dagegen tun, es ist ein unverdienter Triumph, aber ein Triumph. Ich habe es dir doch immer gesagt, scheint ihr Arm, der geduldig still hält, zu sagen, während sie mit der anderen Hand das Handy hält, mit dem sie telefoniert, mit ruhiger Stimme erklärt, was passiert ist, oder was sie glaubt, dass passiert ist und wie und wann.

Meine Schwiegermutter, sagt sie, ein Lastwagen, und dann die Adresse. Sie blutet, sagt Helen, nein, sie ist wach, ja, sie atmet, aber sie atmet, als würde es ihr ziemlich schwer fallen.

Erst als sie Wiederhören sagt, zittert ihre Stimme.

Sie sieht blasser aus als sonst und das liegt nicht am Kleid, das weiß ist, überhaupt ist alles an ihr plötzlich so hell, auch die Stimme, bis auf das Zittern am Ende des Telefonats, als sie Wiederhören gesagt hat, das Zittern ist nicht hell.

Gartenzaun

Elke nimmt Helen das Handy ab, das sie mit der freien Hand festgehalten hat, und steckt es in Helens Tasche zurück. Du hast die Augen geschlossen. Du öffnest sie einen Spalt. Elke schaut schnell weg, damit du nichts sagen kannst, das nicht mehr zu verhindern ist. Auf gar keinen Fall sollst du deine Finger in ihren Arm krallen.

Der Notarzt kommt, er hat schwarze Koteletten, die in sein rotes Gesicht hineinwachsen, und einen krummen Scheitel. Nachbarn sind aus den Häusern gekommen, stehen herum, manche flüstern miteinander, manche lehnen an ihren Fenstern, stehen auf dem Bürgersteig oder hinter ihren Gartenzäunen.

Elke ist aufgestanden und hat dem Notarzt Platz gemacht, sie hat sich nochmal umgedreht, hat die Spritze in deinem Arm gesehen, das Stethoskop in den Ohren des Arztes, deine Hand, die sich an Helen festhält, Helens elegante Blässe unter dem besorgten Blick, ihren kerzengeraden Rücken unter dem weißen Kleid. Den Lastwagen, quer auf der Fahrbahn, der mit Tempo 20 durch die Wohnstraße fuhr, in der Tempo 30 erlaubt war und der ungebremst in dich hineingefahren ist, weil du nur einen halben Meter vor ihm auf die Fahrbahn gelaufen bist, ohne ihm auch nur die kleinste Chance zu lassen. Der Fahrer wird im zweiten Notarztwagen versorgt, auch in seinem Arm steckt eine Kanüle, an der soeben eine Infusion angeschlossen wird, um seine Schultern hängt eine Decke, die in der Sonne glitzert.

Tonka

Nach dem gemeinsamen Schlummerstündchen rückt Tonka Markus die Krawatte zurecht und gibt ihm einen Klaps auf den Hintern.

Grüß deine Frau von mir, sagt sie und leckt sich mit der Zunge über die Lippen. Markus erschrickt. Tonka liebt ihn dafür, dass er so leicht zu erschrecken ist. Sie legt einen Finger auf ihre Lippen. Sie fühlt sich leicht, so stellt sie sich eine Filmfigur vor; manchmal, wenn ihr danach zumute ist, versucht sie sich einfach nur vorzustellen, eine Figur aus einem Film zu sein, und schon läuft alles wie geschmiert. Ihre Bewegungen stimmen, was sie sagt, stimmt, sogar, was sie fühlt, stimmt. Dabei gibt es den Film noch nicht einmal.

Während sie dasteht, nackt und mit rosaroten Flecken auf der Brust, wirft Markus einen Blick aus dem Fenster. Eine Menschenmenge auf der Straße löst sich langsam auf. Es hat einen Unfall gegeben, er hat, während er in Tonka und Tonkas Finger in seinem Hintern steckte, ein Klirren gehört, Splittern, einen Schrei, doch dann hat er es wieder vergessen. Später wird er sich fragen, wie er so etwas vergessen kann. Als das Martinshorn ertönte, war er sanft am Einschlummern, seine Wange in Tonkas seidige Haare gebettet, sie hielt ihn im Arm, einen Moment lang hatte er das Gefühl, weinen zu müssen. Er öffnete leicht die Augen, sein Blick fiel auf ihre nackten weißen Beine, die nicht sehr lang sind, das Knie pummelig, die Oberschenkel kräftig. Sie ist die beste Schwimmerin der Schulmannschaft. Sie hat ihn ausgelacht.

Was, du kannst nicht schwimmen. Bist du ein Pirat?, hat sie gefragt. Und er hat gesagt: Bei uns in der Familie kann keiner schwimmen.

Sie hat die Stirn gerunzelt, dabei aber breit gegrinst, sie hat dabei ausgesehen, wie der Sepp aussah, eine Sekunde bevor er mit den Ohren wackelte.

Als er das Haus verlässt, um zurück zur Muttertagsfeier zu gehen, trägt er etwas in der Hand, ein Alibi, er wird später sagen, ich war bei dem Mädchen, weil sie das Geschenk für mich besorgt hat. Er hat immer ein Alibi, wenn er bei ihr ist. Er ist kein Draufgänger. Mädchen mögen keine Draufgänger.

Taxi

Markus kommt aus dem Haus, er sieht Elke, sie steht vor einem Taxi. Er breitet die Arme aus. Elke ist zuletzt auf dem Jennerberg von ihm umarmt worden, doch als er sie jetzt umarmt, riecht er weder nach Keksen noch nach Angst. Er lächelt, das Geschenk in der Hand, das er vor sich herschwenkt, er will loslegen, wo er war und was in dem Päckchen ist.

Du machst Spaß, oder?, sagt er, als er von deinem Unfall hört. Er denkt an das Fenster zur Straße, das geöffnet war, und wie er auf Tonkas weichem Körper lag.

Elke hat den Namen des Krankenhauses aufgeschrieben, sie drückt ihm den Zettel in die Hand. Notaufnahme. Frag dich durch. Er starrt auf das Papier, als müsse er entscheiden, in welchen Briefkasten er es werfen muss. Elkes Schrift ist ihm vollkommen unbekannt.

Dann steigt er ins Taxi, spricht mit dem Fahrer, schaut wieder auf den Zettel. Der Fahrer startet den Wagen, Markus schnallt sich an, Tonkas Geschenk liegt auf seinem Schoß. Es ist dasselbe Krankenhaus, in dem du ihn zur Welt gebracht hast.

Stümpfe

Im Haus hat sich fast nichts verändert. Dein Haus verweigert sich der Veränderung, es ist ein Schutzwall gegen Veränderung. Vielleicht hast du gar nicht den Sepp geheiratet, vielleicht hast du das Haus geheiratet. Nur den Garten hast du, nachdem der Sepp gestorben ist, umgraben lassen. Wo früher Bäume und Sträucher wucherten, sind nur noch Stümpfe zu sehen, ein bisschen Unkraut wächst in der Nähe der abgeholzten Bäume, zwischen denen früher einmal eine Wäscheleine gespannt war, im Sommer mit Wäsche behangen.

Keiner der Stümpfe passt zum weißen Holz einer Birke, und der Kirschbaum stand in der Nähe des Balkons und nicht so nah am Nachbarzaun. Vor so langer Zeit müssen diese Bäume schon abgeholzt worden sein, dass nichts mehr von ihnen zu sehen ist, neue Bäume sind gepflanzt worden, sind groß geworden, haben sich ausgebreitet, bis auch sie gefällt wurden und seitdem nur noch als tote Stümpfe existieren.

Auch auf dem Nachbargrundstück ist nichts mehr wie früher, wo einmal ein Schuppen war, steht heute eine Garage, und statt der Gartenzwerge auf der Rasenfläche wachen zwei Tonfrösche am Rande eines kleinen Teiches, auf dem sanft die Seerosen schaukeln.

Ein sehr großer junger Mann steht auf dem Rasen und winkt und sagt schüchtern: Grüß Gott.

Außer dem Teppich im Flur sind nur die Bildergalerien neu, die an den Wänden des Wohnzimmers hängen. Familienbilder von Markus, Helen und den Kindern, von Pierre mit Schultüte und beim Zelten, auf einem Pony sitzend und mit einem Schwimmreifen an einem Strand. Das Sofa und die Sitzgruppe aus moosgrünem Leder gibt es noch immer, und auch das Bild, das Hirsche auf einer Lichtung zeigt, Hirsche und Sofa gehören zusammen wie ein altes Ehepaar, sie strahlen noch immer dasselbe Schweigen aus, dem sie ihre Daseinsberechtigung verdanken.

Das Holz an der Decke, die Rüschen an den Vorhängen, auf den Oberflächen die glänzende Möbelgarnitur, der blankgeputzte Fernseher, das völlige Fehlen von Staub und Dreck, alles ist gleich geblieben – und doch hat sich alles verändert.

Millimeter

Eines Tages kam der Sepp allein, ohne den Martin. Du hast ihn nicht gefragt, und er hat sich nicht erklärt, die Schmerzen, das Jucken, die Langeweile, der Krankenhausgeruch haben dich mürbe gemacht, du warst zu schwach, um Fragen zu stellen. Von da an kam der Sepp jeden Tag, er kam immer allein, jeden

Tag saß er allein an deinem Krankenbett, ohne den Martin, du hast nicht gefragt, wo ist der Martin, und der Sepp hat nichts gesagt, und damit war die Verbindung zwischen euch ausgemacht, schon berührten die kräftigen roten Haare auf Sepps Unterarm die feinen Härchen in deinem Nacken, und du konntest nichts dagegen tun.

Und erfahren hast du es erst Monate später, als du endlich nach Hause kamst und deine Sachen in Martins Zimmer standen, als deine Mutter sagte, das Mädchenzimmer hab ich vermietet, von was sollen wir denn sonst leben?

Und wenn dann nicht der Sepp gewesen wäre, wer hätte dich retten können vor dem Zimmer, in das statt Martin und Lene am Ende du eingezogen bist, und vor dem Mädchenzimmer, in dem der Ukrainer wohnte, der morgens, wenn du von der Toilette kamst, schon vor der Klotür stand, dich anstarrte und sich keinen Millimeter wegbewegte, wie die fremden Soldaten, die in der Stadt waren, sich keinen Millimeter mehr wegbewegten.

Dann schon lieber den Sepp mit seiner Schuld und seinen roten Haaren, die du verabscheuen konntest bis ans Ende seiner Tage.

Klassenfoto

Nur ein einziges Foto, hast du gesagt, und du hast entschieden, welches es sein soll, und dich für das entschieden, auf dem die Lehrerin lächelte, das ist wirklich schön, hast du gesagt. Die Lehrerin lächelte gerne, nicht nur auf dem Klassenfoto, du fandst, sie sei eine gute Lehrerin. Du hast das Klassenfoto mit der lächelnden Lehrerin ausgesucht, weil du es richtig fandst, dass die Lehrerin auf dem Foto lächelte, was sie auf dem anderen Foto nicht tat, du hast nicht gesehen, dass Elke auf dem Foto mit der lächelnden Lehrerin kaum zu erkennen war, weil der Bub, der hinter ihr aufgestellt war, gestolpert ist, wahrscheinlich hatte ihn einer geschubst und er hat deshalb einen Schritt nach vorne machen müssen.

Von einem tollpatschigen Viertklässler verdeckt, ist auf dem Klassenfoto nur ein winziger Ausschnitt von Elkes Kopf zu sehen: eine Wange, ein Stück von den Schultern und der Rest eines stocksteifen Körpers in einem grünen Pullover mit V-Ausschnitt und blauen Streifen, in einer grauen Hose; der Ausschnitt eines Körpers, der nicht wackeln durfte, weil auf Fotos nicht gewackelt werden durfte. Es hätte jedes andere Schulkind sein können, doch waren alle anderen Kinder eindeutig erkennbar und sahen so aus, wie sie aussahen, mit schiefen Mündern, einem frechem Scheitel, hervorstehenden Zähnen, kleinen Nasen oder vorsichtigem Lächeln. Nur Elke war daran zu erkennen, dass sie nicht zu erkennen war.

Du warst in der Elternsprechstunde bei der Lehrerin Moll, du hast gewartet, dass sie etwas sagte zu Elkes Leistungen und Verhalten, aber sie sagte nichts, als habe sie gespürt, dass es darüber nichts zu sagen gab, und ihr habt die Elternsprechstunde damit verbracht, euch zu unterhalten, über das Leben in dieser Stadt, die nicht eure eigene Stadt war; Lehrerin Moll war ein Flüchtlingskind, du sagtest, du seist ebenfalls ein Flüchtlingskind, natürlich warst du keins, aber du fühltest dich, als seist du eins.

Nach der Sprechstunde kam niemand mehr, es war schon nach neun Uhr, ihr habt zusammen eine Zigarette geraucht, der Sepp wollte nicht, dass du rauchst, du hast aber gerne geraucht, und Frau Moll hat dir eine Zigarette angeboten.

Rauchen Sie, hat sie dich gefragt, sie war dir sympathisch, diese fremde lächelnde Frau, die mit dir auf dem dunklen Schulhof rauchte, etwas verdeckt von einem Baum, als wärt ihr selbst wieder Schülerinnen, ihr habt die Asche auf den Boden gestippt, auch die Kippe habt ihr auf den Boden geworfen, achtlos, ins Gespräch darüber vertieft, wie es sich anfühlt, woanders geboren zu sein. Du hast von deinem Unfall erzählt wie andere von der Geburt ihrer Kinder, du hast dich sogar gebückt, dich mit einer Hand am Baum, es war eine Ulme, festgehalten, mit der anderen den Schuh ausgezogen, du hast den Unterschenkel so hoch wie möglich gehalten, gegen das Licht, damit die Lehrerin die Narben sieht.

Und obwohl die Lehrerin nicht viel gesehen hat im kargen Schulhoflicht, hat sie gesagt, das sieht wirklich schlimm aus, und von ihrer Mutter erzählt, mit der sie flüchten musste aus dem Protektorat und dass ihre große Schwester zurückbleiben musste und sie sie nie wieder gesehen haben. Du hast nicht gesagt, ich habe auch eine Schwester, die im Protektorat geblieben ist, du hast sie der Lehrerin verschwiegen, nicht absichtlich, du warst einfach in Gedanken.

Ihr habt noch eine Zigarette geraucht, du hast deinen Schuh wieder angezogen, du weißt nicht mehr, was für ein Schuh das war, ein Sommerschuh wahrscheinlich, denn es war der Elternsprechtag vor den Sommerferien, die damals noch am Abend stattfanden; die Mütter mussten mittags kochen und konnten nicht tagsüber zu den Elternsprechtagen gehen wie Helen, und die Väter konnten nicht freinehmen wegen eines Elternsprechtages wie Markus, und selbst die Kinder konnten nicht freinehmen wie Luisa und Pierre, die an den Elternsprechtagen zu dir kommen. Also blieben die Lehrer und die Kinder bis zum Mittag in der Schule und die Mütter zuhause in der Küche und die Väter auf der Arbeit und abends trafen sich die Erwachsenen und rauchten auf dem Schulhof ihrer Kinder, die in den Betten lagen und nicht schliefen.

Medaillon

Die Oma ist überfahren worden, direkt vor dem Haus, sagt Luisa. Sie steht plötzlich in der Tür und sagt diesen Satz wie eine Botschaft aus einer anderen Welt, für die sie die volle Verantwortung übernimmt. Sie steht da, ist schmaler geworden, dünn, als könne sie jederzeit wieder verschwinden.

Elke hat etwas mitgebracht, seit Tagen freut sie sich auf den Moment, an dem sie Luisa Tante Madlas Medaillon überreichen wird. Es ist ein halbes Jahrhundert lang neben dem Gold und den zwei Handgranaten in der Kiste unter der Zeitung gelegen.

Das ist aber schön!, ruft Luisa und öffnet das kleine Medaillon aus Tante Madlas Nachlass. Sie sieht das Gesicht einer Frau, die sie noch nie gesehen hat. Luisa hat eine andere Person erwartet, sie weiß nicht, welche Person, vielleicht eine Person, die etwas mit ihr zu tun hat. Luisa versucht sich nichts anmerken zu lassen, sie denkt sogar, es sei ihre Schuld, dass sie mit diesem Bild nichts anfangen kann, denkt, sie müsse diese Frau doch kennen, aber sie kennt sie nicht. Sie sagt Danke und hört, wie unsicher sich dieses Danke anhört, dann packt sie das zweite Geschenk aus. Ein Handy-Etui aus feinem Leder, es hat dieselbe Farbe wie Luisas dunkelgrüne Augen. Luisa strahlt erleichtert, erst dann fällt ihr der Ernst der Lage wieder ein.

Sie hakt sich bei Elke unter, sie riecht nach Kölnisch Wasser, ganz leicht, nur dass das Parfüm schon ranzig ist; du selbst hast den Flakon Luisa gegeben, damit sie es an deinem Geburtstag aufträgt, sie trägt den Geruch wie eine Markierung.

Die Gästetoilette neben der Eingangstür ist zum Glück frei. Das Essen und der Geruch von Kölnisch Wasser fallen aus Elke heraus, doch sie kommen nicht weit: der Klodeckel ist heruntergeklappt, damit deine Gäste nicht denken, dass das Gästeklo auch außerhalb von Familienfesten in Benutzung ist.

Luisa verliert unterdessen das Medaillon von Tante Madla, es flitscht über den neuen Teppich unter die Kommode, wo es später Pierre finden und irgendwo im Haus verstecken wird.

Mutter

Das Badfenster ist auf, die Nachbarn, die aus den Fenstern schauen und vor dem Haus stehen, rätseln, wohin du gewollt hast, warum du auf die Straße gelaufen bist. Sie wissen nicht, dass du Markus schon lange auf die Schliche gekommen bist, dass du ihm aufgelauert hast, als er sich davonschlich, mit der Bemerkung, ich fahre zum Bahnhof, Mutter, Überraschung!

Was für eine Überraschung denn, du magst keine Überraschungen und solche schon gar nicht, denn gestern schon hat auch Helen dir erklärt, sie müsse jetzt nochmal weg, es gäbe eine Überraschung, die vom Bahnhof abgeholt werden müsse. Du hast es schon lange gewusst, weil eine Mutter alles weiß, was der Sohn so treibt, hinter ihrem Rücken. Es geht schon über ein Jahr so. Aber diesmal wolltest du ihn zur Rede stellen. Da hat der Markus seine Überraschung. Mit dir kann er es ja machen, hat er sich gedacht, nur weil du nie etwas gesagt hast. Irgendwann ist Schluss, mein Leben lang habe ich nichts gesagt, jetzt sage ich etwas. Was soll ich mit einer Überraschung, die gleich zweimal vom Bahnhof abgeholt werden muss, wenn mein eigener Sohn noch nicht einmal am Muttertag anständig bleiben kann?

Du hast ihn beobachtet, wie er aus dem Bad kam, rasiert und frisch gekämmt, ein neues Hemd angezogen, den Schlüssel aus dem Korb genommen, mit einer solchen Selbstverständlichkeit deinen Schlüssel aus deinem Korb genommen, zur Tochter der Nachbarn geschlichen. Tonka, allein der Name. Wenigstens ist sie volljährig.

Du hast nicht lange gewartet, du bist ihm gleich in Hausschuhen hinterher. Hast dabei an das Nachthemd denken müssen, das du damals trugst, in jener Nacht, als du Lene hinterhergeschlichen warst. Das war beige gewesen und aus Leinen, die Nachthemden waren damals so. Unter den Armen und am Kragen war es ein bisschen vergilbt gewesen, es hat dich nicht gestört. Heute würde es dich stören, die Zeiten haben sich geändert. Du hast an das Nachthemd gedacht und an Lene und an den Martin und an diesen dünnen Ton, den Lene von sich gegeben hat, du hast dir die Ohren zuhalten müssen, damals. Deshalb hast du so geschrien, damit du diesen Ton nicht hören musstest.

Und dann hast du gedacht, es ist doch richtig gewesen, dass ich sie verraten habe. Es hätte alles nicht so kommen müssen, wenn dir früher klar geworden wäre, dass alles doch richtig gewesen war. Erst danach ist ja alles anders gekommen, als du es gewollt hast, du hast die Orientierung verloren, das wird dir jetzt klar, du öffnest die Tür, du schaust aufs Nachbarhaus, du siehst das Mädchen im Treppenflur des Nachbarhauses durch ein Fenster, sie hüpft vor Freude neben dem Kopf von Markus auf und ab, der hat den Arm um sie gelegt, du läufst über die Straße, denn du musst es dem Markus jetzt endgültig sagen, dass alles ein Fehler war, weil du die Orientierung verloren hast, damals in jener Nacht oder schon in den Nächten zuvor. Du rufst nicht Markus, du rufst Martin, Martin, warte, während Elke den Lastwagen kommen sieht.

Triangel

Du liegst im Krankenhaus und als du Stunden nach dem Unfall die Augen aufschlägst, die gelben Wände anschaust, die lustig wippende Triangel über dem Bett, das Gesicht einer dunkelhäutigen Krankenschwester wie ein Vollmond schräg über dir – da bist du froh. Du hast nichts an außer einem weißen Nachthemd, blütenweiß, aus Baumwolle, außer dir hat es noch niemand getragen, außer dir wird es nie jemand tragen. Einmalnachthemden seien hygienischer, haben sie dir erklärt, als du beim Sepp damals nachgefragt hast, das muss man doch nicht wegwerfen, das kann man doch noch waschen und wiederverwenden. Hygiene, sagten sie, um der Hygiene willen muss man auch mal verschwenderisch sein, selbst wenn es schwer fällt. Jetzt trägst du ein Einmalnachthemd, du bist stolz, aber auch ein bisschen unsicher, wegen der Verschwendung, die dir tief in den Knochen steckt.

Die Schwester steht vor dir und lächelt. Sie streichelt dein Gesicht und sagt, wir waren sehr tapfer. Du nickst schwach, du hast keine Angst, du bist tapfer. Du spürst nichts, weil du unter dem Einfluss von starken Schmerz- und Beruhigungsmitteln stehst. Du weißt nicht, ob du diesmal überleben wirst, es ist dir egal, es war dir schon immer egal, aber das hast du bisher nicht gewusst.

Du erinnerst dich wieder, warum du hier liegst, das Gesicht von Markus in den Armen des Nachbarmädchens. Tonka. Das Gesicht von Martin in den Armen von Lene. Du hast nicht gewusst, dass das Leben aus Wiederholungen besteht, du hast immer gedacht, es sei nur ein Zufall. Es gibt keine endlosen Folgen, es gibt nur eine begrenzte Anzahl an Fortsetzungen, in dem einen Leben viele, im anderen Leben nicht so viele. Dann fangen schon die Wiederholungen an. Es ist wie im Fernsehen, wenn du die Vorabendserien anschaust. Manchmal kannst du nicht mehr unterscheiden, ob du die Fortsetzung anschaust oder eine Wiederholung. Es ist angenehm, wenn die Wiederholung so unbekannt ist wie die Fortsetzung, und es ist genauso angenehm, wenn die Fortsetzung so vertraut ist wie die Wiederholung.

Sprechstunde

Im Winter bist du wieder in die Sprechstunde gegangen, meine Kinder schreiben keine schlechten Noten, hast du zur Lehrerin Moll gesagt, und sie hat dir wieder eine Zigarette angeboten. Rauchen Sie?, und war schon, mit der Zigarettenschachtel in der Hand, auf dem Weg zur Tür, auf den Flur, in den Hof, aber du sagtest, mein Mann möchte nicht, dass ich rauche, und dann hast du dich verabschiedet, gleich an der Klassenzimmertür, es war im Winter.

Bein

Der Arzt, der dich behandelt, hat einen Vollbart und dunkle Augen, er sieht dich nicht an bei der Behandlung, und später auch nicht. Du denkst an deine Nachbarin und fragst dich, ob sie dich besuchen wird, und denkst an ihre rosa lackierten Fingernägel, vielleicht kommst du jetzt auch in die Zeitung, die Wand ist gelb, deine Bettnachbarin bekommt heute Kaiserschmarrn, gestern gab es Schweinebraten, die Knödel waren gut durch.

Wir müssen Ihnen eine traurige Nachricht mitteilen, sagt die Schwester.

Mit großen Augen schaust du sie an, du hast vergessen, worin traurige Mitteilungen bestehen könnten, du kannst dir keinen Reim auf ihren Satz machen. Du verstehst nur, dass du nichts verstehst, und stellst fest, dass dich das in keiner Weise beunruhigt. Du machst dir keine Sorgen, du fühlst dich leicht, du musst dir nichts mehr vorstellen, alles ist richtig, alles gehört zu dir, auch dein Bein gehört jetzt endlich wieder zu dir.

Es tut mir sehr leid, sagt die Schwester.

Sie sagt es in einer Stimme, die dich zum Weinen bringt. Du weinst, weil du glaubst, dass die Stimme dir befiehlt: Weine. Du weinst und die Schwester streichelt dein Gesicht, es ist schön, du hast das Richtige gemacht. Sie sagen dir nicht, dass sie dir das Bein abnehmen müssen, sie wollen dich nicht noch mehr aufregen. Sie sagen nur, dass es ihnen leid tut. Du bist froh, dass sie es dir nicht sagen, denn du weißt es sowieso schon. Seit deinem Unfall weißt du, dass sie dir das Bein abnehmen müssen, du warst noch keine neunzehn und deine Mutter sagte: Das Bein muss ab, es hat euren Ausflug nicht überlebt. Der Martin hat gesagt, es sei nicht schlimm, mit nur einem Bein, so viele hätten im Krieg eins verloren, es würde gar nicht auffallen. Niemandem ist in all den Jahren aufgefallen, dass es noch dran war, obwohl es den Ausflug nicht überlebt hat. Jeden Tag hast du es seitdem verwundert betrachtet, du hattest dich damals schon verabschiedet. Das Bein hat gejuckt, weil es sich dagegen gewehrt hat, dass es noch an dir dranhängt.

Der Krieg zwischen euch hat nie aufgehört, jetzt wird das Bein endlich Ruhe geben. Von nun an wirst du es nicht mehr hassen müssen, es gehört jetzt bald zu dir, schon in ein paar Stunden wird es dir gehören, wenn es in die große Tonne mit Körperteilen geworfen wird.

Als du aufwachst, sitzt der Markus an deinem Bett und hält deine Hand.

Geheimnis

Monate später werden die neuen Hausbesitzer Tante Madlas Medaillon in seinem Versteck finden. Die neuen Hausbesitzer heißen Mauenheimer. Frau Mauenheimer wird das Medaillon gerne tragen. Als sie das Medaillon findet, das Pierre irgendwo im Haus versteckt hat, öffnet sie es und fühlt sich sofort mit der fremden Frau verbunden, deren Bild in dem Medaillon versteckt ist. Sie wird nie jemandem erzählen, dass sie das Schmuckstück im Haus gefunden hat, sie weiß, dass sie es zurückgeben sollte, doch sie tut es nicht. Wann immer sie auf das Medaillon angesprochen wird, wird sie den Finger auf den Mund legen und Geheimnis sagen. Dabei wird sie lächeln. Sie wird niemandem das Bild der Frau zeigen, das sie mit sich herumträgt, noch nicht einmal Herrn Mauenheimer, der allerdings nie danach fragt.

Sie weiß, dass sie ein schlechtes Gewissen haben sollte, doch sie hat keins. Nach einem dieser Feste, an denen sie den Anhänger trägt, wird Herr Mauenheimer sie schwängern, und ein paar Jahre später wird Tonka, das Nachbarsmädchen, sich ein Taschengeld dazuverdienen, indem sie das Baby der Mauenheimers hütet. Sie wird Film- und Fernsehwissenschaften studieren, später wird sie einen Film drehen über einen verheirateten Mann, der ihr Liebhaber war. Sie wird ihn nicht Markus nennen, sondern Robert.

Gymnasium

Helen und Markus packen. Pierre ist am Abend vor der Abreise aufgedreht wie immer, er erzählt ununterbrochen vom Unfall, den er nicht gesehen hat, aber Luisa, die ihn ebenfalls nicht gesehen hat, hat so oft den Ablauf wiedergegeben, dass es ihm so vorkommt, als sei er dabei gewesen.

Luisa hat zum Übertritt ins Gymnasium ein Handy geschenkt bekommen, sie zeigt stolz das neue Telefon, das sie im neuen Etui aus Filz aufbewahrt. Ab und zu streichelt sie den weichen Stoff, immer wieder zieht sie es heraus, um etwas nachzuschauen, meistens französische Wörter, sie versucht alles zu übersetzen, sie übersetzt Unfall, Polizei, Pflegeversicherung, Narkose.

Quand rendrons-nous visite à la grandmère?

Es ist das alte Telefon von Markus, er hat sich ein neues gekauft, das er als Bereitschaftsarzt für den neuen Job braucht, in dem Städtchen an der Weinstraße, wo sie hinziehen, er hat darauf eine App installiert für Bereitschaftsdienste. Luisa hat die Haare zu einem Zopf geflochten, sie sieht älter aus und sehr vernünftig, sie hat beschlossen, nicht mehr zu weinen, sondern Französisch zu lernen, je weiter sie sich entfernt von der Muttersprache, desto weniger Tränen werden fließen.

Scherben

Elke räumt das Fotoalbum in den Wohnzimmerschrank, in dieselbe Schublade, in der sich einmal Postkarten und Ansichtskarten befunden haben. Sie muss alles weggeworfen haben, hat Helen gesagt, zum Glück habe ich das Fotoalbum mit nach Tschechien genommen, sonst wäre das jetzt auch weg. Markus hat nachsichtig mit den Schultern gezuckt. Auch die Schallplatten sind verschwunden.

Ein paar Wochen nach dem Elternsprechtag hatte Lehrerin Moll eine Plastiktüte dabei. Für deine Mutter, sagte sie zu

Elke, pass gut auf die Platte auf, sie zerbricht leicht. Elke hat die Langspielplatte in der Plastiktüte vorsichtig nach Hause getragen, den ganzen Weg über hatte sie Angst, die Tüte könnte reißen, das Geschenk auf den Boden fallen und die wertvolle Platte würde kaputtgehen. Mit einer Plastiktüte voller kleiner Volksliederscherben, voller schwarzer Berlinerphilharmonikerscherben würde sie zuhause ankommen. Doch nichts passierte, du hast die Tüte geöffnet, du hast überrascht, aber nicht erfreut ausgesehen, du hast die Platte aus der Tüte genommen und in den Plattenschrank im Wohnzimmer gestellt.

Danke, dass du dich um Mutter kümmerst, sagt Markus.

Wir kommen so oft wie möglich zu Besuch, sagt Helen.

Ja, wir besuchen dich, ruft Pierre. Am Arm hat er eine Schorfwunde, seine Finger sind ein bisschen klebrig. Die großen runden Augen glitzern vor Vorfreude.

Kein Trauma, hat der Kinderpsychologe gesagt. Es hätte schlimmer kommen können, sagt Helen. Nur nachts kann er nicht gut einschlafen.

Als sie losfahren, hupt Helen zweimal, wie auch der Sepp immer zweimal gehupt hat.

Buchsbaum

Du sitzt in deinem Rollstuhl vorm Fenster und schaust auf das Nachbargrundstück. Dort wachsen kleine Buchsbäume, die zu einem Knotengarten gepflanzt sind, sie sind noch ganz niedrig. In ein paar Wochen werden sie schon beschnitten und von Unkraut und Ungeziefer befreit werden müssen.

An der Bushaltestelle hält alle dreißig Minuten der Bus, die meisten Plätze sind leer. Morgens steigen viele Kinder ein, am Nachmittag steigen sie wieder aus. Nachmittags haben die Fahrgäste Einkaufskörbe, Rucksäcke und große Handtaschen dabei. Aus einem der Fenster schaut ein Kind heraus, es ist noch kein Schulkind, es schaut und starrt. Wenn das Kind weiter so starrt, wird es sich bald selbst auf der anderen Straßenseite sehen, es wird sehr bald ohnmächtig werden, denn es ist es nicht gewohnt, sich selbst auf der anderen Seite zu sehen.

Erst wenn es die Augen bewegt, wird es wieder vollständig – und dann wird die Enttäuschung groß sein. Es wäre besser, es würde von der anderen Straßenseite aus über die Dörfer ziehen, vielleicht als Vagabund. Oder als gelbe Katze. Das Kind verlässt seinen Körper fortan auf Busfahrten, die an dieser Bushaltestelle beginnen. Es wird nur noch selten ohnmächtig, es muss nur schnell genug wieder in den Körper zurückkehren, dann kann es die Ohnmacht verhindern. Das Kind kann mit der Zeit immer besser die Ohnmacht verhindern, aber natürlich nur, wenn es will. Am leichtesten ist es, wenn der Bus am Abend wieder an der Haltestelle hält. Dann hat das Kind Zeit genug, wieder in den Bus einzusteigen.

Elke hat dir erzählt, sie habe ein Kind im Bus gesehen, das habe geschlafen, mit offenen Augen habe es geschlafen, und du hast Elke überrascht angeschaut, als habest du gar nicht gewusst, dass Kinder Augen haben. Wenn du aufwachst, wird eine Tasse warmer Milch an deinem Bett stehen.

Ulrike Anna Bleier im *lichtung verlag*

Ulrike Anna Bleier: Schwimmerbecken
Roman, 2016, Broschurausgabe, 160 S., 16,90 Euro
ISBN 978-3-941306-30-1
Auch als lichtung ebook erhältlich.

Ausgezeichnet auf der Hotlist 2017 – die zehn besten Bücher aus unabhängigen Verlagen!

Luises beschauliches Leben auf dem Land wird auf den Kopf gestellt: Fünf lange Jahre hat sie nichts von ihrem Zwillingsbruder gehört. Nun ist er wieder da, sitzt am Wohnzimmertisch der Eltern, als wäre nichts geschehen. Trotz der einst engen Beziehung findet Luise keinen Zugang mehr zu ihm. Sie will nun Klarheit: In der Familie gibt es ein Geheimnis, dem sie auf der Spur ist.

Geschickt ist der Roman aufgebaut, man kann überall beginnen und dennoch enthält er eine verdeckte Dramaturgie, mit der Ulrike Anna Bleier ihre Leser belohnt. Der leicht melancholische Unterton ist fein abgestimmt auf die Episoden des Dorflebens. So dass man ein welthaltiges Stück Literatur vor sich hat, dessen Geheimnissen man gerne folgt. Thomas Linden, Kölnische Rundschau

Es ist eine der vielen Stärken dieses Buches, dass es das Wechselverhältnis zwischen Menschen und Orten auslotet. Und es findet dafür eine Sprache, die hochemotional ist.
Mithu Sanyal, WDR5-Literaturmagazin „Bücher"

Der Sprunghaftigkeit der Ich-Erzählerin entspricht die Episodenhaftigkeit des Romans. Es wirkt alles, was sie erzählt, nebensächlich, wenn auch jede kleine Geschichte in sich schlüssig konstruiert ist. Doch allmählich entfaltet der Roman – ähnlich dem in die Seelen der Einheimischen sickernden schwarzen Wasser der Kollbach – einen intensiven Sog, der unaufhaltsam in die grandios dichte Spurensuche hineinreißt. Sabine Reithmaier, Süddeutsche Zeitung

Belletristik im *lichtung verlag*

Heimat. Ein lichtung-Lesebuch
Herausgegeben von Kristina Pöschl und Eva Bauernfeind, 2017, Hardcover, 160 S., 20 Euro, ISBN 978-3-941306-71-4

mit Texten u.a. von Ulrike Anna Bleier, Django Asül, Harald Grill, Margret Hölle, Christian Lex, Jutta Mehler, Christoph Nußbaumeder, Eugen Oker, Filiz Penzkofer, Herbert Pöhnl, Marcus H. Rosenmüller, Martina Schwarzmann, Bernhard Setzwein, Albert Sigl

Ulrich Effenhauser: Papierfische
Vierzehn Erzählungen. Mit Illustrationen von Fritz Maier, 2017, Klappenbroschur, 120 S., 14,90 Euro, ISBN 978-3-941306-33-2

Marianne Ach: Von gestern eine Spur
Roman, 2017, Klappenbroschur, 120 S., 13,90 Euro
ISBN 978-3-941306-32-5

Marianne Ach gibt Einblicke in die Gefühlswelt einer Frau, deren Leben schon mehrere Brüche erfahren hat: Ihr erwachsener Sohn ist verschwunden, ihre Ehe ist gescheitert. Nun wagt sie einen Neuanfang.

Marianne Hofmann: Es glühen die Menschen, die Pferde, das Heu
Roman, Neuausgabe 2011, Klappenbroschur, 152 S., 13,80 Euro
ISBN 978-3-941306-03-5

Barbara Krohn: Alltagsrettung
mit 12 Illustrationen von Susanne Vierheller, 2010, Klappenbroschur, 80 S., 9,90 Euro, ISBN 978-3-929517-92-7